"在新疆"丛书
· 第一辑 ·
—小说七星—
刘亮程　主编

丝路繁花

嬴春衣　著

新疆人民出版社
（新疆少数民族出版基地）
新疆人民卫生出版社

图书在版编目(CIP)数据

丝路繁花 / 嬴春衣著. -- 乌鲁木齐 : 新疆人民出版社(新疆少数民族出版基地), 2024. 12. -- ("在新疆"丛书 / 刘亮程主编). -- ISBN 978-7-228-21430-3

Ⅰ. I247.5

中国国家版本馆CIP数据核字第2024SX1838号

丝路繁花
SILU FANHUA

出 版 人	李翠玲	策　　划	李翠玲　可　木
出版统筹	陶小红	责任编辑	王　慧
装帧设计	王　洋	责任技术编辑	马凌珊
责任校对	冯　茜	封面绘画	孙黎明

出版发行　新疆人民出版社(新疆少数民族出版基地)
　　　　　　新疆人民卫生出版社

地　　址　乌鲁木齐市解放南路348号
邮　　编　830001
电　　话　0991-2825887(总编室)　0991-2837939(营销发行部)
制　　作　天畅图文设计工作室
印　　刷　北京富诚彩色印刷有限公司

开　　本　880mm×1230mm　1/32
印　　张　12.25
字　　数　260千字
版　　次　2024年12月第1版
印　　次　2025年1月第1次印刷
定　　价　76.00元

序

新疆是我们博大的故乡。它的博大不仅体现在山川、河流、沙漠、戈壁、绿洲，还体现在生活在这里的五十六个民族以及多元一体的文化形态。

新疆，是多民族共居的美好家园。生活在这里的各族儿女密切交往、相互依存、休戚与共。在中华文明怀抱中孕育的新疆各民族文化包容互鉴，共同成为多元一体中华文化的一部分。

在新疆，普普通通的一场雪，会落在不同的语言里。每个阳光明媚的早晨，"太阳"这个词会在这些语言里发光。人们用许多种语言在述说我们共同生活的地方。这正是新疆的丰富与博大。

每个人都有自己的家乡。家乡可以是一个很大的地方，也可以是我们心里默念的一个小小的地名。有时候家乡可能就是我们小时候生活的一个地方，当我们越来越远地离开家乡的时候，这个地方就变成了一个地名。但是，往往是那些细小的家乡之物，承载了我们对家乡所有的思念，比如家乡的一种非常简易的餐食。我每次到外地超过三天就会怀念拌面。

当人们热爱自己家乡的时候，想念自己家乡的时候，文学是我们表达以及读懂家乡的途径。我认为文学是不分民族的，作家面对的是在这块土地上共同生活的不同民族，当我们用文学来呈现这块土地上各民族人民共同的生活的时候，我们面对的是人的心灵。

那些远处的生活是看不见的，只有文学能呈现这块大地深处的脉搏，只有文学在叙述这块土地上人们共有的情感。每个人生活中的悲欢离合、快乐忧伤，一起汇聚出这块土地上人们共同的命运和共同的情感。

各民族共同生活，大家的情感交融在一起，这可能就是新疆文学最大的魅力。新疆文学给我们提供了一个多民族和睦生活的样板。用不同的语言表述一件事，用同一种语言描述不同的生活，这就是新疆文学作品的精华所在。

新疆的自然风光、传说故事、地域风情等先天具有文学气质的素材，容易孕育出各民族的众多写作者，也引起了无数读者的阅读关注，使当代新疆文学成为具有独特地域内涵和文化内涵的审美对象。

各族作家们用全部身心去发现和感受新疆日常生活的温度与深度，坚守家园热爱和文学梦想，以其独具特色的文化风貌与美学意蕴，记录和呈现各族人民的生活、梦想与奋斗。

此次推出"在新疆"丛书，是铸牢中华民族共同体意识的一次文学出版实践，通过各民族作家的文字，把新疆这块土地上各族人民共同的生活呈现给新疆的读者，呈现给全国的读者，用文学观照人心，用文学观照生活。希望读者多看新疆作家的书，因为从他们的文学作品中，可以读到熟悉的土地，熟悉的山川、河流，读到发生在身边的故事，或者发生在不远处的历史中的故事。除此之外，借此机会，我们还向读者推介已经在新疆文学界乃至全国文学界成绩斐然、广有影响的各族中青年作家，他们如天上点点繁星，照亮文学的星空。

我们想把新疆最好的文学献给读者，把优秀的作家介绍给读者，希望读者喜欢。

2024 年 11 月

二〇二一年夏，雨夜，中国西部棉纺业领先者、西域灯芯棉纺厂厂长姜妍的办公桌上，摆放着白天刚刚签好的关于中国南北棉业合作对外输出的重要合约。姜妍的唇角浮现出淡然的微笑。

　　西部棉业刚刚经历了一场风浪。以N国为首的几国发动了一场抵制中国西部棉业的舆论战，但在中国政府的支持和带领下，西部棉业强势破冰，迎来了更加欣欣向荣的景象。在姜妍看来，这是意料之中的结果。因为在所有的事实面前，虚假舆论是不堪一击、不攻自破的。西部棉业人二十年的激情奋斗史，更是不容亵渎！

　　是的，风雨之后是彩虹。西域灯芯棉纺厂一路走来取得如今的成就，相当不易。

　　姜妍脑海里浮现出二十年前的一幕幕……

　　当年，全球棉业受成本、种植模式和政策影响，消费市场和棉花贸易市场随着全球纺织业的转移而变动，棉业风险大增。在全球棉业突然萧条的大趋势下，西部棉业面临着一场突如其来的灾难，像海里的尖利礁石，一下子浮出水面，刺穿了不知多少条棉业大船……

　　她永远忘不了那一天——她拿着毕业证书，意气风发地回到家乡，刚刚下飞机，母亲苏佳眼眶里含着泪水，惊慌失措地对她说："妍妍，你爸爸遇到麻烦了，我不知道该怎么办……"

　　姜妍问母亲到底发生了什么事，可是安逸生活多年、从不忧心家事的母亲并不能把事情的来龙去脉说清楚。于是，姜妍直接赶到父亲姜成峰所经营的西域灯芯棉纺厂，准备一探究竟。

一进工厂大门，就看到父亲姜成峰被上千名工人围在中间讨薪，情形已经难以控制。群情激愤的工人推倒了保卫科的人，一拥而上，姜成峰被推得站立不稳，像大海中的孤舟。

工人们扯着嗓子大喊："拖欠工资，法理难容！"

"我的血汗是我的命！还我命来！"

"打倒万恶的资本家！"

声音此起彼伏，震耳欲聋。有些工人在这种氛围下完全失控，企图冲上去殴打他们口中的"万恶的资本家"。

姜妍红着眼睛大喊："爸爸！爸爸！"

她的声音被上千名工人的喊声淹没，根本没有人注意到，有一个女孩用尽全力想要挤到姜成峰的身边而不得……

恰在此时，不知道是谁，忽然一拳打在姜成峰的后脑勺上，姜成峰眼前一黑，身体不受控制地向下倒去，幸好有人及时挽住了他。虽然他没有摔在地上，但一时也难以站起来。

"爸爸！"姜妍大喊，"杀人了！报警！快点儿报警！我要报警！停止你们的疯狂行为！"然而根本没人注意到她。

正当姜妍打算去办公室找电话报警时，忽然听到一个低沉的声音通过喇叭传出："你们杀了姜总就能要到工资吗？姜总在，厂子就在！他若不在了，你们连闹的地方都没有！"

说话的男人声音很好听，义正词严间带着沉痛和责备的语气。现场忽然安静了下来。

那个声音继续通过喇叭传出来："你们忘了这二十多年的

平稳生活是谁带来的吗？忘了这二十多年姜总是如何带领大家积极生产，帮助大家的吗？姜总已经说了，两天后会全额发工资，为什么你们不能选择相信他一次呢?!"

有些工人开始戳身边的人，低声道："他说得对，姜总若出了事，工资就更没地方要了。"

又有人说："差不多得了，我们再相信他一次，等他两天。"

就这样，原本激动的人群渐渐安静下来，甚至有人开始询问："姜总没事吧?"

姜妍看场面被控制住，眼泪止不住地流了出来。姜妍跳了起来，可惜人太多，还是没能看到说话的人，但心里已经对这个人产生了深厚的感激之情。此时，会是谁愿意冒着危险去呵醒已经失控的人群呢？

好在姜成峰并没有大碍，只是脑袋后面起了个包。晚上，姜妍用毛巾包了冰块给他敷着，心疼得双眼发红。

作为一名企业管理专业毕业的大学生，她的学成归来，一直都是父亲姜成峰所盼望的。

"妍妍，我没事。"姜成峰拍拍女儿的手安慰她。

"爸爸，这是怎么回事?"姜妍的声音略微哽咽。

"妍妍，工厂和厂里三千多名工人的未来，以后可能要靠你了。"姜成峰语气郑重，带着一丝说不出的悲伤。

"爸……"姜妍一时说不出话来。

在她的心目中，父亲姜成峰一直是她的偶像。父亲虽出身于贫穷的山村，却以自己的能力，白手起家，一点儿一点儿创办了一个可以养活三千多名工人的大型棉纺厂，成为这个城市里有名的企业家。

姜妍小时候，无论走到哪里，都会有人看着她，用夸张的语气大声说："这就是姜总的宝贝女儿啊？哎呀！可真漂亮啊……"说着话还会伸手来捏她的脸蛋儿，每次她都本能地躲开。可在她年幼的心中，一直为自己是姜成峰的女儿而感到无比骄傲和自豪。

她的专业是父亲帮忙选的，目的就是待她学成归来接手自家棉纺企业，将父亲一手创立的西域灯芯棉纺厂继续做大做强。

在此之前，她也隐约听到一些风声，知道父亲的工厂出了一些问题，可她没想到会这么严重，分明就是大厦将倾！

父亲的模样有些变了，以往的意气风发已不复存在，头发中夹杂着几丝白发，容颜更是多了几分沧桑和沉重。

"爸，到底怎么回事？"

"妍妍，爸爸也不知从何说起，可能是对外经营有问题，也可能是内部出了问题……也可能单纯只是因为这个工厂和爸爸一样，老了。它就像一个运行了多年的老机器，尽管尽力维护，可是运行年限似乎就要到了，只能苟延残喘……连工人们都老了……"

姜妍愤然地说："爸爸，今天那些工人太过分了！"她盯着父亲的脸，伸手握住了父亲的一只手。

姜成峰感受到女儿手心的柔软和温热，冰冷沉郁的心底忽然燃起了几分希望，他语气和蔼地说："不怪他们，已经三个月没发工资了，不过这件事已经解决了，明天就可以安排发工资了。"

姜成峰说完后面色凝重。

他回忆起当初创业的点点滴滴，这些老工人也曾充满激情，付出了许多汗水，陪着他风雨同舟。

他们每个人都是功臣，是元老，是这个工厂的螺丝钉。而现在，工厂面临倒闭，从业时间最长的工人已经在这里工作了二十八年以上，几乎是半生的时光。他们除了纺线织布，没有其他的技能，如果工厂倒闭，他们今后又该何去何从呢？

"妍妍，保住它！"姜成峰如此说道。

姜妍没法儿拒绝。姜成峰的想法，作为女儿的她怎能不知，她理解。

她郑重地点点头："爸爸，这些年多少大风大浪都过来了，我相信您一定也可以渡过眼下的难关，我也会以您为榜样的！"

当天晚上，姜妍一头扎进父亲的书房，将棉纺厂的账目册和厂内人员资料及各类业务往来的关键资料拿出来整理。

接下来的一周，她都没有离开过书房，坐在书房的地上，周围全部都是各类账目、档案和资料。她全身心地投入整理，吃喝都在房中，累了就拿一个靠枕睡在这堆资料中间。

偶尔脑子累了，放空思想休息片刻的时候，她就会想起那日的讨薪现场。她不想再让这种事情发生，她不能没有父亲，更懂得这个工厂是父亲毕生的心血，既然受父亲所托，她当尽全力而为。

第八天夜里，她蓬头垢面地从书房里走出来，面对既心疼她，又满怀期待的父亲，她说："爸爸，从账面上看，工厂的负债已经很多，内部问题也数不胜数。其实已经可以申请破产了。"

姜成峰愣了一下，最终还是点点头："确实如此，但是……"

"爸爸，我懂。"姜妍打断了他，郑重其事地说，"爸爸，我要进入工厂，从一个小工人做起，请您想办法让工厂坚持正常运营至少半年。"

姜成峰不解："为什么？"

"就像您说的，机器老旧了，有很多陈腐的东西在里面，需要我们找出来清扫翻新，使工厂焕然一新，再现生机。"

姜成峰忽然明白了女儿的意思，也看到了她身上难能可贵的干劲，他点点头说："好，需要如何安排，爸爸会配合你。"

就这样，姜妍衣着朴素，提着包小小的行李，隐瞒学历，通过应聘小工的方式，以学徒的身份进入了自家的西域灯芯棉纺厂，开始了一场对她来说意义非凡的历程……

二〇〇〇年十月。机器的轰鸣声，空气中肉眼可见的棉尘，让姜妍的耳朵嗡嗡响、嗓子发毛、鼻子发痒。她揉着鼻子，觉得呼吸都有点儿困难。

手里的纱棉有些沉重，她机械地把纱棒上的线头扯出来，留个小尾巴，摆在纱框的一边，纱棒看起来像一只肥白的大老鼠。这样便于她的师父把纱棒插到络筒机械上，将数十个纱棒变成一个大纱筒。

姜妍的师父李婉玉长着一张小瓜子脸，是一位带着几分严肃的美女。她发现姜妍把纱棒摆在了不顺手的地方，就冷冷地丢给姜妍一个白眼。

姜妍觉得自己像被打了一巴掌似的，脸有些火辣辣地疼。看了看手表，还有两个小时才下班，在车间里的每个时段都如此难熬。从小一路顺风顺水到大学毕业的姜妍，此时倍感辛苦，很想立刻就回到宿舍睡一觉。

入厂后，她按照正常流程，领取到一个床位，被安排在女工宿舍楼四〇一室，一个八人间宿舍。

她其实不太习惯住宿舍。上学期间，父亲从来都是给她提供最好的条件，在学校附近租房子甚至是买房子给她住。母亲也一直陪读，将她照顾得很好。

住八人间的宿舍，对她来说是一个挑战，而且宿舍里的工人不是同一班次的，睡觉、吃饭什么的常常相互干扰，令人心烦意乱。

仅仅七天，姜妍就瘦了一圈，而且脾气还暴躁了不少。

中班时间是从下午五点半至晚上一点半。好不容易熬到下班的姜妍，一边走路一边揪着自己眼睫毛上的棉尘，冷不防撞到一个人，她被撞得后退了两步，倒在身后的一个推纱车上。

姜妍正觉得自己要摔个人仰马翻时，一只手被人及时拉住，她稳稳当当地站在了地上。

"不好意思，撞到你了。"很好听的男中音。姜妍愣了一下，这声音有点儿耳熟，或者说是她最近一直在寻找的声音。

她很确定，这个声音就是那天在工人讨薪现场呵醒那群情绪激愤的工人们的那个声音。

原来竟是他，她所在丙班的班长李国华！

李国华二十七八岁的样子，浓眉大眼，脸形方正，身材修长，薄衬衫藏不住恰到好处的肌肉线条。

在这个八成以上都是女工的棉纺厂，像李国华这样的男人很是扎眼。

李国华是负责维修络筒机械和打结器这些设备的，同时也是姜妍所在丙班的班长，负责管理秩序和纱棒分配等。

姜妍进厂已经七天，但因为是新工，也没有什么机会和班长讲话，所以这还是第一次近距离接触。她知道班里有好几个年轻女工，公然表示喜欢李国华，每天都想办法在他面前晃来晃去，找各种机会接近他。而姜妍刚才撞到的就是他。旁边传出一个轻蔑的笑声："小姜是故意的吧，就想拉拉班长的手。现在的新工脸皮可真厚。"

姜妍的脸唰地红了，扭头看向说话的人，正是前两天在车间里大声嚷嚷，说她看上了李国华，让别人都靠边站的女工韩玉仙。她长着一张圆脸，身材属于比较丰满的那种，很年轻，只有二十二岁，眼睛里流露出一种低级的狡黠和挑衅，就好像姜妍刚刚动了属于她的精美蛋糕。

"韩玉仙，你交接班的时候是不是给人家接班的留下了一个两公斤半的纱筒?"李国华神情不变，语气略微严肃。

韩玉仙马上收敛了那嘲讽的语气，双眸要滴水样地向李国华撒娇："班长，就是留了又怎么样？我接班的时候就接了一个两公斤多的大纱筒，现在我留给下一班次一个两公斤半的大纱筒又怎么了？"

姜妍虽然才来了七天，但也知道交接班的时候留下大纱筒会耽误接班人的时间。特别是两公斤半的这种大纱筒，再布两轮纱才可以落筒。落筒很费时间，很麻烦，会直接影响下一班次接班人的产量，长期如此便会影响接班人的绩效。一般工人都不会留下这么大的纱筒给下一班次的接班人，这是基本的礼貌。

"去把它们落了，算作不合格，拿到六十八岗去倒筒。"

"班长……"韩玉仙满脸不乐意，"凭什么？"

"就凭你精神很好，根本不累。"李国华说完，让记录工把韩玉仙最后这三十个纱筒划为不合格，全部倒筒返工。

一旦工作量从记录本上划掉就不可更改了。韩玉仙气没处撒，狠狠瞪了一眼姜妍："啊，班长还挺护着小姜的，为了小姜居然这么折腾我！"

李国华似乎懒得和韩玉仙说什么，看了眼姜妍说："快回宿舍休息吧。"

姜妍嗯了一声就离开了。

同宿舍的刘心铃把一切都看在了眼里，一回到宿舍就开始八卦："你们别看小姜平时不说话，斯斯文文的，可有一套手段呢……刚才居然直接撞到李国华的怀里去了，色诱李国华呢……"

姜妍恰好推门进来，说："刘心铃，你别乱说，没有的事。"

"大家又不瞎，可都看到了。怎么，敢做不敢当吗？"刘心铃满脸怪笑。

宿舍里其他几人都向姜妍投来异样的目光。有两个正在睡觉的被吵醒，其中一人很厌恶地瞪了姜妍一眼："新工就是新工，懂不懂规矩？这么晚了还吵人！"

不凶别人，只凶姜妍，只因为姜妍是新工。

姜妍没有再出声，默默地端水洗漱，上床睡觉。

第二天是发工资的日子。

多年来，为了保持工厂内的某种氛围，在发工资这方面的习惯一直没有改变，依然沿用现金发放的方式，所有人到办公室门口排队领工资。

姜妍觉得这种方式太落后，可姜成峰自有他的想法。他觉得让工人在办公室门口排队领工资，不仅可以让工人产生一种怀旧的感恩之情，还可以体会现金拿到手里的欣喜。再加上厂里老工人占所有工人的百分之七十以上，而这些老工人不喜欢改变。

姜妍在这一点上暂时无法说服父亲，只能去排队领工资。因为她是新工，还没有分配岗位，所以只有新工实习工资，一个月才一百七十七块钱。

和她领到同样工资的，还有另外一个叫许重笙的新工。她年龄很小，只有十七岁，是初三辍学来工厂当工人的，从她来厂里到现在，一直穿着一身校服、一双布鞋。

初来乍到，在陌生的环境中，她很拘谨，沉默不语，每天像个受惊的小兔子似的生活着，和宿舍其他几个人几乎全无交流。但是因为和姜妍领到了同样少的工资，她不由得看了姜妍几眼。姜妍也微笑地看向她，问道："小许，是不是觉得工资太少了？"

"不少，姐，我是第一次赚这么多钱呢。"许重笙的眼眸里闪着星星，她是真的有点儿欣喜。

姜妍的心微微一柔："小许，定岗以后工资会更多的。"

"嗯，争取早日定岗。"许重笙露出天真甜美的笑容。

许重笙和姜妍不是同一个班子的，两人一个是甲班，一个是丙班，许重笙下班的时候，姜妍正好要去上班。

那天早上，姜妍刚穿好工装准备出门，许重笙和另外两个女工一起走了进来，许重笙满脸都是泪，其中一个叫张敏的女工还不断地推着她，恶狠狠地说："立刻把你的箱子打开，给我们看看！"

许重笙布满泪痕的脸上有些许倔强："我不打开，我没偷！"

张敏十分蛮横："你不打开就是心虚！打开，立刻打开！"

那两个女工甚至开始动手，要把许重笙的箱子从床头的柜子里拽出来。

许重笙努力地护住箱子："你们凭什么怀疑我？我不是小偷！你们没有权力检查我的箱子！"

可她越是这样，其他几个人就越是认定她是小偷。姜妍小心翼翼地说："丢东西了吗？可以找保卫科看一下，但是不能随便诬蔑人。"

许重笙的目光蓦然落在了姜妍的脸上，眸中满是感激，似乎也有了一点儿勇气，转身对张敏说："对，你们擅自打开我的箱子就是诬蔑人！我不会让你们打开的！"

张敏狠狠地瞪了姜妍一眼："不关你的事，你不是要上班吗？快走！"

姜妍只好从宿舍里走了出来，听到身后几个女工吵闹得更凶了。她没有去车间，而是直接去了保卫科，把宿舍里发生的事情说了一遍。

恰好李国华也在，他正在保卫科处理两个女工打架的事件。二人目光对视了一下，就彼此错开了。

保卫科的小王听了姜妍的讲述，说："好，我马上过去看看。"

姜妍这才向李国华道："班长，我要请一个小时的假。"

李国华道："请假就没有全勤奖了，不许请假！"

姜妍不放心许重笙，大胆道："新工没有全勤奖，我的朋友出了事，我必须去看看。"

李国华微怔了一下，略微有点儿惊诧，但见姜妍那带着哀求却又倔强的语气，最终道："就一个小时。"

姜妍感激地道了声"谢谢"，就随保卫科小王回到了宿舍。这时候许重笙的被褥、床单、枕头什么的，都已经被张敏扔到了宿舍外的过道里，凌乱地堆在地上。

许重笙还是死死地护着自己的箱子，任张敏推推搡搡，把她骂得狗血喷头也不愿松开。

看到姜妍带着保卫科的人来了，张敏的声音立刻低了一点儿，但还是恨不得吃人一样地盯着许重笙说："你这个箱子今天是一定要打开的，不信你试试！"

小王问："怎么回事？"

张敏说："我丢钱了，一千九百多块钱，我刚发的工资……还有我给男朋友买的两包中华烟也不见了。"

小王说："到处都找过？"

"已经找过了。"她指了指被许重笙紧紧护住的箱子，"只有这个箱子没打开了。"

小王看了看惊慌失措的许重笙，似乎有些为难。

许重笙声音颤抖着说："我没偷，我的箱子里只有我的钱。"

小王叹了口气："那你打开给大家看看。"

一句话激得许重笙头脑空白："为什么偏要看我的？凭什么怀疑我？她撒谎，别人的箱子都没有打开过……"

张敏冷笑："我们宿舍里就只有你这个新工最穷，看看你整天一身校服，装朴素给谁看呢？呵呵，只有你这样的穷光蛋才会想着窃取别人的劳动果实！"

许重笙一身蓝色校服确实没有换下来过，马尾用最普通的猴皮筋儿扎着，发黄的皮肤好像永远也洗不干净，脚上的布鞋破得脚指头都快露出来了。

保卫科的小王这时候也坚持说："打开。"

姜妍虽然不忍心，可此时除了打开箱子看一眼，似乎也没有别的办法能证明她的清白了。

姜妍替许重笙难过，这个刚刚离开学校的女孩子一定觉得自己的尊严正在被人随意践踏。

许重笙终于松手了，愣愣地看着小王将她的旧箱子打开。

箱子里的东西少得可怜，有一套旧校服、一双旧袜子和用塑料袋裹住的一些钱。

小王将钱拿出来数了一下，一共一百七十七块钱。昨天发的工资，她还没有花。

小王说："这也没有一千九呀……差太远了。"

张敏愤愤地说："一定是她藏起来了！搜她的身！"

姜妍上前一步，护住许重笙："不可以搜身，报警吧！"

张敏忽然把矛头指向了姜妍："小姜，你如此紧张做什么？难道不是许重笙，是你？"

"你不要乱说，你丢了钱我很同情你，可这不是你像疯狗一样乱咬人的理由！"

"你——"张敏无言以对，转而问小王，"反正我听保卫科的。你说怎么办吧？"

小王也有点儿为难："我得回去反映一下这里的情况。"

小王说着就要走，又说："你们别吵了，再吵把你们一起抓起来。"

小王一走，现场顿时安静了下来。张敏似乎也闹累了，对着呆若木鸡的许重笙说："别以为没有搜出来那些钱你就不是小偷了。这个宿舍里，除了你，再也不可能有别人做这种事。"

另外一个女工也说："我们宿舍不要你，你去别的地方住。"

说着，她们把许重笙推了出来，砰地关上了门。

许重笙看着那扇冷硬的门，说不出话来。

姜妍说："我们过去问问宿管阿姨，看怎么办？"

许重笙点点头，搓了一把自己的脸。丢钱的事是在甲班上班前就发现了，上班期间张敏就一直揪着她吵，好不容易熬到下班还没来得及洗漱，她就被赶出了宿舍。她脸上的棉尘混合着眼泪，一搓便成了一缕缕细小的棉条。

许重笙在姜妍的陪伴下，来到了宿管处。宿管阿姨是一个近五十岁的瘦小女人，借宿管工作之便，开了一个窗口小卖部。

一双眼睛很冷漠地扫过许重笙："宿舍都是入厂的时候，一个萝卜一个坑分给你们的床位，现在你被大家赶出来，我也没有办法。"

"可她是厂里的工人，必须有地方住不是吗？"

"那我也管不着，程序走不通。"宿管阿姨语气鄙夷地说，"而且，她是小偷，已经吵得整栋楼都知道了，试问哪个宿舍会接受一个小偷？这个我实在没法儿安排。"

姜妍还想说什么，许重笙已经握住了她的手，姜妍感觉到她的手很冰冷。"姐，别说了。"许重笙声音有些颤抖。

姜妍这时候发现，有几个人围过来买东西，已经把宿管阿姨的话听进了耳朵里，一起扭头看着许重笙。

姜妍带着许重笙回到过道里。许重笙愣了片刻，开始整理自己的被褥，把被褥铺在四〇一宿舍门边靠墙的位置，和衣钻到被子里，含泪对姜妍说："姐，我很累，想先睡一觉。这里可以的，不冷。"

姜妍心里很难受，但一时之间也没有什么别的办法，只能先去车间上班。

师父李婉玉见她来迟，没好气地说："别人的徒弟都是早早地来，提前给师父扫车、拿筒子，你倒好……"

姜妍也没法儿解释什么，只说："下次不会了。"

李婉玉丢给她两个白眼，让她继续练习用钩刀打结。

按照李婉玉的说法，每个进入厂里的新工，都必须练习用钩刀打结。虽然目前用钩刀打结的工作方式已经被淘汰，但是在现代化的打结器没有生产出来前，纺织工人都是用钩刀打结，所以用钩刀打结也被纳入了新工技能考核内容，一分钟之内必须用钩刀打结二十六个以上。如果这一项不合格，也不会分配岗位的。

姜妍算是学得比较快的，手中U型钩刀在两根线头之间灵巧一绕，一个结就打好了。目前她一分钟可以打十几个结。但是李婉玉对她仍然很不满意，总是拿白眼看她。

工厂实行三班倒，每班八个小时，中场有一顿饭。通常是厂内大食堂送来的汤面片和馒头、炒菜，一份汤面片三块钱，一份馒头、炒菜三块五，都是素的。

很多工人都会选择吃大食堂的饭菜，姜妍也一样。

这天，姜妍正准备去车间食堂吃饭，李婉玉喊住了她："这里多一份饭，你吃了吧。"说着把一份用塑料袋装着的炒面递到她的面前。

姜妍无法拒绝，只好面露感激地收下了。

中场的这顿饭，除了大食堂的饭菜，有男朋友或者女朋友的工人，有可能会收到从车间外面的铁栅栏递进来的饭菜，班子的教练会帮忙把这些饭菜带进来交给他们。

这被一些工人认为是追求对象的绝佳机会。他们会卡好时间，在大食堂送饭的同时，从其他食堂买好一点儿的饭菜送过来，向自己喜欢的女孩或者男孩表达关心之意。

李婉玉长相极标致，正是可婚嫁的年龄，被称为丙班一枝花，追求她的男人自然多。她每次收到两份或者两份以上的饭都很正常，吃不完就会分给与她关系好的工友，给姜妍还是第一次。

姜妍带着炒面和师父一起进入食堂，直接把袋子放在桌子上，开始吃饭。炒面色香味俱全，比大食堂的饭菜要好很多。

姜妍以前吃饭很挑嘴，可是在厂里生活了不到十天，已经吃什么都觉得香了。

姜妍下班已经是下午六点，许重笙是夜班，还继续躺在过道里，整个人缩在被子里。过道里来来往往的女工，时不时将异样的目光落在许重笙的身上。她脸色通红，紧闭双眼装睡。

姜妍走过去坐在她的身边，许重笙睁开眼，长舒了口气，对着姜妍笑了笑，坐了起来。二人背靠墙壁，许重笙说："姐，有你真好，否则我就要尴尬死了。"

姜妍说:"要不我的床位让给你,我这几天回家去睡。"

此时,张敏恰好端着一盆水走了过来,听到她的话说:"这是床位的事吗?她是小偷,休想再进宿舍。你愿意把床位让给她,那么你和她就是一伙的,你俩一起睡过道吧。"

许重笙低下头,掩去眼里的泪光。

姜妍说:"报警了吗?"

许重笙点点头:"已经报警了,做了笔录,但是还要等结果……"

中班结束后是夜班,姜妍有一个晚上和整个白天的休息时间,这就是工人的休息日了。陪了许重笙一会儿,她还是回家了。

一进家门,母亲就扑了过来,上上下下地打量她:"这孩子,都瘦了……"

姜妍先是安抚自己的母亲,让她不用担心,然后才和父亲一起走进书房。

姜成峰依旧是满面愁容,问了问姜妍在厂里生活的情况。姜妍说出自己这段时间发现的问题:"宿舍管理比较混乱,有些地方需要改进,比如新工和老工是否应该混住?还有宿舍是否需要按照班次进行分组?一个宿舍里八个人,这八个人应该尽可能都是同一班次的,这样可以减少一些不必要的摩擦。"

姜成峰听着女儿提出的意见,心里很欣慰,她确实切身地去体验、去观察了。

这都是小问题,姜成峰本不想继续讨论,但考虑到女儿的热情，他还是思考了一下才说："新工毕竟是少数，虽然每年都会招收新工，但每个车间也就十几个新工，而且最后能留下来的更少，流动性很大，专门为他们分出一个舍区，不现实。还有，新工刚来，什么都不懂，得有老工人带着，要不然他们就像无头苍蝇，连去车间的路都找不着。"

可是姜妍还是觉得，宿舍应该进行一定的调整。

姜成峰见女儿低头不语，又说："妍妍，要不然你直接进入管理层，当个小工根本就接触不到管理层，没法儿扭转乾坤。"

"爸爸，咱家厂子关系到三千多名工人的命运，只有深入基层才能找到问题的根源。小工人是接触不到管理层，可是管理层又真的了解小工人的生活吗？我们只有从底部深挖，才能知道让工厂衰败的原因到底在哪里。"

姜成峰想起自己答应女儿至少坚持半年，这时候只好点点头说："你说得也对。"

第二天早上，姜妍早早地回了工厂，临走前把自己写的关于宿舍管理的建议放在了姜成峰的桌子上。

姜成峰看着女儿归来后，递给他的第一份关于工厂的建议，他不想打击女儿的积极性，思量再三，最后终于打了个电话，向下属安排："关于职工宿舍管理这块需要整改，按照我给你说的方案进行……"

姜妍回到厂里时恰好碰到许重笙在买早餐。别人都去大食堂吃包子和粥，或者小菜油饼什么的，大食堂给职工优惠，所以基本花两三块钱就能吃饱。而许重笙却选择了大食堂的餐车，因为那是上夜班的工人们买剩的菜底子，所以很便宜。她用两毛钱买了一份菜汤，一块钱买了四个馒头，没有回宿舍，直接坐在树下一个椅子上就吃了起来，吃得很小心，力求不浪费一点儿馒头和菜汤。她把一个馒头泡了菜汤吃，剩余三个馒头装在自己的校服口袋里。

姜妍本想和许重笙打个招呼，考虑到她不一定想让别人看到她如此狼狈的样子，于是轻轻叹了口气，先回宿舍了。

虽然宿舍新的管理办法已经下达，可是真正执行起来还是费了一点儿时间，许重笙在此期间依旧住在四〇一宿舍门外的过道里。从开始的尴尬，到最后的坦然，她已经可以在来往众人的目光中坦然入睡，好似过道原本就是可以睡觉的地方。

一周后，宿舍大调整的事终于落实下来，厂里专门安排人进行宿舍的重新分配。每个宿舍都尽量安排同班次的工人，每个新工与师父分在同一个宿舍。虽然还是新老工人混住，但是师父和徒弟住一个宿舍，明显要比把徒弟随便安排在某个宿舍要好很多。

就这样，姜妍住进了师父李婉玉的宿舍三〇五室，而许重笙终于不用住过道了，她被分到了四二八室，同她的师父陈娟一个宿舍。

李婉玉的床位并没有动，宿舍里其他班次的三名工人被调去了别的宿舍。李婉玉的心情其实不错，整个宿舍都是同班次的人，上班一起上，下班一起下，同一时段吃饭，同一时段睡觉，这样挺好，再也不用担心正睡着的时候被人吵醒，也不必因害怕打扰到别人而小心翼翼地吃饭、洗漱了。但她看到搬了行李进来的姜妍还是丢给她一个白眼，似乎很不欢迎这个徒弟。

同宿舍一个女工笑了起来："李婉玉，你徒弟来了，以后打开水的事就交给你徒弟了啊！"

李婉玉这才把目光真正落在姜妍身上，破天荒用温和的语气说："小姜，以后打开水的事就交给你了。"

师父有令，徒弟莫敢不从！姜妍笑着应了下来："好，听师父的。"

李婉玉的脸上终于露出一点儿笑容，含着一丝骄傲的神情，有人道破她的心思："带徒弟还是有好处的嘛，弄得我也想带一个徒弟了！"

另一女工笑道："你想带就能带吗？必须技术好，而且漂亮才行！"

一句话引得众人哈哈大笑起来。

姜妍麻溜收拾好自己的床铺，然后就手提几个暖水瓶，去厂里的开水房打水了。

三千多人的工厂，只有一个开水房，建在树荫下的长长一排平房里。平房内有二三十个大型开水器，终年雾气氤氲，通常需要排几分钟的队才能打上开水。姜妍来回三趟，总算把宿舍里的暖水瓶都打满了。

李婉玉和其他几个工友扎堆在床上打牌吃牛肉干，见姜妍表现不错，李婉玉抓了一把牛肉干给姜妍，但依旧是冷冷的神情。姜妍本打算客气一下，可见李婉玉已经甩了一个白眼过来，她赶紧接下，笑着说："谢谢师父。"

李婉玉她们没再理会姜妍。姜妍对打牌没有什么兴趣，就去四二八室找许重笙，同时买了一些豆腐干、鸡爪、瓜子、花生等零食。

看见许重笙的时候，她正抱着腿坐在上铺看着窗外发呆。姜妍笑着和宿舍其他几个人点头打了招呼才唤她："小许。"

许重笙应了声，转过头向姜妍露出一个笑容，姜妍说："我来看看你。"

许重笙连忙从上铺下来，站在那里有些局促地说："太小了，没地方坐。"

"小许，怎么就没地方坐了？可以坐在床上呀。"一个女工语气略带嘲讽地说。

"啊？那是你们的床……"

"呵呵……"那女工冷笑了一声不说话了。

许重笙的脸涨得通红，更加不知所措，姜妍笑了起来："各位好，小许是我的表妹，刚刚出学校的学生，胆子小，什么都不懂，还请大家多多包涵。这是买给各位的零食，聊表心意。"

说着姜妍把那袋子零食放在窗口的桌子上，众女工一看东西不少，翻翻找找，拿了自己喜欢的吃了起来。

"小许，你姐不错，很懂事。"

"是啊，小许，你有这么个姐姐可真好，以后让你姐常来玩呀。"

"对对对，欢迎你常来……"

几个女工吃着零食换上了笑脸，宿舍里的氛围顿时好了起来。还有人主动把许重笙拉过来坐在自己的床上，姜妍也陪着坐了一会儿，然后和许重笙从宿舍里走出来透透气。

二人走在葡萄长廊下，许重笙感激不已："姐，你对我太好了，遇到你，我真幸运。"

"小许，为什么年龄这么小就辍学呢？"

想到其他像许重笙这么大的孩子还在课堂里上课，被家长、老师和学校保护着，而许重笙却已经步入社会经历磨难，姜妍就觉得有些心疼和可惜。

一句话问出来，许重笙的眼眸里已经盈满了泪，好一会儿才低低地说："就是……就是家里条件不好，需要打工补贴家用……"

姜妍正要说什么，许重笙连忙又补了一句："我学习也不好，不想学了。"

姜妍脑子里刚形成的念头又打消了，因为她已经从许重笙的这句话里读到了拒绝。许重笙似乎猜到了她的想法，但是许重笙并不愿意接受那方面的帮助，她是个想要自立自强的女孩子。

正在这时，忽然听到不远处一阵起哄声。二人将目光投向远处，只见李国华正被一堆女工围在中间，其中最扎眼的就是韩玉仙和刘心铃。现在已经是深秋，韩玉仙却穿着一件露出肩膀的低领毛线衣、一条黑色皮裙子，脚蹬尖头高跟鞋，一头长发烫成了羊毛卷，手里拎着个小坤包。她略显丰满的身材在这身衣服的映衬下，也算是曲线毕露。

此时，她正伸开双臂拦在李国华面前说道："班长大人，出了车间，您可就不能摆班长的臭架子了，我们这么多美女一起约您，您还是不愿给个面子吗？"

其他几个女工连连点头："班长大人，又没有什么其他的事，就是一起吃个饭跳个舞而已嘛。"

打扮同样妖娆的刘心铃忙补充道："就是就是，您一个人独来独往的，多无聊呀。您可不能自绝于民众，要融入广大百姓之中嘛！"

面对一群香气四溢的美女，李国华神情淡然，很自然地推开正抓着他衣袖的手，向韩玉仙说道："我不可能和你们去吃饭跳舞，我没时间，你们别闹了，否则今天上班后，你们各自少得两袋纱棒。"

众美女一听，怔怔地立在那里不知道说什么好，韩玉仙扑哧一笑说道："两袋纱棒而已，还吓不住我，只要班长大人赴约，十袋纱棒我也认了。"

李国华眉宇间终于掩不住厌恶："韩玉仙，信不信我把你调到别的班子去？"

这下韩玉仙也怔住了，但依旧固执地拦在他面前："李国华，你就这么狠心？我哪里不好？人人都知道我喜欢你，好几年了……为什么这样对我？"

李国华很认真地看着她的眼睛，回答了她的问题："你别做徒劳无功的事了，我们不合适。"

说完，也不等韩玉仙再说什么，李国华就冷冰冰地推开她，径直离去了。

韩玉仙愣了片刻才转身，冲着李国华的背影跺脚大吼："李国华，你会后悔的！"

然而李国华连头都没回。

许重笙这时候忍不住说了句："那个男的好酷哇！"她到底是刚出校园没多久，没有什么社会经验，她就这么一惊一乍地叹出声，结果被韩玉仙和刘心铃她们听到了。

她们的目光齐齐转过来看向姜妍和许重笙。韩玉仙气不打一处来，气势汹汹地来到二人面前，眸子在许重笙和姜妍脸上转来转去，然后一抬手就朝姜妍打来，明显把姜妍当成了假想敌，想报上次车间倒筒之仇。

姜妍一把抓住了她举在半空中的手腕："你想干什么？"

"没看到吗？打你这个低等人。"韩玉仙另一只手忽然抓住了姜妍的头发，发狠地开始乱打。姜妍认为自己向来也不是好惹的，可是出了象牙塔，换了完全不同的场景，她也被整蒙了，居然就这样被韩玉仙推倒在地。刘心铃和另外几名女工也一起扑了上来，对着姜妍肆意撕打，刘心铃还大叫："这就是色诱李国华的那个不要脸的货，大伙儿一起打她！"

就在姜妍身上挨了好几拳疼得快要吐血的时候，忽听一人尖叫着冲过来，把身体当成炮弹，猛地撞开了围在姜妍身边的几个人，然后疯了似的对着韩玉仙和刘心铃叫嚷。

这个冲上来的人，正是许重笙，她像一只发怒的老虎，护在姜妍的身前，眼睛发红，双手成爪不断挥着，嘴里还发出愤怒的怪叫。

动静这么大，围观的人也越来越多，刘心铃扯了扯其他人，示意看到的人太多，再打可能不好收场。

韩玉仙的手背被许重笙抓出了血，她看了眼伤口，恶狠狠地骂了句："疯子，哼！我们走，别理她们了！"

韩玉仙莫名其妙地忽然带着人退去了。后来才知道，原来她以弱者身份去保卫科告状了，她身上有伤，等于有被欺负的证据，许重笙和姜妍反而成了伤人的人。

好在李国华知道韩玉仙的个性，也知道事情是怎么发生的，便出面去保卫科将事情说清楚了。最后保卫科只是训了许重笙和姜妍几句，这事就算完了。

那一日，姜妍虽然挨了几拳，但自觉没有大碍，看到许重笙还保持着战斗姿态，紧盯着已经离去的那群人，心里既心疼又感动，挣扎着爬起来，将许重笙抱在怀里安慰道："小许，没事了。"许重笙这才转头看向她，然后哇的一声哭了出来……

许重笙这一哭，似乎怎么也止不住。自从入厂以后，她所遭遇到的种种一直积压在心头，到了这一刻，终于绷不住了，情绪的崩溃让她很狼狈，一边哭一边向姜妍说："我好丢人，我不想哭，可是我忍不住……"

姜妍的心也痛得像被挖掉了一块，想想自己像许重笙这么大的时候还被父母呵护着，像金贵的小鸟般被照顾着，而许重笙却已经受了这么多苦，她此刻的情绪明显无法控制。

姜妍牵着许重笙的手走出了工厂大门，一时也不知道该带她去哪儿，只觉得不能让她留在大庭广众之下。于是，干脆就近坐了一辆出租车，让出租车师傅往前开就行。出租车师傅也很尽职，车子立刻就出发了。

路旁的风景缓缓后退，许重笙的哭声一直止不住，姜妍侧身搂住她："小许，想哭就哭吧，这里没有外人。"

那天，许重笙哭了很久很久。但这件事还没有结束。

隔天，姜妍刚到车间，就被韩玉仙挑衅地拦住了。姜妍这时候对韩玉仙真是半点儿好感也没有了。

她直视着韩玉仙的眼睛说："韩玉仙，你别太过分了。"

恰好李婉玉也进来了，看到二人对峙，她冷冷地道："小姜，愣着干什么，跟我去扫车！"

姜妍应了声，侧身准备跟着李婉玉往前走，没想到韩玉仙居然还是固执地挡住她的去路。李婉玉见状，啧了一声，一把推开韩玉仙："你有病是不是？你拦着我徒弟干啥？打狗还看主人呢，一天把你能的，你想上天啊！"

韩玉仙大约没想到李婉玉会动手，她被推得退后一步，想说什么，但不知在顾忌什么，最终只是冷哼一声，离开了。

姜妍感激地看着李婉玉："师父……"

李婉玉依旧那副冷漠的样子，丢给她一个大白眼："真是没出息，下次打架再输，别让人知道你是我徒弟！"

车间的轰鸣声一如往常，络筒车间丙班在李国华的带领下正常运转，姜妍在李婉玉的指导下开始学习辨认管子的型号。管子是用厚牛皮纸做成的，外形像一个中空的漏斗，每个管子的尖头上都染有红、黄、绿等颜色。

李婉玉告诉姜妍，绿色的管子只能作为二十四号纱线的管子，黄色的只能作为二十八号纱线的管子，红色的只能作为三十二号纱线的管子，每种颜色的管子要匹配正确才可以。错管如果被打包的人发现，一次就扣二百元。

一个普通工人一个月才一千多块钱工资，发现一个错管居然要扣二百元，这绝对是一个大惩罚。

李婉玉接着说："我们把这些型号的纱线简称为二四纱、二八纱、三二纱，今天我们要做三二纱，应该拿什么样的管子？"

姜妍赶紧回答："红色的管子！"

李婉玉点点头："那你去拿管子吧！"

姜妍点点头，来到络筒车间最里面靠近更衣室的地方，这里是专门存放纱管的地方。姜妍拿了六十个红头纱管准备离开时，忽然眼前一花，韩玉仙打翻了她手里的纱管，纱管散落在了地上。

韩玉仙假惺惺地说："啊！对不起，对不起，你不会介意的吧？"

姜妍冷冷地瞥了她一眼，把纱管捡起来。韩玉仙又说："小姜，别以为仗着你师父护你，你就可以为所欲为，李国华不是你能动的男人！而你师父，也不过是个喜欢攀高枝、勾引男人的狐狸精而已！"

姜妍忽然转身，厉声说道："韩玉仙，你把嘴巴放干净点儿！"

"怎么的，敢做还怕人说？你师父就是狐狸精，攀高枝！被包养！她那点儿事谁不知道，她不知道用什么下三烂的手段勾引了燃太子，谁都知道她是贱人！"

"什么燃太子，你胡说什么！"姜妍愣住了。

"新人就是新人，懒得和你多说，后面你就会知道我说的都是实话！"

韩玉仙说到这里突然打住了，姜妍心里却七上八下的。她也知道一个燃太子，只是不知道此太子是不是彼太子。

姜妍回到岗位前，李婉玉的车子上已经放了一袋三二纱，李婉玉丢给她一个白眼责怪道："拿个管子也这么长时间！"

姜妍自然不会告诉她自己被韩玉仙纠缠的事，只说今天三二纱管不好找。李婉玉显然不信，但也没有深究，只说："开始吧。"

姜妍把纱棒的线头找到扯出来一截，然后摆在纱框内，方便李婉玉把纱棒戳到络纱机上。

李婉玉的动作行云流水，捻起一根线迅速地缠绕在纱管粗的那一端，缠好后往络筒机头上一插一滚，纱筒就匀速转动起来，纱棒上的纱线就这样到了纱管之上。一轮三十个纱管全部弄好，第二轮就开始使用打结器。把纱棒上的线头捻上来，同时找到纱管上的线头，两个线头变魔术似的，相互交叉，再往打结器上一按，随着咔嗒一声轻响，一个小小的结就打好了。纱棒和纱管上的线成为一条，源源不断地壮大着纱筒，直到它们变成两公斤八百克的大纱筒就可以落筒了。

这是人民的智慧延伸出来的艺术！在李婉玉络筒的时候，姜妍站在旁边，拿出钩刀练习手工打结。

其实，姜妍更感兴趣的是打包这个环节。为什么呢？因为打包工作人员进行打包的同时，还要检查错管和纱疵问题。

纱筒到了打包车间，就到最后的包装环节了，出了打包车间就是可以上市售卖的产品了。打包车间肩负着最后的质量检验工作，发现一个错管罚款二百元，发现一个纱疵罚款五十元。

错管问题姜妍已经知道是怎么回事了，就是不能把管子的颜色和纱线的型号搞混了。不过纱疵问题姜妍还不是很了解。于是中场休息的时候，她就悄悄来到打包车间。

打包车间每个班次的工作人员并不多，只有四个人合作作业。一张光亮的大铁皮桌子，桌子上方有明亮的灯光，方便打包人员迅速检查纱筒的质量。检查没问题后，用一个白色塑料袋装起来，一挽。当把纱筒装进塑料袋里系好袋口的那一刻，就代表这个纱筒已经检验合格，可以出厂售卖了。

这四个人的速度非常快，手速都是一流的。姜妍好奇地问："这么快就检查清楚了？"

为首的一个打包工看了她一眼问道："新工吧？跑这儿干吗来了？"

姜妍笑嘻嘻地说："好奇，参观一下。"

为首的那人说："我知道你，李婉玉的徒弟。"

姜妍笑着说："对啊。你叫什么名字？"

"刘华。"

姜妍说："很高兴认识你。我就是想请教一下，什么叫纱疵？"

"你不问你师父，跑来问我？"

"我师父的技术太好了，根本就没有纱疵，我到现在都没见过纱疵是什么样。"

话音刚落，刘华就把一个纱筒推到了她的面前："你自己看，这不就是纱疵吗。"借着白亮的灯光一看，姜妍发现纱筒表面有一段比较明显的线头，应该是打结的时候把多余出来的碎线头带了进去，导致这里看起来不光滑。

"像这种纱筒需要返工吧？"姜妍问道。

"返工？"刘华扑哧一下笑出了声，"傻不傻呀！新工就是新工！"

"那这怎么办？"姜妍有些疑惑，像这种明显有纱疵的纱筒应该是不能直接出售的吧？据她所知，买这种纱筒的商户一般都是裁缝店或者针织厂，普通人家也有买的，就是那种喜欢在家里做点儿裁缝活计的人。这样的纱疵会导致纱线在操作过程中忽然断裂、缠绕，用这样的线做出来的针织产品也会有瑕疵。

虽然不能保证每个纱筒的质量都尽善尽美，但是已经发现的问题应该解决。这样的纱筒一定程度上会导致商家对厂家所提供商品的质量产生意见。

可是以姜妍现在的身份自然不好说这些，只好奇刘华到底会怎么处理这个有瑕疵的纱筒。按照她这个新工刚刚知道的，纱筒被发现纱疵，应该罚款五十元。

只见刘华看了看纱筒上的纸签号："二十七号，刘心铃的。"说完把那个纱筒推到一边。

另外一个打包工说："我去叫她。"

姜妍没有离开，站在角落里悄悄地看，等了片刻，刘心铃来了，一见刘华，立刻冲她笑得很灿烂："华子姐，你是想我了吗？"

刘华冷着脸示意："看看你的筒子。"

刘心铃仔细看了看，嘻嘻地笑了起来："我还以为是什么大事呢，华子姐，最近'明月夜'出了新菜哦，听说不错哦，不如哪天我们……"

刘华心领神会："知道了，就你嘴馋。"

刘心铃一笑："华子姐，那我走了，刚好来了一袋纱棒，忙着呢。"

刘华："快滚！"

刘心铃走了以后，刘华毫不犹豫地把那个有纱疵的纱筒抱过来准备打包起来。姜妍上前一步抢过来说："华子姐，交给我吧，我去把这个筒子倒了，返工一下。"

"你这个新工事真多，你师父不说你？"刘华说着，把手上的筒子推给了她，"你愿意做就做吧，要不要把车间所有有纱疵的筒子以后都交给你一个人倒筒返工？"

姜妍怀着复杂的心情，带着有问题的纱筒离开打包车间，回到李婉玉的岗位上。

李婉玉疑惑地问道："怎么回事？我们出纱疵了？"

"师父，这是刘心铃的。"

李婉玉更加疑惑了："你抱着她的纱筒干什么？"

"我给她返工一下，这里有个纱疵。"

"呵呵，你给她返工？她自己怎么不返工？她脑子有病吧！"李婉玉说着，马上想到了什么，眸子里有了几分了然，

"她有刘华护着，她是不用倒筒，不过也轮不到你来帮她倒筒吧。到底怎么回事？"

姜妍知道瞒不住了，只好告诉李婉玉，是她自己抢了这个筒来倒的。因为她觉得这个纱筒质量不行，就这样打包卖出，影响工厂的形象和信誉，千里之堤，溃于蚁穴，一定要把这个纱筒返工才行。

李婉玉愣愣地听着姜妍说完这些话，那目光就像在看一个傻子，然后她点点头："行，行，小姜，没看出来你还是一个'家国兴亡，匹夫有责'的人，不错不错。"

李婉玉把车子往一边踩了踩："让给你一个机头，倒筒吧。"

姜妍连忙说了声谢谢，听见李婉玉说："只此一次，下不为例，我不想收一个脑子有问题的徒弟！"

一个岗位三十个机头，李婉玉让出一个机头，看起来影响不大，但其实她这一轮的产量一定会少至少两公斤。要知道工人工资是计件制，一天少两公斤看不出来，但一个月下来损失可不小。

李婉玉又气哼哼地说："别人带徒弟都是赚，我带徒弟是亏！"

姜妍低头挨骂，笨拙地拿管子绕线，绕了几次都失败了。李婉玉丢给她一个大白眼，抢过她手中的管子，几下绕好，插在机头上。

因为发现刘华并不会真的让每个工人都处理纱疵，这件事让姜妍非常忧心。打包车间可是纱筒出厂的最后一关，而且是最重要的质量检测关，这样也太儿戏了吧。也不知道这种情况已经存在了多久，或者说多少年。由微而窥大，厂里除了络筒车间，还有织布车间、针织车间，现在源头上的纱筒出了问题，而织布车间和针织车间用的都是这些纱筒，那成品又有多少瑕疵？而且这些有瑕疵的纱筒本身也是直接对外销售的成品货，这多年来又造成多少订单的流失？

姜妍越想越觉得这事不小，一会儿工夫手心里居然出了不少汗。

这事应该找谁解决呢？

正想着的时候，李婉玉忽然把自己的打结器递到了她的手里："有点儿缺油了，去让李国华上点儿油。"

姜妍应了声，拿着打结器去找李国华。

李国华有独立的办公室，就在车间一侧，姜妍敲了敲那扇绿色的门，李国华的声音传出："进来。"

姜妍走了进去。这还是她第一次进入李国华的办公室，内里陈设比较简单，一张办公桌、一张窄床、一个简易书架，书架上放着一些书和需要修的打结器等物，靠墙有两盆橡树绿植。

"班长，我师父的打结器缺油了。"姜妍说着把打结器递向李国华。

他放下了手中的书，接过打结器。姜妍看到他正在看的书是《棉纺业大观》，上面还做了不少笔记。

姜妍又看了看书架上的其他书，都是《经济管理学》《对外扩展》《棉花种植》等专业书籍。

"班长，这些都是你在看的书吗?"姜妍好奇地问道。

李国华嗯了声，从抽屉里拿出打结器专用油，往打结器里滴。

李国华沉默寡言，似乎很不愿意说话，姜妍也不再勉强，默默地等在一边。李国华给打结器上了油后，又咔咔试了两下才递还给姜妍。

"谢谢班长。"姜妍道。

"可以了，去忙吧。"

姜妍却没有离开，因为她忽然想到，李国华是班长呀，打包车间和络筒车间总体还是一体的，打包车间的事他不管吗?

"班长，我要举报。"姜妍认真地看着他。

"举报什么?"李国华的目光终于落在了姜妍的脸上。

"今天刘心铃的筒子有纱疵，刘华发现了，却没有让她返工，也没有记录罚款。"

李国华平静地说:"知道了。"

看他神色淡然、一点儿也没放在心上的样子，姜妍不甘心，又继续道:"打包车间可是很重要的一环，一旦质量关把不好，对厂子的影响很大。这件事您要好好管管才行。"

李国华点点头:"你说得有道理。"

"那你打算怎么处理?"姜妍固执地问。

"我要如何处理，不用给你汇报。你去忙吧。"李国华冷冷地说。

姜妍咬咬嘴唇，继续说:"这件事一定要管的，刘心铃的筒子出现纱疵，是操作的时候不认真造成的，应该罚款，让她长个记性。至于刘华，发现问题不解决，反而要把有纱疵的筒子继续打包售卖更不对，也要惩罚。"

李国华很认真地听完了她的话，不由自主地扑哧一笑："你这个新工还挺有责任心的，难得。"

"这种有瑕疵的纱筒出了工厂，到了市场上，对我们厂的声誉会有巨大影响。这件事本来就很重要，作为厂里的一名职工，我必须有这份责任心。你就说，你管不管这个事？"

李国华微怔了一下，沉默片刻才道："我会尽力而为。"

姜妍这才展开笑颜："谢谢班长大人。"郑重地向他鞠了一躬才开门离去。

姜妍总觉得李国华会说到做到，她的心情终于放松了一些。

看她笑嘻嘻地把打结器递过来，李婉玉狐疑地问："什么事这么高兴？"

姜妍这才发觉自己笑得似乎有点儿太明显了，忙说："没什么。"

"去了一趟李国华办公室就这么开心，不会真的像他们说的，你喜欢李国华吧？"

"师父，你乱说什么，怎么可能！"

"最好不是。别看李国华长得不错，他可是个怪物。"

"怪物？"姜妍又好奇起来，"师父，你为什么这样说？"

"总之就是怪物，冷冰冰、没有感情的怪物，女孩子在他那里都要伤心。"

姜妍点点头:"其实我觉得还好,他只是孤僻一点儿,但他还是很好学的。"

李婉玉冲她投去不可思议的眼神,似乎觉得姜妍已经无可救药了。她摇摇头没再多说什么,试了试打结器,果然好用多了,忍不住又问道:"你们这些刚出学校门的小丫头就是什么都不懂,他只是个机械工,一个月工资才两千块。"

姜妍点点头说道:"其实两千块的工资还可以,毕竟在饭店当服务员一个月才四百块。"这也是三千多名工人愿意继续留在厂里工作的原因吧。

李婉玉不知道姜妍已经从全厂工人工资水平这个层面考量了,还以为她又在替李国华说话,一时间只觉得眼前这个丫头真是一点儿出息都没有,也懒得和她再多说了。

下班的时候,已经是早晨九点半了,交接班后,出车间快十点了,姜妍和李婉玉一起去大食堂吃饭。

秋色已深,空气中有了寒意。姜妍一边走一边看路两侧的风景,花园,草坪,三幢五层的宿舍楼,两栋办公室,一大片起起伏伏的车间,就属大食堂这里最热闹了,终年人来人往,在大食堂的周围还散布着七八家书店和四五个私人餐馆。

大食堂里其实不止一个档口,除了工厂自营的一个福利档口,还有十个私人档口。

这十个私人档口共用一个饭堂,偌大的空间内,桌子连着桌子,椅子挨着椅子。特别是早餐这会儿,是人最多的时候,通常不认识的人也可以坐一桌,安安稳稳地吃一顿早餐。

每个档口的食物价格都差不多，只是味道有差异而已，所以哪个档口生意好，完全看食物的味道和老板平时的为人处世及服务态度，毕竟所服务的都是这些工人，都是老顾客、回头客。

姜妍这些日子，特意每天换一个档口吃饭，尝了每个档口的饭菜后，觉得还是工厂自营的档口的饭菜更好吃，也更实惠。

只是自营档口的早餐永远只有三样主食：油饼、馒头和油条。小菜也只有凉拌黄瓜和凉拌海带丝，不似私人档口那样品种丰富。

姜妍很喜欢吃自营档口的油饼，可能大厨多年未换，炸油饼炸出经验来了。姜妍觉得自营档口的油饼是世界上最好吃的油饼，再配上两毛钱的凉拌黄瓜和海带丝，味道简直绝了！

姜妍拿了一个油饼、两份小菜正找坐的地方呢，就见许重笙正坐在一个角落里低头吃着饭。

姜妍很意外，立刻走过去和她坐在一起："小许，你这会儿怎么还没去上班？要迟到了。"

许重笙看到姜妍，眸子里迸出一点儿惊喜，似乎松了口气，终于不必一个人吃饭了，她语气里掩不住兴奋："姐，我随着师父调到二纺的丙班了，以后和你一个作息时间。"

"是吗？那真是太好了。"姜妍也很开心。

许重笙的早餐也是一个油饼，不过她没有要小菜，面前还有一碗免费的清粥。

姜妍把自己的小菜往桌子中间推了推："一起吃。"

许重笙嗯了一声，小心翼翼地夹了一块黄瓜送入口中说："姐，我还是第一次来大食堂吃饭，我闻着油饼的味道太香了，实在没忍住……"

姜妍知道许重笙每天都是三顿馒头，油饼小菜其实只贵一毛钱，她却舍不得买。

"小许，以后我们一起上班，一起下班，饭也一块儿吃。"

"太好了！"许重笙觉得此刻是最幸福的，自从进入工厂，终于发生了一件好事。

不过很快就又发生了一件不开心的事。

原来陈娟和许重笙被调到丙班，居然是因为许重笙被传是小偷的这件事。她上班的时候总是被张敏以各种理由谩骂骚扰，并且更衣室总是丢一些小东西，比如打结器、扫车的刷子、工帽等，大家都会第一时间怀疑许重笙。

许重笙的师父陈娟是一个冷漠而又懦弱的人，每次因为徒弟的事被张敏她们找麻烦，就觉得受不了，同时又感到没面子、厌烦……数次向教练申请，不要许重笙这个徒弟了。可目前，又有谁愿意带许重笙这样一个徒弟呢？

教练没法儿安排，只能下了死令：一日为师，终身为师，不许半道弃徒！

陈娟无奈之下，越过教练和班长，直接向车间主任请调，结果就带着许重笙调到了二纺丙班。

虽然一纺和二纺在不同车间，但每个班次上下班的时间是一样的。所以许重笙算是和姜妍同班次了。

但是陈娟很愤怒，觉得自己离开了一起相处了七八年的甲班工友都是许重笙害的，所以对许重笙没个好脸。更让陈娟不能接受的是，按照现行的宿舍管理办法，她们师徒二人需要调宿舍，陈娟死活不愿意和许重笙住一个宿舍。

许重笙再次面临没有宿舍可住的情况。

巧的是，三〇五宿舍的一位工友因为要远嫁外地，就辞工了，宿舍里空出了一个床位。

姜妍一直抱着李婉玉的胳膊撒娇："师父，你就同意吧。我保证，小许绝对不是小偷，她可老实了。她只是个刚刚出校门的学生，不能让她住过道吧？她好可怜……"

李婉玉被她缠得受不了了，一扭身给她个背影说："这事我管不了，得问宿舍其他人。"

姜妍一笑："师父同意了就好。"

李婉玉冷冷地哼了一声，让人听不出她到底是同意还是不同意。但是和李婉玉"亲密"相处了一段时间的姜妍却明白，李婉玉这是同意了。

下午，姜妍推门走进宿舍时，手里拿着一大盒蛋糕："姐姐们，请你们吃蛋糕！"

宿舍里其他人疑惑地看向她："蛋糕？是谁要过生日吗？"

"不是谁要过生日，这是蛋糕房新推出的一款黑森林蛋糕，新鲜出炉，排队才能买到，所以我买了一个回来，大家一起尝尝。"姜妍解释道。

"哎哟，李婉玉，你徒弟不错呀，有好东西还知道想着大伙儿！"

"是呀，这徒弟真不错。"

"李婉玉你走运喽，收了个这么大方的一个徒弟。"

面对大家的恭维，知道姜妍一定是"醉翁之意不在酒"的李婉玉，并没有任何反应，依旧是冷冷淡淡。直到姜妍切开蛋糕并且恭敬地端了一块递到她面前，她才勉强接过来说："有事说事，不用要这么多小花样。"

姜妍正不知道怎么开口，经李婉玉这么一点，众人也都知道姜妍必有所求了。她们都已经啃了几口蛋糕，嘴巴上都是奶油，一时皆问："小姜有啥事要说吗？"

姜妍感激地看了点明主题的李婉玉一眼，这才向大家说："是这样的，咱宿舍不是空出一个床位嘛，我想让我朋友许重笙加入我们这个大家庭……"

有两个工友一听，很尴尬地把手里的黑森林蛋糕放回桌子上，赶紧拿纸抹去唇边的奶油，其他人则边吃边看向李婉玉。

李婉玉默默地吃了一口手里的蛋糕，细细地品尝，然后点点头说："这蛋糕确实挺好吃的，是不是？"

"是啊，不答应小姜的话，是不是以后都吃不到这样美味的蛋糕了？"

"哈哈，没错！小姜，你带朋友进来住可以，但以后要经常给我们买好吃的才行！"

"就是就是……"

原本放下蛋糕的两个工友见状，知道这是众人默认许重笙可以住进宿舍的意思了，赶紧把放下的蛋糕又拿回来大口吃起来。

巧合的是，许重笙搬到三〇五宿舍的同一天下午，接到保卫科的通报，之前四〇一宿舍的失窃案终于告破，是和张敏关系很好，而且铺挨铺的好朋友做的。如今钱和烟都已经被追回，不过张敏的朋友因为偷窃已经被厂方开除。

不管怎么说，许重笙清白了，等保卫科的人离开后，她愣愣地站在原地，眼泪像断了线的珠子般落下来。

三〇五宿舍的人得知她并不是小偷，也不由得松了口气。同时大家又有点儿同情这个小女孩，纷纷安慰起她来。

许重笙只是不断地说着谢谢。

为了庆祝这件事，姜妍带着许重笙走出厂区，要请她吃顿好的。

在大食堂的周边散落着几处独立小院，花木扶疏，环境很好。这几个小院都是厂内私人承包制餐馆，据说厂外餐馆有的菜，他们都有。

姜妍也想品尝一下这些私人餐馆饭菜的味道，便带着许重笙来到一家名叫"明月夜"的餐馆。

门口的牌子上写着"今日推荐菜品：水煮鱼、蒸鸡"。

许重笙拽了拽姜妍的衣袖："姐，不要了吧，太贵了。"

姜妍笑道："没事的，偶尔奢侈一下而已。今天我们住在同一个宿舍了，而且警察也还了你清白，太高兴了，值得庆祝。"

许重笙笑得眼睛眯了起来："是啊，姐，真是太好了。"

姜妍觉得许重笙胆小、怕生，虽然只有她们两个人，还是要了个小包间，点了今日推荐的水煮鱼和蒸鸡，又点了一个汤，一份青菜，二人就欢快地吃了起来。

许重笙许久没有好好吃过一顿饭了，刚开始还比较矜持，吃了几口后觉得菜太美味，肚子里忽然张开了无数个饥饿的小口，都在期待这些食物落入口中。她渐渐地忘记了管理形象，大口大口地吃了起来。

为了避免许重笙尴尬，向来吃饭细嚼慢咽的姜妍也学着她的样子大口吃起来。偶尔抬头间，看到两人嘴边都挂着油汁，不由得会心大笑起来。

两人吃到尾声的时候，姜妍起身到吧台拿可乐，无意间扫到另外一个包间里坐满了人。她扫了一眼，恰好从手掌宽的门缝里看到了刘华和刘心铃。她们的菜刚刚上来，刘心铃夹了一大块肉放在刘华的碗中："华子姐，尝尝'明月夜'的新菜！"

刘华嗯了一声，说："心铃，你干吗老这么客气？"

"不客气点儿行吗？您是谁？刘主任的孙女……？"

"对啊，华子姐，我们这些人可都靠你罩着呢！"

"客气，客气，应该的啊。"

刘华说完又补充道："其实那些什么错管啊，纱疵啊，都是厂里找借口扣工人的工资罢了。你看厂里现在这种情况，估计大家也都快散场了，那还不是能给大家捞一点儿就捞一点儿，尽量让大家把钱都装在自己的口袋里。"

"华子姐，您真是个明白人，如果人人都像您这么明白，大家的日子就好过多了。"

"对对对，说得对极了……"众人应和。

姜妍在门口站了两分钟再也听不下去了，便闷闷不乐地回到小包间，把可乐递给许重笙一瓶。许重笙说："我还是第一次喝可乐。"

瓶盖还没拧开，许重笙就发现了姜妍的不对劲，问："姐，怎么了？出什么事了吗？"

姜妍有点儿难过地摇摇头："没出什么事，来，继续吃。"

可是姜妍如何能吃得下去？

第二天是白班，姜妍和许重笙一起起床，一起去吃早饭。

许重笙不再只买馒头吃，而是和姜妍一起去大食堂吃，但坚决不让姜妍出钱请她，自己买了一个油饼，舀了一碗不要钱的稀饭，在姜妍的陪同下，和大家一起吃早餐。许重笙说："这样才有融入集体的感觉。姐，有你真好。"

姜妍笑了起来："小丫头还学会肉麻了。"

上班的时候，姜妍时不时地看向李国华的办公室。他今天好像很忙，有一台络筒机需要大修，他在那台络筒机前忙了两三个小时还没停。

其间韩玉仙去找了他两次，不知道说了什么，只看到韩玉仙又是嘟嘴又是跳脚地不断撒娇，但是李国华都不为所动，只忙着手里的事，甚至都没看她一眼。

韩玉仙不死心，伸手去拉他的衣袖，李国华如同被蝎子蜇了似的甩开了她。韩玉仙看起来受到了严重的打击，怔怔地站在那里，一副要哭的样子。

李婉玉忽然用纱棒敲了一下姜妍的手，姜妍如梦初醒：

"师父。"

李婉玉皱着眉冷声问道："你老看那边做什么？你若想像韩玉仙那样缠着李国华，直接去就行了，就只是看着有什么用。"

"师父，不是你想的那样……"

"那是哪样？"李婉玉不满地问。

"师父，我是想着那天的事。"姜妍怕再不解释李婉玉真的要误会，"刘华检查出错管和纱疵不记录，这样根本就不能把住质量关，这事班长得管管才行吧？"

李婉玉像看着神经病似的看着自己的这个徒弟："你今天打结练习了多久？可以打到二十个了吗？你知道吗？再过一个星期就要考核了，如果考核不及格，你可能会被开除。

"还有，我这儿今天不知为何，比别人少分配了一轮纱，一会儿你去络纱车间抢一袋新纱过来。

"对了，你别老往打包车间跑，刘华可是一纺络筒车间主任刘同的孙女，你要不想干了就尽管惹她。"

李婉玉说完了这几点，一副再也不想和姜妍说话的样子。

姜妍只能听从她的安排，先去络纱车间抢纱。

所谓的络纱车间，就是生产纱棒的车间。纱棒一般以空心塑料管为坯，将纱线缠绕在纱管上就会形成一个中间粗两头细的纱棒。纱棒的外形看起来像一个纺线的梭子，但又不完全一样。

在计件制下，对于络筒车间的工人来说，得到纱棒的多少会直接影响产量和工资。

虽然说每个人的操作水平和速度快慢会有些许差异，但在班长的统一分配下，大部分职工得到的纱棒数量都是差不多的。不过也有一些技术好、资历老、质量维持较好的工人，会在纱棒有多余的时候，被多分配一些。有些操作慢的工人则会少得到一两袋纱棒。

据姜妍所知，像她师父李婉玉，还有曾经同宿舍的张敏这类工人，她们的工资每月有两千块左右。而操作水平稍微差点儿的工人，则能拿到一千多。但是也有一个月拿四五百块的工人。

根据姜妍的观察，一般刚刚定岗的工人拿四五百块的居多，她们操作水平有限，速度会慢一点儿，别人布完十几轮纱的时间，她们才能布几轮，导致第二轮纱棒送来时，送纱工一看她们还有纱，就会越过她们送给别的工人。

在纱棒供不应求时，需要工人自己去络纱车间抢纱。而抢纱绝对是个技术活儿，讲究胆大、手快、心狠。所以，一般新工或者新定岗的工人对抢纱环节只能望洋兴叹，被动旁观。

姜妍已经有了好几次代替李婉玉抢纱的经验，所以心里还算有底。

络纱车间和络筒车间一门之隔，门上挂着厚厚的棉布帘子，掀开帘子进去，就听到振聋发聩的机器轰鸣声。络纱机之间的距离很窄小，刚好能通过一个工人。

络纱车间的温度很高，待一会儿就会满头大汗。姜妍觉得，络纱车间的工作环境较络筒车间更加恶劣。

一个个纱棒在络纱机上飞速旋转，看起来像一个个可爱的鸡腿菇。姜妍看到有一个络纱机上的纱棒快好了，于是就等在机器的尽头。

过了片刻，果然络纱工来了，手速非常快地将络纱机上已经成形的纱拔下来扔在脚下的袋子里，恰好满满一袋子。

装满纱的袋子被推到了姜妍的面前，姜妍一喜，伸手就要提这袋纱。就在这时，姜妍忽然被谁狠狠地撞了一下，直接摔了个狗吃屎。转身时，只见何彩霞正得意扬扬地扯那袋纱。

何彩霞身高一米七三，不但个头儿高，身材也很结实。她这一撞，把姜妍的骨头都快要撞散了。

"何彩霞，这纱我等了半天了，是我的！"姜妍爬起来不服气地说。

"谁抢到就是谁的。"何彩霞拉着纱袋，头也不回地往络筒车间走去。姜妍只能自认倒霉，又去找另外一轮纱。但是这一轮，络纱机的尽头都有人等着，而且大部分人已经拿到了纱开始往外走，她只能继续寻找快要络好的纱。

结果这一等又等了近二十分钟才拿到一袋纱。回到工位上时，李婉玉神色冷冷地说："一袋纱需要这么久？你是不是找地方偷懒去了？"

"师父，真没有。"

姜妍哭丧着脸说："今天抢纱的人多，我的纱被何彩霞抢了。"

李婉玉往何彩霞的工位看了一眼，只见她正在那里慢悠悠地挡车，心情不错的样子。

李婉玉神色略微缓和了一点儿："她那个身板，你抢不过她也正常。"

姜妍却觉得，抢纱其实是种乱象。

她给李婉玉说自己要上厕所，实际上却直接去了李国华的办公室。李国华刚刚检修完一台络筒机，坐在椅子上正要将油手套脱下来，看到姜妍不敲门直接进来了，他有点儿不高兴："有事吗？"

"班长，我有事要反映。"

李国华的眉头微皱，眸子也垂了下去："什么事？"

"抢纱很不公平。您不是班长吗，分配纱棉也是您的工作之一，您怎么能眼睁睁看着这种乱象发生而不管呢？"

李国华看着她的眼睛很认真地问道："你叫什么名字？"

敢情姜妍因为他被韩玉仙带人围殴，结果他到现在还不知道她的名字！

"报告班长，我叫姜妍。"

李国华说："姜妍，我发现你这个新工想法挺多，事也挺多。"

"报告班长，我认为我是什么样的人并不重要，重要的是有些乱象必须解决。比如打包车间刘华的事，还有今日抢纱的事，都是必须处理的吧？班长不会是个不负责任且胆小的人吧？"

李国华刚想要说什么，忽然办公室的门被推开，一个秃顶的老头子走了进来。他身材宽大厚实，面色严肃，挺着啤酒肚，看着就觉得很油腻。

他进来后把目光落在姜妍的身上，面色不善地说："呵呵，敢情就是你举报的是吧？"

"刘主任，您来了。"李国华忙站了起来，给他让出椅子。

这时候的姜妍也大概猜到，眼前之人就是刘华的爷爷刘同。他不客气地坐在李国华让给他的椅子上，冷漠的目光落在姜妍的身上，向李国华道："我早就提议，新工必须接受为期一个月的思想教育，姜总非不听，你看这都是什么玩意儿？不知天高地厚的东西！"

姜妍邪火上冲，但她把火气狠狠地压在胸口，直视着刘同，语气平静地说："刘主任，我不是什么玩意儿，我是人。请您口下留德。"

刘同没想到自己竟被一个名不见经传的新工教训了，脸色更加难看，问："你叫什么名字？"

这时候李国华忽然道："你先出去吧，我和刘主任有事要谈。"

姜妍却没听李国华的，直接道："我叫姜妍。"说完后才愤然打开门，走了出去。但她没有立刻离开，而是悄悄站在门口，继续听着里头的谈话。

听到刘同说："这个叫姜妍的新工，不服管教，任性妄为，一会儿让人事那里弄个手续，直接开除。"

"刘主任，按照规则，在她并没有做错事的情况下，我们无权直接开除她。如果强行开除，她可以找工会说理……"

"李国华，你要造反了是不是？当初你爸爸早逝，我们一众元老觉得你可怜，才把你留在厂子里当个小班长，让你在这个岗位上一干就是十年，你才能照顾养活你那多病的母亲，要不你早就去要饭了！怎么，现在翅膀硬了，开始不把我们看在眼里了？"

屋内的李国华一下子沉默了，半晌没出声，门外姜妍的心却没来由地疼了一下。李国华今年二十六七岁的样子，十年前他爸爸去世的时候，他也就十六七岁，和现如今的许重笙差不多大。

刘同的话显然伤到了李国华，他的沉默使刘同更加肆无忌惮："怎么，没话说了？我们是看你父亲的面子，让你安稳地在这里工作生活，厂子养了你十年，你就这么回报我们？"

"那个新工算什么东西，她说举报就举报！然后你就因为她的举报，就要申请撤换我孙女？呵呵，李国华啊李国华，没想到你在厂里十年，一点儿长进都没有！你脑子里装的是屎吗？"

原来李国华居然已经申请撤换刘华了！姜妍不由得为刚才自己对李国华的无礼而感到愧疚。

而屋内，刘同不断用语言侮辱李国华，却再没有听到李国华的回应。好几次，姜妍差点儿冲进去和刘同理论。但她觉得此刻冲进去，可能被伤害的仍然是李国华，她只能咬牙继续听。

刘同又说："这事到我这里就结束了，我可以当没发生任何事，只是这名新工必须开除。你是班长，她的情况你最清楚，你现在写个东西，把她的不良表现描述一下，拿到人事去走手续。"

这次李国华终于应了声:"她并没有什么不良表现,相反,她很关心厂子的发展,她的出发点都在于保证产品质量和维护车间秩序。我认为她说的是对的,打包和络纱分配等环节确实有很多需要改进的地方。"

"李国华,你是聋了还是怎么的,敢情我刚才说了那么多都白说了?"

李国华又继续说道:"关于打包车间的事,既然两位主任不管,那么我会继续上报的。"

"就凭你这么个小小班长?李国华,你知道你说这话的后果吗?"

"刘主任想把我也开除了。"李国华声音依旧淡淡的。

"难道你认为我连这点儿权力都没有吗?"

李国华沉默了片刻,终于道:"刘主任请便。"

刘同彻底被惹恼了,冷哼了一声站了起来,愤然打开门,走出了车间。姜妍已经躲到了离办公室不远的厕所内,等了好一会儿才出来。她看向李国华的办公室,门紧闭着,里面静悄悄的,不知道李国华此刻心情如何。

这时候,姜妍终于意识到了她之前没有想过的问题。三千多人的大厂,其中必然有很多错综复杂的人事关系。她盯着一个当班长的李国华,逼着他去解决一些事,显然有些事已经超过了李国华的职责和权限所在。

她不由得有点儿懊悔。现在最需要做的事情是,如何阻止刘同把她和李国华开除。

因为下个班次是第二天早上的九点半，所以五点半下班后，姜妍就直接回家了，打算在家里住一晚。

姜妍到家后，发现家里的餐桌上摆着不少菜，像是有客人要来的样子，她问了一声，母亲答道："是小燃今晚要回来吃饭。"

说完，母亲忽然盯住姜妍说："你和小燃可有些日子没见了，看在你爸爸的面子上，别和他吵好吗？他也好些日子没回来了。"

看着母亲满脸的恳求和担忧，姜妍笑了起来："妈，我和姜燃又不是仇人，无缘无故我和他吵什么呀！放心吧。"

"嗯，但愿你说到做到。"母亲又去厨房继续忙活了。

姜妍叹了口气。她和姜燃虽然是一母同胞，但是自小不和，两人一见面就吵架，已经成为常态。

过了一会儿，姜燃果然来了，不过他看起来不太高兴，只是淡淡地和母亲苏佳打了声招呼："妈，我爸还没回来？"

"快了吧。你先等一会儿。"苏佳说着，给姜燃倒了一杯热茶递到他面前，姜燃却没接，说："放那儿吧。"

苏佳依旧微笑着，把那杯茶放在他面前的茶几上。

姜妍看到这一幕，顿时怒了，姜燃根本没把自己的母亲看在眼里，但她刚才答应了苏佳，不能和姜燃吵架，所以她径直往厨房走去，想给苏佳帮忙。

姜燃看到姜妍，语气有些戏谑地说："呦！姜家的掌上明珠啥时候回来的？放假了吗？"

姜燃和姜妍虽然是兄妹，可是这些年因为各自在异地上学，再加上性格不合，对彼此的情况其实算不上了解。这次姜妍进厂，也早和父亲达成默契，瞒着姜燃，免得在厂里碰面时弄出些什么事来。

苏佳自然也知道姜妍在厂里工作，但她也不是没脑子的人，看到姜妍冷着脸不想回答姜燃的样子，她便代为回答了："小燃，你妹妹已经毕业了。"

"哦，毕业了啊……工作安排了吗？"姜燃似乎对于姜妍的就业问题很关注。

恰好这时，姜成峰推门进来了，说："妍妍是女孩子，不需要有太强的事业心，先让她玩一两年再说。"

姜燃一听，极为赞同："爸，你说得对，女孩子就应该吃喝玩乐，保养自己，身材好、面容好，找个有钱的男人一嫁就好了，就像我妈当年那样。"

"你……"这下真的触到了姜妍的逆鳞，她忍不住就要出去骂姜燃时，被苏佳死死地拉住了，向她摇头。

"妈妈，你听他说的什么话？他一点儿都不尊重你……"

苏佳只是难过地摇摇头。对姜燃的教育确实是失败的，但现在似乎已经无法改变了。

姜成峰冷哼了一声，姜燃终于向苏佳说了声："妈，我闹着玩的，您大人有大量，别生气啊。"

姜燃看向姜妍，又有一年多没见这个丫头了，只见她身材高挑，皮肤白净，头发乌黑，真是个美人坯子。

在他打量姜妍的时候，姜妍其实也在看着他。

姜燃的容貌在男人中算是比较英俊的，可能自小被姜成峰富养，养尊处优，身上自然而然有种豪门贵公子的风流气质。可他是属于那种坐没坐相、站没站相的人，一看就是个不自律的人。

姜妍的脑海里忽然浮现出李国华的身影。李国华也很英俊，是和姜燃完全不同的类型。李国华像受训了很久的军人，他板正、沉默，虽然只是个班长，但身上却有种让人难以靠近的气场，让人不由得多了几分尊重。

兄妹二人相互打量了几眼，这才一左一右坐在姜成峰的身边。

苏佳有点儿尴尬地对姜成峰说："你看这兄妹俩，不熟似的。"

姜成峰看看自己的儿子，又看看自己的女儿，内心的情绪很复杂，他尽量以平静温和的语气对儿子说："小燃，你不是说要带女朋友回来给我们看看吗？怎么你一个人回来了？"

姜燃的脸上顿时出现一抹烦躁和沮丧，低头吸了口烟，这才道："爸，她今天有事，来不了，不过迟早会来的。"

"噢。"姜成峰若有所思。

恰好苏佳端着一盘菜出来，笑道："我家燃太子看中的姑娘，那自然是百分之百能带得回来的。"

姜燃略微尴尬地笑笑："妈，您说的是，我看中的女人绝对都跑不了。"

饭菜上齐，开始吃饭了，大家却没什么话题，一家人沉默地吃饭，姜燃很诚心地称赞了一句："妈，你菜做得越来越好吃了。"话虽如此，却也没有吃几口就放下了筷子。

同样有心事的姜妍也只吃了小半碗饭，姜成峰吃了几口饭就拿过一瓶酒，给自己倒了一小杯。这是他的习惯，不多喝，就一小杯。苏佳连忙又从厨房里端出一盘下酒菜。

　　饭后姜燃没有立刻离开，和姜成峰进入了书房，换上一副撒娇的神情："爸……真的，就八十万行吗？"

　　"厂里的情况你又不是不知道，工人工资都差点儿发不出来了，现在每一分每一毫都必须用在刀刃上，哪里还能拿得出八十万给你？"

　　"爸，你知道我女朋友今天为什么没来吗？"

　　"为什么？"姜成峰疑惑地看着儿子。

　　"就因为我的车太不行了，她觉得丢脸。我打算把我的车卖了，您再添八十万，我去买辆好点儿的车。再说，我是您的儿子，我开好点儿的车出去您也有面子是不是？还有您自个儿的那个车也该换了……"

　　"可你的车不是才买了不到两年？"

　　"爸，我们这个厂可是沙市最大的棉纺厂，养活三千多工人，八十万算什么？您是不是不想要我这个儿子了？"

　　"你这说的什么话！"

　　父子二人的谈话到这里就顿住了，双方似乎都不知道还能说什么了。沉默了一会儿，姜燃说："您自己看着办吧，给不给您说句话。"

　　"小燃，不是不给，是真没有……"

　　姜燃点点头，把手里的烟头狠狠按在烟灰缸里："好，我知道了。"

说完他神色冷冷地离开了。

在客厅遇到苏佳，苏佳忙道："小燃，我还煮了果茶……"

然而姜燃根本没理她，直接走掉了。

苏佳尴尬地站在原地，一扭头看到自己的女儿："妍妍，没事的，小燃就这脾气。"

"爸，你也别生气了。"姜妍说。

姜成峰的脸色稍微缓和了些："妍妍，你今天回来，是不是有事？"

姜妍点点头，但见父亲心情不太好，她有点儿犹豫要不要在这时候说出来。

姜成峰似乎知道女儿的想法，笑着说："妍妍，爸爸可是什么大风大浪都经历过的，小燃的事还影响不到我。再说，父母为儿女的事烦恼都很正常……"

姜妍也笑了起来："爸爸，您在我心里是最棒的爸爸！"

姜妍把打包车间及络纱车间抢纱的事给姜成峰说了一遍，还有刘同和李国华之间的对话也都有提及。

姜成峰默默听完，点燃一根烟说："质量这方面确实有问题，至于问题的大小已经难以估计，只知道最近这些年订单量逐年下降。但是订单这事也不完全由质量决定，还有人脉、渠道及市场需求等各种因素影响。"

"可是质量是最重要的一环。"姜妍说。

姜成峰点点头："这么多年了，一直都是这样的工作模式，所有人都习惯了，如果要整改，恐怕会引起其他的问题，况且暂时也没有什么好的办法去改变这种局面。毕竟，除了络筒车间，还有络纱车间、织布车间、针织车间和气流纺，一纺和二纺几乎是一模一样的工作模式，这要整改的话，牵扯得实在太多，说不定会使工作秩序大乱。"

姜妍明白父亲所说的，这也的确是一个大问题。

一个团体，一旦形成某种固定的运行模式，改变起来就非常难。因为在改变的过程中，说不定会引发一些预料不到的潜在问题，也有可能造成更加严重的不可收拾的后果。

姜成峰继续说道："而且打包车间的工人，一般都是和股东们有关系的人员。"

对于这一点，姜妍其实已经想到了。打包车间的工作人员虽然也是计件制，可是因为工作性质，每月人均工资可达到一万元以上。

在当时，这绝对是高工资，在沙市，这个工资水平能凌驾于本市百分之九十以上人员的工资水平。

所以，打包车间的岗位属于一岗难求，自然也就掺杂了很多猫腻在里面。而且在这个岗位上的工人，一般都是厂内领导的家属或者朋友、亲戚之类的人，牵一发而动全身，所以比较难处理。

"那么，另外安排质检员呢？"姜妍试着说。

"不好操作。"姜成峰道。

其实姜妍也明白操作起来确实有难度，为什么呢？就拿打包车间来说，当工人落下的筒子送到打包车间后，由打包工一个个地进行封装，在封装的同时查看筒子的表面是否有瑕疵、是否错管等问题。若另外安排质检员，则需要质检员检查所有落下的筒子，不但任务重，而且等于和打包工做了重复的事情。

姜妍一时也想不到好的解决办法，有点儿尴尬地说："爸爸，再给您说个事。"

"什么事？"姜成峰笑了起来。看女儿的神情就知道她可能闯什么祸了。

"爸爸，我得罪了那位刘同刘主任，他现在要开除我和李国华呢，可能已经报到人事上去了。"

"就因为你举报？那他为什么连李国华都要开除？"

"因为李国华要处理打包车间质量检测的问题，提议换人。"

"这个李国华，一个小小班长，胆子倒是挺大的。呵呵，有点儿意思……"

"爸爸，李国华就是上一次工人讨薪资那天，拿着喇叭喊话的那位……爸，您可不能让刘主任把这么好的员工给开除了呀。"

"李国华，自然不能开除，他可是李明江的儿子。"

"爸爸，您认识李国华的父亲？"

"自然认识。"

姜成峰陷入回忆，吸了两口烟接着说："李明江是最早跟着我创业的老伙计，他很能干，工作认真负责，而且很有头脑，很多难以解决的问题到了他那儿都不算问题，是我建厂之初最得力的人手之一。"

"之后呢？"

"他在厂内气流纺检测电线的时候出了意外，去世了。"

"那时候李国华只有十六七岁吧？"

"嗯，十七岁，本来正在上学，因为忽然失去了父亲，家里没有了收入来源，所以无法继续上学了。虽然厂里给他家赔偿了一大笔钱，但当时他的母亲病重，为了给母亲看病，那些钱都花完了。后来为养家糊口，他就退学进入了工厂，我给他安排了一个机械工的职位，现在应该是班长了吧。"

"是二纺丙班班长。"姜妍肯定了父亲的猜测。

"挺好。"

一个没有上过什么学的穷小子，现在有了一份稳定的工作，当个小班长已经不错了。

因为络筒车间质量检测问题一时没有什么好的解决办法，而抢纱事件更是无法解决，姜妍挺失落的。有些问题真的是积重难返，即使发现问题也无能为力。

不过她和李国华应该不会被开除。

回到厂里的姜妍还是有点儿闷闷不乐，许重笙发现她情绪不好，便从厂子后面的铁路旁边，采了一束野花回来送给姜妍，说："看到这么美丽的花，心情会好点儿。"

姜妍很感动。许重笙又说："有什么心事可以给我说。"

但是在姜妍看来，许重笙年龄太小，很多事无法给她说，只能告诉她，回家后和家人吵了架，所以心情不好。许重笙马上露出了然的表情，说家里的事确实很难处理，很难开心得起来。

总体来说，工厂的生活其实是很枯燥乏味的，不管三班倒也好，四班倒也好，作息基本都是不正常的。没有周六周日，夜班结束，休息一个白天，就算是工人的休息日了。

不过毕竟每天只上八个小时的班，所以还是有空闲的时间做自己的事情。

姜妍没事时喜欢在厂里各个地方转悠，她想充分了解厂区内的布局。

工厂内不仅有私人承包制餐馆和大食堂，还有一家名为"蓝月亮"的 KTV 和一家名为"花都"的舞厅。不过 KTV 几乎是在厂区外了，和厂子有一个围墙之隔，围墙上有个拱形门，从拱形门进去就到"蓝月亮" KTV 了。据说消费挺高的，一般都是男男女女一起去唱歌、喝酒。

舞厅则在厂区的东南角，远离舍区，和厂区其他建筑隔着一片树林。白天看起来有些隐秘幽深，晚上就是霓虹闪闪，热闹异常。因为远离舍区和生产区，所以姜妍之前都不知道厂内还有个舞厅。

除此之外，在厂区内还分布着七八家书店。这些书店只有两项业务，卖书和借书。但多数工人会选择借书，所以这七八个书店的书籍，大部分看起来都很旧，已经不知道被多少人借阅过了。单本押金十块钱，借阅一天五毛。一次借两本或者三本以上的，押金就要二十到三十块钱，借阅一天仍然是五毛钱。

许重笙就这样加入了借书大军。她吃饭仍然很节省，甚至很多时候还是会选择买菜底子就馒头，但是在借书这方面挺大方的，通常都是成套成套借，借回来两三天就看完一套，再还回去。也就是说，她通常花一至两块钱就能看完一本书。

看书对她来说，是最简单又最有趣的娱乐活动。这一点三〇五宿舍的其他人都不理解，都说许重笙是个书呆子。

只有姜妍觉得这样很好，许重笙年龄还小，多看点儿书没有什么坏处。她也开始从自己家里拿书给许重笙，比如《平凡的世界》《海伦·凯勒》《傲慢与偏见》等，都带来给许重笙看。

许重笙感激不已。姜妍带来的书，可比从书店里借阅的书精美多了。

看着许重笙渐渐适应了厂内生活，姜妍很开心。但她同时也意识到一个问题，长期生活在工厂内，宿舍、食堂、车间三点一线，作息又与常人不同，所以大部分人空闲时间都愿意找点儿乐子，比如打牌、跳舞、谈恋爱，长此以往，会消磨人的斗志。

时光在这样的节奏中，迅速地过去了。就像李婉玉，她空闲下来最喜欢做的事就是和宿舍里的人打牌、吃牛肉干。

整个宿舍只有李婉玉的牛肉干是不断的。她的牛肉干是用纯牛肉制作出来的，吃起来又香又辣又嫩，不会太塞牙。一边打牌一边吃牛肉干，简直是一种享受。

打牌吃牛肉干，是三〇五宿舍的工人们下班后的生活主旋律。为了能吃到牛肉干，为了不被排斥在牌圈外，大家也都巴结着李婉玉。

整个宿舍只有许重笙，既不去吃牛肉干，也不打牌，整天埋头看书，看完了就继续借。

至于姜妍，总是借口打开水往宿舍外面跑，她们两个算是宿舍内的异类，但其他人并不介意，少一两个人根本不会影响到吃牛肉干和打牌的乐趣。

这一天许重笙又去书店借书，姜妍则又悄悄溜出宿舍。刚出宿舍楼大门，忽然看到一个熟悉的身影在树荫下，她身子一闪，躲到了门口粗粗的老榆树后面。

只见姜燃正一脚踩在花台上，一手拿着烟，姿势不羁而潇洒，头发收拾得一丝不苟，一身花格子西装，脚上的白袜子特别显眼。他不断地朝女工宿舍楼里张望，不时抬头看看高处，似乎在等什么人。

姜妍内心有些好奇，他一个大男人，跑到这里做什么？难道是在约会？

她脑海里忽然浮现出韩玉仙说的那段有关燃太子的事。"不……会……吧？不过李婉玉这么漂亮，说不定是真的呢！"

就在姜妍胡思乱想的时候，姜燃忽然拦住了一个人，巧不巧的，被拦住的正是手里抱着书的许重笙。许重笙只觉得一股好闻的香味扑面而来，香味中混合着淡淡的香烟味，她的心不由自主地紧缩了一下，莫名紧张。

抬头看到一张英俊干净的脸，那双好看的眼睛正饶有兴趣地盯着她："小妹妹，帮我传个话可以吗？"

许重笙的脸一下子涨得通红，局促地往后退了一小步，不敢看姜燃那灼灼的目光，低着头问道："传……传什么话？"

"三〇五宿舍知道吧？去给那个叫李婉玉的说一声，就说她老公在楼下等她。"

许重笙蓦然抬头看向他，原来他竟已经结婚了。李婉玉的老公?!

许重笙哦了声，依旧结巴着："可……可以。你……等一会儿。"

许重笙红着脸，就像小兔子似的冲进了宿舍楼，姜燃看着她的背影消失，扑哧笑出了声，脸上流露出淡淡的戏弄的表情。在他看来，许重笙这种还带着学生气的女工，有点儿没见过世面的好笑。

姜燃一直等在花台那里，姜妍也不好这时候跳出来，只好一直躲在老榆树的后面。

大约十五分钟后，李婉玉终于出来了，但她见着姜燃也没个好脸色，先冷冷地给了他一个大白眼，这才说："不是说了，不要到这里来找我!"

"那我去哪里找你?"姜燃面露几分委屈，可怜兮兮的。

李婉玉看了他一眼，终是心软了些："又有什么事?"

"想你了不成吗?"姜燃顿时绽开笑颜。

李婉玉再度丢给他一个大白眼，往四周看看说："我不想被人看到和你在一起，不然到时候她们又要骂我狐狸精，勾引你这个太子大人。"

"不用管她们! 她们那是羡慕嫉妒恨。走吧，带你去个好地方。"

李婉玉嗯了一声，跟着姜燃往厂大门那边去了。姜燃的车就停在厂门口。

姜妍这时候才敢走出来，不由得深吸了口气。原来她的师父李婉玉，真的正在被姜燃追求！

这世界也太小了吧！

姜妍觉得自己以后都不知道如何和李婉玉相处了，毕竟她现在是她哥哥的女朋友，说不定以后还会成为她的嫂子……

想起李婉玉总是丢给她大白眼，那冷冷的样子……虽然知道她的心地是善良的，但觉得这个未来的嫂子一定不是好相与的。姜妍觉得人生忽然变得有点儿灰暗了。

她失神地在厂区里闲逛，入目的风景全然没有进入脑海里，脑子里想着有关李婉玉和姜燃的事。在她看来，姜燃这个家伙对感情可是很不负责任的，才刚刚十七八岁的时候就和女同学爱得死去活来的。他的女朋友就没有断过，三天两头有新人，若是问起前面的旧人，他很可能连对方的名字都想不起来。

就这样一个渣男，居然盯上了丙班一枝花李婉玉？

一日为师，终身为师，要不要提醒一下师父小心渣男姜燃？

但她又马上打消了这个念头。平心而论，她觉得李婉玉的人品不错，长得又漂亮，如果能做她的嫂子，她应该高兴才对……

带着这种矛盾的心情，她独自坐在长亭内长吁短叹，忽然发现长亭另一头有人坐在那里看书，这人正是李国华。

"班长，你好。"姜妍大大方方地打了个招呼。

李国华抬头看到是她，眸子微微一闪，合起了书，说："好。"

姜妍这时候已经走到他面前，发现他手里拿着的依旧是《棉纺业大观》这本书。

"班长，这段时间给你添麻烦了。"想起之前自己心急，逼迫李国华去管打包车间和络纱车间的事，确实是为难了李国华。而李国华肯受一个新工的为难，尽力去做这些事，足见他是个非常负责任的人。

"一个新工而已，能给我添什么麻烦？"李国华语气淡淡的，似乎完全不想提及前面发生的事。

"班长，如果是您，您觉得打包车间里的事该如何处理呢？"姜妍双目灼灼地盯着他，似乎非常期待他的答案。

"有用吗？"李国华声音低沉，似乎并不打算继续说下去。

"班长，您就说说嘛，我觉得您的意见很重要。"

"你这个新工……真的……事很多……"李国华皱眉看向姜妍，很明显地表达出拒绝谈话的意思。

姜妍却忽然说道："你有没有觉得这次宿舍调整得很好？这样调整了以后，大家都能够好好休息了。是不是最近工人上班时精神和情绪都好了很多？"

李国华怔了怔，若有所思地点点头："确实是。"

姜妍又接着说道："其实我觉得工厂自营档口的饭菜很好吃呢，又便宜，比其他档口实惠很多。"

李国华又点点头："我也这么认为。"

姜妍笑了起来，又说了一些自己在车间里的所见所闻，比如出现错管问题，但是刘华并没有处罚错管人员，没有扣他们的工资，而是出错之人私下里塞给她一百块钱了事。

李国华对车间的事果然感兴趣。大概是因为之前他拒人千里之外的样子吓到了不少人，没人对他讲车间里的这些小八卦、小发现，现在听姜妍这么一说，他似乎也觉得自己对丙班有了更加深入的了解。或者说他本来就了解，只是这份了解从别人的嘴里说出来感觉不一样，居然渐渐打开了话匣子。

终于又回到了之前有关打包车间的话题，李国华的眸色微深，慢慢说道："其实，也不是完全没有办法，打包车间工人的薪资太高了，再加上质量检测给了他们权力和获取利益的渠道，他们为了私利，自然也就不关心工厂本身的利益了。"

姜妍深以为然："是啊，可这也没有什么好办法解决吧？"

"这几天，我正在检修一台旧的络筒机，这台旧络筒机有四个空岗，其实可以考虑再设一个岗位，专门负责质检。每晚随机抽查已经打包好的纱筒，进行倒筒处理，在倒筒中若发现有问题，直接扣除打包车间工人二百块钱。"

李国华又说："同时呢，要取消打包车间发现错管和纱疵后记录罚款的这一项权力。他们必须在打包的同时检测质量，但是他们将不再有记录罚款的权力，而是把这个权力下放到质量抽查岗位上。质量抽查岗一旦发现错管和纱疵，有权力记录打包车间工人的漏检责任，扣发打包车间工人的工资。"

姜妍听到这里，豁然开朗："权力下放，让打包车间的工人失去罚款权力，然后他们的工作被另外的岗位监督，现在反而要担心别人罚他们的款。这样一来，他们不得不好好质检，并且络筒车间的工人也不会再巴着打包车间的工人，他们的地位平等了，打包车间的乱象自然就解决了！"

李国华很赞赏眼前这个新工的理解力，不由得点点头："就是这样。"

姜妍又提出新的质疑："可是这样一来，错管和纱疵的问题就由打包车间的人担了，那么犯错的工人就不用负任何责任了吗？"

"工人是必须负责任的，他们才是质量好坏真正的源头。打包车间也好，抽查岗也好，最终也只是监督检测，人力有限，一定还会有很多漏网之鱼。所以，工人操作规范，整体提高络筒质量，才能真正有效地把住质量这一关。"

"对啊，班长，您说得太对了，所以，我们要怎么办呢？"

"应该实行连坐责任制。"

姜妍大为疑惑："什么叫连坐责任制？"

"抽查岗查出有问题的纱筒，只记录属于哪名工人，不扣这个工人的钱，每月由教练进行公布，而个别工人犯的错将会由整个班子承担，按照抽查岗所记录的错管和纱疵的数量进行一定比例的扣罚。比如，当月出现一百五十个错管或纱疵记录，那么整个车间所有工人的工资都下调15%。"

姜妍听了这话，不由得竖起大拇指："班长大人，您这招太狠了，工人集体工资因为错管和纱疵下调，必然会产生相互监督和自我监督的效果，以免成为连累大家工资下调的罪人。这样一来，他们自然就会提高自己的络纱质量。这个办法真的太好了！"

"那么，现在就剩下一个问题了，质量抽查岗该如何安排？"李国华说到这里，忽然漠然地笑了一下，"如果这个问题解决不了，之前所有的办法都无法施行。工厂的元老们不会同意设置抽查岗的。而且抽查岗是个很得罪人的岗位，心性不坚定的人无法胜任。那之前发生在刘华身上的事，也一定会发生在抽查岗上。"

李国华说到这里，似乎忽然感到累了，低沉着头，手指无意识地一下一下翻着书，却并没有在看书，半晌才自嘲地说："不知道和你这个新工说这么多做什么。"

到头来，还是个死循环。

他满眼的失望，不但没有让姜妍生气，反而让姜妍感到心痛。她小心翼翼地问："班长，您是不是对工厂特别失望？"

李国华并没有回答，或许算是默认了吧，二人的谈话就此终止。姜妍默默地陪着李国华坐了会儿，过了一会儿李国华起身，也没向她打招呼就直接离开了。

厂内像李国华这样的工人多吗？他们有斗志，有思想，有办法，然而却没有发挥的空间，只能看着工厂这台大机器日复一日地衰败下去，最终的结果似乎已经在眼前了，他们却无力拯救。

姜妍迅速回到宿舍，拿出纸笔，趁着记忆清晰，把李国华所说的办法全部都记录了下来，包括一些小细节。

她盯着这份记录看了很久，最后落在了一个问题上：抽查岗如何设置，才会避免打包车间此时的乱象？

姜妍久久地陷入沉思。

灯芯棉纺厂厂区内不允许机动车进入，所有的车辆只能停在与厂区一墙之隔的办公楼那里。

办公楼里主要是行政人员和销售人员工作的地方，也算是工厂的核心管理区。办公楼的后面有两个小区，名为灯芯小区，是工厂专门为需要房子的工人们集资建设的住宅小区。

姜成峰既不想进入办公楼，也不想去后面的小区，车子停下后，他下了车，缓缓地往厂区走去。

大多数工人并不认得姜成峰或者没有注意到他。他走在厂区的花圃小径上，看着身边工人来来往往，有的手里拎着刚刚打到的饭，有的提着开水瓶去打开水，有的结伴而行手牵手很是惬意，有的穿着时尚漂亮，有的则穿着工装……他们大部分都面色平静，对于厂里带给他们的一切，比如生活环境、工作节奏，他们都已经习惯和适应了，并且似乎愿意一直这样过下去。

经过上个月的讨薪之战，有些工人虽然意识到工厂可能出了点儿问题，可目前就业难，再就业更难。

在外界被再就业问题弄得焦头烂额的时候，工厂至少还是避风港。工厂不倒，他们就可以照常上班，照常吃大食堂，照常下班后跳舞、看书、谈恋爱或者打牌。

姜成峰觉得这样挺好，大多数人的一生，就是在这样的平静和平淡中度过的。

一份稳定的工资，一个已经适应了的生活圈。

姜成峰无法想象，如果有一天，他忽然宣布工厂倒闭，所有工人都必须离开工厂去别处谋生，那将是一种什么样的情景……

姜成峰的目光缓缓扫过整个厂区，似乎看到繁花落尽，万物萧索，门楼倒破，屋宇残旧，白霜欺人，寂寥无声……

再也听不到机器的轰鸣声，再也看不到工人们似乎永不停歇的生活场景。

一切都会慢慢地变成废墟，归于沉寂。

姜成峰必须承认，他不想看到这个场景，不想让已经习惯了这里生活的工人们走入再就业的暴风雨中。

很多工人，把一生托付在此，他们想一直在厂里工作生活。姜成峰也想一直陪着这些工人，不想辜负工人们曾经的选择。

姜妍上班的时候，莫名有点儿心慌意乱，好几次都把纱棒放错了地方，惹得李婉玉不断地给她大白眼。姜妍很尴尬，但也知道李婉玉此人面冷心热，所以并不是很介意她的大白眼，反而想起了姜燃的事，她忽然问道："师父，你这么漂亮，一定有男朋友吧?"

李婉玉丢给她一个更冷漠的大白眼："想不想干了? 不想干滚!"

没等姜妍再说什么，李婉玉又说："滚去练打结，不需要你帮忙了。"

姜妍碰了一鼻子灰，只好悻悻地去一边用钩刀练习打结。

姜妍人在岗位上练习打结，眼睛却停不下来，一直观察着车间的各种动向，间或偷偷跑去打包车间看情况。刘华已经知道举报自己的人就是姜妍，所以一点儿没给她好脸。

她刚刚进入打包车间，就被刘华冷冷地挡在了门口："小姜，你可真给你师父长脸，你猜猜你师父今天会不会白忙一晚？"

"你想做什么？"姜妍知道刘华这是要放招儿报复她了。

"还能干啥？你马上就知道了。"说完便把姜妍往外面推，"滚滚滚，以后都不要来打包车间，来一次打你一次。"

姜妍郁闷地回到岗位上，看到李婉玉已经把两袋纱都布完了，正坐着休息。

"怎么了？哭丧着脸。"

"师父，我闯祸了。得罪了刘华，今晚您可得小心点儿，别出错管和纱疵，有可能会被罚钱的。"

李婉玉一听，随手拿起挡车机上的刷子作势要打姜妍，但刷子最终并没有落下来："你说你，得罪谁不好，为什么要得罪刘华？你一个新工，事真多，不知道谁给你的胆儿，一天不好好练打结，东窜西窜的，一点儿不老实。"

姜妍低着头受训，李婉玉说了一通，似乎又想通了什么，冷冷地说："错管不错管的，多检查两遍就好了，每天都是你给我拿管子，现在就去检查。还有纱疵，落筒的时候好好看看筒子表面就行了。"

"是，师父！"

李婉玉这个人确实有点儿特立独行。虽然知道徒弟闯祸了，但似乎并没有多害怕刘华，而且也不细问姜妍如何得罪了刘华，免去了姜妍的解释之苦。之后师徒二人像没事发生似的继续挡车。

不过就在快要下班的时候，终于还是被刘华抓到了纱疵。

她拎着一个纱筒过来，直接放到李婉玉的面前："纱疵，罚款五十。"

李婉玉没应声，只是冷冷地看着她，刘华笑出了声："你也别怪我，这也是职责所在。你看，这个纱疵实在太明显了。"

顺着她指的方向，发现洁白的纱筒上居然出现了一缕彩色的丝线，似乎是衣服上抽下来的那种很明显的线头，不知道怎么绕了上去。

李婉玉拿过纱筒仔细看了看，发现这个纱疵出现在纱筒表面，距离线头只有几圈的位置。也就是说，完全有可能是刘华找到线头往后松了几圈后，弄上纱疵，又把线头绕在纱筒上，造成目前这种情况。

刘华摆明了就是故意如此。

李婉玉心里已经有数了。

刘华道："这都要归功于你的好徒弟。不是我说，她特别爱惹事，我要是有这么一个徒弟我就不干了！"

"我徒弟好不好，我心里有数，你刘华什么人，我也明白得很，说这么多干什么？想罚就罚呗，五十块而已，要不了命。"

刘华大概也没想到李婉玉这么硬气，似乎被气愣了，一时难以置信地看看李婉玉，又看看姜妍，竟说不出话来了。毕竟她在打包车间久了，又在掌握着络筒车间工人利益的岗位上，络筒车间里的工人都巴结她，像这师徒二人这般的，她还是第一次遇到。这可让她怎么忍？

她一把将纱筒扔在络筒机的架子上，撞得机器轰隆响，失态地大声吼道："李婉玉，你是不是觉得攀上了燃太子，你就目中无人了？人家请你吃几顿饭，你就飘飘然了？那你怎么不让燃太子把你安排到行政楼去，为啥还在这里当小工人呢？每天三班倒容易老，你的燃太子不心疼你？李婉玉，你只要还在这个车间待一天，就得遵守这个车间的规则，别以为以狐媚手段攀上了谁，就可以为所欲为！"

李婉玉的脸涨得通红，被刘华堵得说不出话来。姜妍忍不住了："刘华，为所欲为的是你吧？这是纱疵吗？这是人为制造的吧？"

姜妍说着把那个纱筒抱在怀里，这可是证据，不能被毁了。

"这个线头为什么和你身上这件衣服的颜色这么像，你的衣服是不是抽丝啊？"姜妍戏谑地掀了掀她的衣裳。

纺织工人的工装相对比较简单，和精致点儿的围裙差不多，但里头的衣服是可以随便穿的。刘华今天穿着一件黄红相间的衬衣，和绕在纱筒上的那根线的颜色确实很像。

因为她们吵得比较大声，惯爱看热闹的韩玉仙立刻去报告李国华了："班长，你说我事多，我看她们事也不少，女人吵起架来都是一个样子，都很丑。"

李国华沉着脸到了吵架现场，只见刘华正疯了似的想从姜妍手中抢走那个纱筒，姜妍则紧抱着纱筒不撒手。

李国华走过去，从中间将她们分开。"疯了吗？你们在做什么？"他沉声喝道。

姜妍嘴唇哆嗦着说不出话来。她从小到大顺风顺水，在学校里也是好学生，几乎没有跟谁起过冲突，一生最大的冲突就是和姜燃吵架，还有就是前阵子被韩玉仙、刘心铃等人围殴，和刘华抢纱筒的这个疯狂举动，真是活到这么大仅有的一次。

她紧抱着纱筒，几乎要哭出来了。李婉玉冷冷地说："班长，刘华造假，把原本没有出现纱疵的筒子人为弄上纱疵，故意找碴儿罚款。"

刘华大声说："你放屁！"她疯了似的，眼睛瞪得如牛眼大。

姜妍赶紧把纱筒交给了李国华："就是这个！"

纱筒经过抢夺已经有点儿变形了，不过那个所谓的纱疵还保留着。刘华想从李国华手中抢纱筒，李国华一抬眼，眸子里忽然迸发出的寒意和冷厉让刘华心头一缩，尴尬地缩回了手。

李国华仔细地观察了一下这个所谓的纱疵，已经知道怎么回事，也明白今天这事的根源在哪里了。

刘华知道举报人是姜妍，想办法针对李婉玉师徒，想用罚款的方式敲打敲打她们。

没想到李婉玉和姜妍都不是省油的灯，要和她扛到底。

李国华盯着纱筒半晌没说话，在场的几个人心里都有点儿发毛，刘华忍不住说道："班长，这个纱疵不是假的，就是李婉玉操作不规范造成的。我发现了问题总不能不管吧？如果您认为这样的纱疵可以放过，好，以后我就不管了，什么错管、纱疵全部都算作合格打包起来就好了！"

刘华这话纯属倒打一耙，李国华却马上应了下来："好，你的建议我会好好向上面反映一下的。"

刘华愣了下："班长，您这是什么意思？"

李国华看了眼手上的纱筒："这个纱筒挺特别的，我留着了。好了，都散了吧，继续工作。"

刘华还要说什么，李国华反问道："刘华，你作为打包人员，发现问题后，应将纱筒还给工人，让她们倒筒返工，你为什么反而要把纱筒抢回去？你想干什么？"

"我……"刘华无言以对。

李国华冷冷地说道："快回你的打包车间！"冷漠的语气让刘华不敢再多说什么，很不甘心地一步一回头往打包车间走，她完全不明白李国华到底想要干什么。

姜妍似乎明白了李国华的意思，但是真的能成功吗？他毕竟只是一个小小的班长。

"李婉玉，这个纱筒我带走了，今天的扣罚记录我会亲自去打包车间画掉的。"

李婉玉应了声："谢谢班长主持公道了。"

李国华转身要离开时，看到还在发抖的姜妍，忽然问了句："你没事吧？"

"没……没事。"她的声音还是有点儿发颤。

"跟我来办公室。"李国华道。

"噢。"姜妍有些晕晕乎乎地跟在李国华身后，走进他的办公室。李国华倒了一杯热水，放在她面前说："如果不舒服，可以请假回去休息。"

姜妍心中莫名涌出一股暖意。这个李国华，看起来冷漠不近人情，其实心思还是挺细腻的。

"班长，我还可以。"姜妍抬起头，向他露出一个笑容。

李国华的目光落在她的脸上，略微怔了下，却已经打开了门："我出去了，你喝完水自己离开就行了。"

"是。谢谢班长。"

李国华刚一出门，姜妍就蔫了下来。想想刚才和刘华声嘶力竭地吵架，疯了一样地拉扯、抢纱筒，简直就像一场荒诞不经的噩梦。她抱着头，眼泪一滴滴地落下，但是很快就擦干了脸上的泪水。

刘华如此嚣张，是她的岗位给她带来的底气，是刘主任给她的底气。从这件小事就足见厂内如今的情况到底如何。

她现在担心的是，半年后若她没有办法把这架老旧的机器清扫干净、修理如新，届时，她如何向父亲姜成峰交代。

等李国华办完事回到办公室，姜妍已经离开了，桌子上有张纸，纸上写着一句话："班长大人，你真棒！"

李国华扑哧笑出了声，心想，这个姜妍真是孩子气，但她身上却有种难能可贵的品质……怎么说呢，在工厂这么多年，已经很难见到这样较真的职工了。

姜妍回家的频率明显高了起来，整改打包车间和络纱车间抢纱问题的决心越来越强烈。不整改，产品质量就不能保证。自己心里都没底，又如何去说服合作方相信厂里的产品？

姜成峰非常明白女儿的心思，也知道事情的症结在哪儿，可这件事的确不好解决。整改说起来容易做起来难，整改方案下发后，执行起来更难。如果执行不了，反而会引起一部分关键人物的抵触心理。工厂如今在这个生死存亡的时刻，实在经不起动荡了。

父女俩连续讨论了好几天，也没有想到特别好的执行办法。这时候，厂里的例行大会开始了。

所谓的例行大会，就是每月全体职工必须参加的职工大会。主持人往往是车间主任，主讲人一般都是副厂长、厂长或董事等。

姜妍还是第一次参加职工大会。

姜妍和李婉玉紧挨着坐，她问："师父，你喜欢开大会吗？"

李婉玉又丢给她一个白眼："谁喜欢开大会被训，谁脑子就有病！"

姜妍唇角微弯，脑海里马上出现上学时训导主任给学生开会的场景，不会和那种差不多吧？

正胡思乱想时，厂里的几位领导进来了，主持会议者居然就是一纺的车间主任刘同。

其他几个都是行政上的，负责记录和报备。让姜妍惊讶的是，姜成峰也出现了。而且心有灵犀似的，姜成峰一眼就看到了挤在人群中的姜妍，父女二人目光略微对视了一下就很自然地移开了。

刘同拿着话筒喊话："大家静一静。"

场内安静了一些，接下来就是刘同自己先讲话。作为车间主任，他对车间的一切情况自然是最了解的，但他讲的话几乎都与生产无关，而是就工人们的生产态度和人际关系发表了一番演讲。主要表达的中心思想就是：工人既然在工厂上班生活，工厂就是一个大集体，作为这个集体的成员，必须听从上级领导的安排，一切以上级要求为准则，认清自己的位置，别觉得自己有点儿技术，就可以不知天高地厚，为所欲为了。生产的态度要高于生产本身，一个人的人际关系不好，在哪里都会混得很不开心。

他的这些道理似是而非，但也得到了很多人的认同，不少工人都在暗自点头。

姜妍却明白，这个刘主任心胸狭窄，他这些话无非还是针对李国华和自己这样的工人说的。

刘同最后还总结了一下："特别是有些新工。现在的年轻人就是狂妄，看不清上下高低，说句不好听的，要真有本事，还来咱厂当工人？你做了工人，就该清楚认识到，自己觉悟不高，资质不行，混不了社会，就只能来这里当个小工人。做工人就要老实干活，顺应规则。你们是来搞生产的，不是来搞事的。"

他这番话说出来，依然还是有人认同，不过多数工人已经沉默了。姜妍听到李婉玉冷冷地哼了一声，显然心里也憋着火。

这时候，忽然有人站了起来说："刘主任的话，我极度不认同。"

众人的目光被说话之人吸引，齐刷刷扭头看去，只见那人正是李国华。

他手里抱着一个纱筒，身板笔直，迈着稳当的步子走到了台子上："刘主任，我们是工人没错，可我们和厂外所有工作岗位上的人都一样，我们有梦想，也有拼劲儿。我们有必须较真的事，也需要进步。我们是和工厂签订了工作合约的职工，而不是奴隶，我们有表达自己思想的权利，我们有选择自己人际圈的自由，我们也有共同维护工厂利益及个人利益的责任。"

刘同愤怒地冷笑道："好，好，现在的年轻人确实不一样了。不过李国华，这个台子是人人都可以站上来的吗？没叫你，你上来做什么？"

"这是职工大会，这个台子最应该站上来的就是职工。"李国华说得义正词严。

刘同还想说什么，姜成峰忽然开口了："李国华说得对，职工大会应该给职工说话的机会。刘主任，让他说。"

既然姜成峰都发话了，刘同只能恨恨地瞪了李国华一眼，往旁边挪了挪，把中间的位置让给了李国华。

李国华面对着四五百个工人说："我们作为工人，也有自己的理想。从前在大会上，姜厂长总是对我们讲，要以厂为家。我们很多工人，确实也在厂里工作生活了很久，几年的，十几年的，甚至二十几年的都很多。我们确实也以厂为家，在这里吃饭、睡觉、娱乐，不夸张地说，在厂里生活半年以上，没有踏出过厂区的也大有人在，这样的人请举手。"

李国华的话顿时引起大家的兴趣，有人高举双手，自豪地喊："我！"

接着很多只手都举了起来："我也是！"

"我也是！"

一时间，居然很多人都举起了手。姜妍看到姜成峰的面色很是凝重，眸子里更有些许掩饰不住的复杂神情。

姜妍忽然明白了，姜成峰的那句"妍妍，保住它"仅仅五个字，包含了太多的内容。

工厂里生活设施齐全，吃喝玩乐、工作生活都在厂里，很多工人自己没感觉到，实际上他们早把这里当成了家，打算生活一辈子的家。

作为建立这个工厂的人，姜成峰的确有责任让工厂持续正常运转。因为有太多的人，将半生甚至一生，都托付给了这里。

李国华点点头："我相信大家的确以厂为家了，即使没有居住在厂里的，已经成家立业的人，是不是也都住在工厂附近的小区内？小区内几乎全部都是我们工厂的工人，房子是由咱们姜厂长牵头集资盖成的。我和我的母亲在那里也有一套小居室。在我的心里，是工厂带给了我一切。"

众工人默默地点头，除了少部分新工，多数人都能理解李国华在说什么。

姜妍忽然意识到，这个工厂，它看起来老旧了，残破了，但它依旧用残躯撑着一个个家庭。

它不能倒！

李国华见众人都很赞同，话锋忽然一转："可是，我们有好好爱护我们所谓的家吗？"

他举起手中的纱筒："这是我们丙班络筒车间被打包车间检测出来的一个有纱疵的纱筒……"

他的话还没说完，刘华已经惊怒交加地站了起来："班长，你想拿这个纱筒说什么事？不是都已经过去了吗？"

李国华冷眼看向她："事情没有过去。"

李国华继续对着众人道："这个纱筒，是打包车间刘华为一己之私，报复他人，刻意制造出来的有纱疵的纱筒，为的就是罚对方五十块钱。而在发现真正有纱疵的纱筒时，只因为对方愿意请她吃饭或者私下里给她钱，她就不会将对方的纱疵记录在案，让真正出错的人逃过处罚。这大概就是刘主任所说的，人际关系圈和生存规则吧。"

丙班络筒车间的人，多数都知道刘主任和刘华之间的爷孙关系，也知道李国华所说的这些事确实存在。但此刻形势未明，大家都知道要有好戏看了，但不知道这场戏的风向到底朝哪边，于是不约而同都选择了沉默。

会场内一时间鸦雀无声。

"我们以厂为家，可是我们有没有珍惜这个家？我们以纺纱为主业，然而我们却不能保证我们自己产品的质量。月初的讨薪现场，我们在场工人有多少人参与其中？

"在我们大家拿不到工资的时候，我们是不是把所有的责任都推到了姜厂长的身上？认为他应该对我们大家负责。可我们对他负责了吗？我们对我们这个家负责了吗？我们对自己的行为负责了吗？当身负检测职责的人，开始拿着权力当令箭，想要钱就要钱，想报复人就报复人的时候，我们已经严重失职，甚至失控！

"当我们明知道自己犯了错，却想方设法以行贿的方式躲过处罚，本身就已经放弃了对自己所生产的物品质量的追求。当我们一个两个，三个四个，频繁以此规则行事的时候，我们生产出来的纱筒、纱棒、棉布、秋衣等产品，其实都已经无法再保证质量。

"当我们无法保证质量的时候，我们就是蝴蝶效应里振翅的蝴蝶，质量问题会延伸出更多的问题。最终，我们这个大家庭将会破败、离散，发不出薪水，必将成为一场必须解散的宴席！"

李国华的语气里透着掩不住的沉痛，可他的神色却依旧冷漠，甚至看不出喜怒。

打包车间的霸道很多人都深有体会，不少人开始窃窃私语："是啊，打包车间的确太过分了，他们的工资都好高呀，听说都是领导的亲戚……"

"得罪不得，你瞧人家，都强行制造纱疵罚钱了，想整谁还不是一句话。"

"对，不能对着干，可这样下去也不行啊……"

刘同一看风向不对，语气中充满讽刺地说："李国华，这只是你一人之言，这么一个纱筒说明不了什么，我相信打包车间的职工都是尽职尽责的。你的话，又有谁能证实呢？"

　　在刘同的心里，敢得罪打包车间职工的工人，几乎不存在。他觉得除了脑子有病的李国华和姜妍，没人会这么傻地找不痛快。

　　他话音刚落，姜妍就站了起来："我可以证明，李国华说的都是真的！"

　　李婉玉吓了一跳，这姜妍怕是疯了吧？她瞪着姜妍，脑海里已经翻腾出自己下个月的工资恐怕要创史上最低的想法。刘华会用各种理由，不断扣她的钱。

　　"我也可以证明，班长说的是真的！"

　　这次站起来的居然是韩玉仙。

　　她脸上满是无所畏惧的神态，得意地看着姜妍，仿佛在说："姜妍，你敢站在班长这一边，我韩玉仙更敢！"

　　刘华急了："你们两个疯了？饭可以乱吃，话不能乱说！"

　　韩玉仙说："我没疯，那天你和姜妍抢那个纱筒我们都看见了，纱筒如果没有问题，你抢什么？有纱疵的纱筒不是本来就应该交给工人自行倒筒返工吗？你为什么抢？是因为姜妍发现那个纱疵其实是你刻意制造出来的！"

　　"你们一个是什么都不懂的新工，一个迷恋着李国华，你们说的话怎么能算数？"刘华还在垂死挣扎。

　　"我可以证明，李国华说的这件事是事实。"忍了半天的李婉玉忽然站起来，声音清朗地说出了这么一句话。

李婉玉是丙班一枝花，而且技术特别好，平时为人很清高，从来不掺和和自己无关的事，这次她能站出来，大家还是很意外的。她虽然年轻，可也是在厂里工作七八年的老职工了，她的话自然是有可信度的。

这下，大家更加激烈地议论了起来。有人开始说："打包车间太霸道！这种情况不能继续下去！"

"对，工人权益不允许被损害和冒犯。这样也无法保证产品质量！"

"损害工厂利益的行为我们决不允许！"

"不允许一个老鼠害了一锅汤，强烈建议整改打包车间！"姜妍趁机提了一句。

果然很多人跟着说："打包车间拥有不合理职权，强烈建议整改！"

"整改打包车间！"

这时候，越来越多的职工加入了声讨，所谓众怒难犯，刘同见状只能用话筒喊话："安静，大家安静！"

可这次没人听他的，台下还是议论纷纷，刘华更是成了众矢之的，一道道愤怒嘲讽的目光似乎要在她身上灼出一个个洞。她僵硬地坐在那里，不敢再多说，紧握着拳头，只希望大会快点儿结束。同时心里恨透了李国华和姜妍。

李国华这时候也郑重地看向姜成峰："姜总，请整改打包车间。"

众人这才反应过来，今日灯芯棉纺厂的大当家在呢，一时间又安静了不少，大家的目光皆落在姜成峰的身上。

其实姜成峰的内心是激动的，他原本因为刘同这样的老职工，而对工厂的看法比较悲观。如今看着自己的女儿和李国华，还有李婉玉这样敢于直言的老职工，他心里的希望和期待又强烈了一些，也多了些勇气。

看着他们年轻的脸，姜成峰脑海里又浮现出多年前，自己带领一帮年轻人创业的激情岁月。

那时候他可以不顾一切地大干一场，而现在不过是略微做些整改而已，他到底在怕什么呢？

他早就看过姜妍写的关于打包车间的整改报告，报告末尾备注着报告人名字——李国华。

他看向刘同，刘同也看着他，二人目光对视，刘同忽然明白了什么。在姜成峰手底下做事多年，他太了解姜成峰了，姜成峰没有立刻说话，其实就是在等他说话，给他一个台阶。

会场内群情激愤，都在高喊"整改打包车间"的口号，刘同呆愣了几秒，深深地叹了口气，皱着眉头狠拍了一下自己的头，向众人说道："刘华是我的孙女，她的错就是我的错，我向大家请罪。我建议将刘华从打包车间调走，重新安排岗位。"

刘华脸色难看，没再多说什么。

姜成峰这才露出几分笑意："刘主任，只要刘华愿意，厂里必定有合适她的岗位。"

他又向众人说道："自从二纺的车间主任退休后，二纺车间主任的职位就一直空着，由刘主任兼管。今天我来这里参加职工大会，倒是发现了一个很好的人选。现在我就宣布，李国华为我们二纺车间新上任的车间主任，负责二纺和一纺打包车间、络筒车间、络纱车间的整改事宜。"

众人哗然，纷纷议论起来，各种复杂的目光都落在李国华的身上，有羡慕也有嫉妒。李国华坦然接受所有的目光，虽然晋升车间主任，他却没有任何欣喜的感觉，反而有种责任在肩的沉重感。

刘同沮丧不已。姜成峰这一决定，虽然没有直接把他这个一纺车间主任扒拉下去，可是人家也说得明明白白，二纺和一纺打包车间、络筒车间、络纱车间整改事宜都由李国华负责，这也就是说，在整改事宜上，把刘同直接架空了。

刘同阴沉沉地看了李国华一眼，恨得牙痒痒。

这次的职工大会，就在如同大海浪潮般的议论声中结束了。姜成峰离开会场的时候又瞥了一眼自己的女儿，发现她的目光正投向李国华。姜成峰心里微微动了一下，又看了一眼李国华，李国华也正在看着姜妍，二人目光之中有旁人看不懂的默契。

姜妍的心情别提有多好，似乎看到所有的车间已经焕然一新，有了新的生命力。

她第一时间赶回家，想要夸奖一下自己的爸爸。一进门，便闻到满屋子菜香味，母亲苏佳在厨房里忙得热火朝天，姜妍走进去一看，台子上摆着很多食材，一看就是要摆一大桌子的模样。

"妈，要来客人？"

"小燃今天要带女朋友来。"

"啊？！"姜妍的脸色都变了，连忙问，"他们什么时候到？"

"刚才还听到你爸接电话呢，马上到了吧。"

姜妍更紧张了："妈，我今天回来就是看看你，没别的事，那我先走了。"姜妍一溜烟跑出了家门，恰好看到姜燃和李婉玉下车，她连忙躲在一边观察。

李婉玉身上的工装没了，换了一套全新的衣裳，竟是下身皮裤加上身皮草，看起来很华贵，但不知道怎么的，和李婉玉有点儿不搭。

姜妍略微一想就知道是姜燃临时带着李婉玉去买的衣裳，这套衣裳也铁定是姜燃以自己的眼光挑选的。

苏佳热情地打开门，将他们迎进屋子里。

当晚，李婉玉很晚才回到宿舍，姜妍窝在被子里装睡，她也不好去问李婉玉这顿饭吃得怎么样，但是观察李婉玉的神情，总觉得她很不高兴。

三班倒就是这样，下班后吃顿饭，睡一觉，再吃顿饭，就又该上班了。

打包车间少了一个刘华，还有另外三个人，暂时不会影响到什么。李国华也还没有上任车间主任，人事那里需要走几天程序。不过因为他的职位已经公布了，所以今天格外规整，所有人都在老老实实地干活儿。

姜妍和李国华遥遥相望了一眼，又都扭过头去若无其事地忙自己的事。

其实姜妍也想找李国华说两句话，但不知道能说什么，或者去恭喜一下他的晋升，可这次的晋升对李国华本人来说，并不算什么好事，反而可能会面对很多困难。

不过因为李婉玉的工位距离李国华的办公室很近，所以姜妍倒是看到了今天李国华的门被各色女工频繁推开。用脚后跟想，也知道那些女工是以什么样的心情推开李国华的门的。

姜妍不由得暗自腹诽，这个李国华，看着像闷葫芦，桃花还挺旺啊！

接下来的几天，李国华都很忙，一是因为他刚刚晋升，需要熟悉自己的职能；二是打包车间的事情被捅出来后，打包车间的职工人心惶惶，开始暗中活动了，甚至有直接上门给李国华母亲送礼的人。

李国华干脆把母亲从灯芯小区接出来，送到一个朋友家里暂住。李国华家门挂了大锁，这样一来就直接封死了送礼的渠道。

于是有人开始公然在厂里堵李国华，明言要和他谈条件，李国华一律拿出本子记录在案，把当事人说的话都记下来。当事人不明白他这样做的目的是什么，只知道他软硬不吃，两三次后，就再也没人敢碰李国华这颗硬钉子了。

李国华就这样上任了。

上任的第一件事，就是宣布打包车间仍然负有质检之责，但没有了记录罚款的权力，而且还要被抽检岗位抽检。一旦发现他们打包过的产品仍然存在瑕疵，就以漏检之责，扣发打包车间职工的工资。

打包车间的职工从之前扣罚别人的人变成了被监督和被扣罚的对象。但是因为打包车间职工的薪资高于普通职工，所以打包车间的岗位仍然是一岗难求。

因为李国华出台了"打包车间职工不能是股东亲戚或者裙带关系之人"的新规，很多普通职工有了机会，这样一来，有些想要得到这个岗位的职工开始动歪脑筋。

"打包车间的工人全部起用新工。"李国华的这句话打消了一些老职工想要趁机抢岗位的心思。

这个岗位对新工也是有要求的，必须进厂不满一个月，不是厂里领导的亲戚，而且没有亲人同在厂内工作，同时满足这几个条件后，该新工的人品还必须由其同宿舍的人或者师父做出书面证明，证明此人确实很负责任，才有可能得到打包车间的岗位。

姜妍和许重笙都符合条件。

首先大整改的就是丙班打包车间，没两天，一批新的打包工人就上岗了，这批工人全部都是新入厂的且与厂里领导无亲戚关系。

其实打包车间和其他车间工作性质很不一样，比如络筒车间的工人，必须学会络筒技术，会操作机器，会用打结器等，一整套技术学下来，得两至三个月；络纱车间也是一样的；至于织布车间，对机械操作这方面的要求也很严格；针织车间更不用说了，工人必须会用缝纫机。

可是打包车间不一样，特别是络筒打包车间，工人只需将经过质量检查合格的纱筒放进一个白色的塑料袋，然后把塑料袋挽起来，再将装在塑料袋里的纱筒整齐码放在打包车间内，之后由工人搬运到库房。

从这个过程也可以看出来，打包车间的工作其实是不需要技术的，只是会比较劳累。因为每个纱筒的重量都在两公斤八左右，他们要负责把纱筒从每个络筒机的架子上收到车里，推到打包车间。然后再把这些纱筒检测完后装在塑料袋里，可以说是种力气活。但是在计件制下，大家对打包纱筒这件事自然是充满热情的。那么大一个络筒车间，打包工只有四五个人，工资自然就高了。

李国华认为这是不合理的。他把打包车间的八个工人分成四组，两个人一组，给每组发单号，打包好的产品会贴上单号按组摆放，以便抽检岗检查出问题后，可以确定这个责任由谁负，要罚谁的款。

之所以增加了比过去多一倍的工人，就是为了让他们不要着急，严把质量关，同时把这个岗位的工资也调下去一些。

按照目前的安排，打包车间工人的工资大约是每月四千至五千块。对于打包车间的老职工来说，工资下调幅度太大，他们难以接受，从而对工作产生对抗心理。而对于新入厂的工人来说，这绝对是高工资，值得他们听从命令和要求，好好做这份工作。

这也是李国华选用新工上岗的原因之一。

打包车间对工人没有什么技术要求，只要学会识别纱疵和错管，并且会挽塑料袋封口就可以。这里更加需要的是责任心和耐心，所以新工只需稍加培训就可以直接上岗了。

这样的做法也节省了人力资源。技术性岗位上的老职工如果被抽调出来，再培养一个新工成为技术工，费时又费力。所以不如由新工直接在打包车间上岗，老职工继续留在技术岗位各司其职，没有比这更合适的了。

许重笙也在被培训之列，可是等到真正要定岗的时候，许重笙却被二纺丙班的打包车间刷了下来，所以她依然是陈娟的一个小徒弟。

在宣布打包车间岗位的当天，陈娟看着红了眼睛的许重笙冷嘲热讽："麻雀还想飞上枝头当凤凰？还以为你这次要飞了呢，要去打包车间拿高工资了呢，一跃超过我这个做师父的工资好几倍，从此以后出人头地了。结果，呵呵……还是高兴得太早了吧?"

许重笙本来就很难过，被陈娟如此嘲讽一番之后，眼泪忍不住就落了下来。陈娟最讨厌她这副模样，忽然拿起纱棒狠狠地敲了几下她的手。

"自从有了你这个徒弟，我就倒霉得很，觉得干什么都不顺心，你有本事走啊，别干了!"

许重笙的手被打得很痛，她低着头不吭声，眼泪却更加止不住了。

回到宿舍的许重笙在泡方便面的时候，因为手指不太灵活，方便面掉到了地上，她赶紧拿扫帚去打扫，一只手忽然握住了她的手："小许，你的手怎么了?"姜妍还是发现了她受伤的事。许重笙连忙摇头，说："没事，没事。不小心撞了下。"

姜妍仔细看了看她的手，手背青紫了一大片，马上就明白发生了什么事。

其实师父用纱棒教训徒弟，在厂子里很常见。李婉玉也常常会拿纱棒敲打姜妍，但力道都控制得很好，不会真的下狠手，像许重笙这样手被打得青紫的情况，整个车间都很少见。

宿舍里其他人也发现了许重笙青紫的手，有人说："你师父是陈娟吧？看不出来呀，这个陈娟平时看起来挺不错的呀，是那种胆子很小不怎么惹事的人，没想到还能下这么狠的手！"

宿舍里的人明里暗里点许重笙，认为她应该给陈娟送点儿礼物，然而许重笙并不接话。她的工资实在太低，每餐都是省着吃的，实在没有能力给师父买礼物。

也有人说："也不一定就是小许不送礼物、不会讨好师父的错，陈娟也有问题。不管怎么样，不能这样打人，明后天就是月底，要测试了，这个手成了这样子，测试肯定通不过，她还要多实习一个月。"

这话让姜妍吃了一惊，问："为什么？"

"新工考核每个月都有硬性标准的，你们这个月的考核，主要就是看你们能不能每分钟用钩刀打结二十六个以上。如果不过关，下个月考核的还是这个项目，直到考核过关后，才会继续下一个项目的考核。所有针对新工的考核都结束后才会定岗。但是小许的手伤成了这样子，应该过不了考核吧。"李婉玉认真回答她的问题。

"也就是说这个月考核不过，会顺延到下个月考核？自然也就多了一个月的实习期？陈娟可以让小许在她手下再多干一个月？"

"就是这样。"李婉玉说，"所以，明天你要好好打结，若不过关，也要多跟师父一个月，多做一个月的事，只拿实习工资。"

许重笙这时候抬起了头："姐，你也没有进入打包车间？"

姜妍并没有申请打包车间的培训，因为她不想进入打包车间，打包工太扎眼，她害怕被姜燃发现。所以她还是想继续做一个络筒车间的新工。

许重笙这么一询问，她就回答道："没进，被刷下来了。"

许重笙愣了下，心里忽然觉得不太难受了，毕竟连姜妍这么优秀都被刷下来了，那么她许重笙进入不了打包车间也是很正常的事。不过许重笙脸上仍然表现出很惋惜的样子："姐，打包车间的工资很高呢。"

"还是学一门技术好。"姜妍更关心的是许重笙的手，实习结束后才能定岗，定岗后工资会涨不少，而许重笙无疑需要尽快定岗，她看起来非常非常需要钱。

"去诊所拿点儿药擦擦吧，希望能尽快消肿。"姜妍说着，就挽着许重笙出门了，到厂医务室拿了些药给许重笙细细擦上。许重笙感动地说："姐，你放心吧，没事的，我明天的测试一定会达标。"

姜妍点点头："不管如何，尽力就好。"

许重笙也点点头："姐，我会尽力的。"

一夜无话。

第二日，对新工的考核开始了。丙班的考核教练是文小雨，是一个三十多岁、面容严肃、个子很高、走路昂首挺胸的女人。

文小雨平时也老在车间转悠，根据姜妍的观察，她的职责应该是负责车间内各位工人之间的纠纷调解，管理车间的纱管数量，监督推纱工按规矩发放纱棒，提醒车间清洁人员好好打扫地面等比较杂的事务。

当然，还有各类考核也归她管。除了新工人要考核，老工人也是要考核的，这个考核结果会影响每月工资的百分之十左右的调整幅度，且老工人的考核结果还会影响到定级，而定级则会影响基础工资的起点。

考核教练就等于车间的管家婆，所以大家对教练是又敬又怕。再加上文小雨平时不苟言笑，更让人紧张。

技能考核并不会让大家大张旗鼓地聚在一起进行竞赛，文小雨会自己到需要考核工人的工位上，询问被考核人："现在可以开始吗？"

被考核人说："可以开始。"

那么文小雨就会说："准备。"

等被考核人准备好以后，文小雨在掐秒表的同时喊一声："开始！"

被考核人则按照规则开始操作。如果在规定时间内完成全套流水线操作，会被认定为合格；如果超出时间，则会被认定为不合格。

如果老工人在规定时间内提前完成，则会提高定级，像李婉玉这种操作技术水平，在考核中通常都是丙班前三。

李婉玉可以在一分五十秒左右的时间内，完成三十个纱筒的上筒和第一轮布纱任务。那动作真是行云流水，又美观又迅速，看着都是一种享受。而一般工人同样的操作需要两分三十秒左右的时间，稍微慢一点儿的需要两分四十秒，已经是不合格了。

而对于姜妍这样的新工，第一个月的考核就是在一分钟内用钩刀手工打结，打结二十六个以上就算合格。

姜妍平时也让李婉玉帮她掐表测过，在她正常发挥的情况下，一分钟内可以打结三十个以上，可以说学得相当好了。

可是姜妍一见文小雨，还是有点儿紧张。

李婉玉也停止了挡车，让出工位，在旁边静静地看着。

文小雨问姜妍："学得怎么样？"

姜妍点点头："我觉得可以，已经学会了。"

文小雨哦了声："那么考核开始吧。"

姜妍还在发愣，李婉玉已经走过来，拿了一个纱棒插在络筒机上，捻了线头出来递到姜妍的手中，叮嘱道："就像平时练习那样就好，不要紧张。"她的语气倒是难得的温柔，令姜妍紧绷的神经放松了不少。

文小雨笑了起来，说："还是师父亲自插纱棒呢，李婉玉，你挺宠你徒弟呀。"

李婉玉淡淡地说："自己的徒弟自己不宠让谁宠？文教练，您可别吓着她。"

文小雨有点儿尴尬地笑了两声，再次问姜妍："准备好了吗?"

纱筒上的线头和纱棒上的线头都已经在手中，钩刀也已经架好在指间，只等一声令下的姜妍肯定地点点头："准备好了。"

文小雨在按下秒表的同时喊："开始!"

姜妍立刻聚精会神地开始打结，只见钩刀翻飞，两个线头在钩刀之间那么一滑一绕，转眼间一个结打好，钩刀割断多余的线头，姜妍将多余的线头暂时握在手中，继续打下个结……

姜妍上学的时候，考试成绩都不错，考试的心态也调整得比较好，算是那种平时不算太用功，但考试的时候总能考出比较好的成绩的那种学生。

按照同学的说法，姜妍属于考运比较好的人。

但这次姜妍还是出了一头汗，因为身边有李婉玉和文小雨盯着她的动作，附近几个工位上的工友正好已经布完了纱，也都转过来看她考核。有那么一两次，她的结打空，顿时感觉手指都僵硬了。

但她马上调整了过来。

终于听到文小雨喊了一声："停!"

姜妍停了下来，文小雨说："三十二个。不错，过关了。"

李婉玉明显松了口气，却又丢给姜妍一个白眼："比平时还是差了点儿。"

姜妍竟冲过去抱住李婉玉，吧唧在她脸上亲了下："师父，谢谢你，我好开心呀!"

姜妍是真的开心，比自己当年考上大学还开心，她自己也不明白，为什么车间里这么一次小小的考核居然让她这样激动。李婉玉又惊讶又意外，脸蛋红红的:"你疯了啊!"说完却扑哧一声笑了:"傻样，还有两个月的考核呢。"

连向来不苟言笑的教练文小雨也不由得笑了起来:"李婉玉，你徒弟挺有趣啊。"

其实姜妍也有些害羞了，她意识到自己有点儿失态了，这会儿反应过来，都不敢看李婉玉的眼睛。看看时间，差不多快要下班了，她有点儿担心许重笙，便装肚子疼，磨着李婉玉给她允了假，提前下班了。

她没有走出车间区，而是从二纺来到了一纺。由于二纺和一纺之间通常有工人来来往往送管子、推货什么的，她又穿着工装，所以很容易就进入了一纺车间。

一纺和二纺的规模差不多，只不过一纺纺的全部都是三十二号及以上细纱。不知道是不是她的错觉，她觉得一纺的机器轰鸣声更大，棉尘更多，她一进去就连续打了好几个喷嚏。

一纺的络纱车间和络筒车间并没有分开，络筒机工位横向占据了车间的前半部分，在络筒机的后面则是一排排的络纱机，距离络纱机比较近的络筒工位，甚至可以在络纱工把纱刚刚落下来就直接一伸手，将纱袋拽到自己的工位上。

络纱机的机器轰鸣声较络筒机声音更大，所以整个车间的机器轰鸣声超过二纺也是很正常的了。

一纺车间室内温度也更高，但是这个温度似乎是分片区的，她找到许重笙工位附近的时候，就觉得这一片特别冷。

让她意外的是，许重笙似乎有了自己的工位，正在那里动作很不流畅地挡车。

许重笙所在的工位和师父陈娟的工位前是同一台机械，一台机械横排两个工位，面对面两排，一共四个工位。

陈娟刚好把一袋纱布完，扭头神色不善地盯着许重笙看。许重笙也发现师父盯着她，她本来是要踩着车子往师父那边靠过去的，但这时候却突然停了下来，陈娟见状，无名之火从心里蹿上来。

她一踩车子迅速靠到许重笙面前，恨恨地抓起一支纱棒，冲着许重笙的手就一阵砸，许重笙也不敢躲，痛感让她的五官都揪了起来。

陈娟还是不解气，还要继续打，就在这个时候，姜妍几步赶了上来，一把抓住了陈娟的手："你为什么打她？"

陈娟是认得姜妍的，知道她和许重笙以姐妹相称，关系很好，但陈娟的怒意并没有压下去，反而推了姜妍一把："你躲开，她太笨了，就该打！"

说着居然还要打许重笙，姜妍一着急，抢了她手中的纱棒。这下不得了了，陈娟忽然伸手拧了姜妍的胳膊一把，姜妍痛得忍不住轻呼出声。许重笙见状，忽然狠狠地向陈娟的手背上抓了一把，陈娟的手背被抓出了几道轻微的血口子。

陈娟尖叫起来："你们两个反了！"

许重笙红着眼睛，又惊又怕的样子，她说："打我可以，不要打我姐！"

姜妍见此情景心又痛了一下，对陈娟说："你不能随便打人，我会投诉你！你根本没有资格带徒弟！"

陈娟以一敌二，自觉不是对手，说："你们等着。"说着话她就离开工位，愤怒地往班长的办公室走去。

一会儿，一纺丙班的班长和教练都过来了，和二纺丙班的配置一样，都是一男一女，只不过一纺的班长和教练明显年龄更大些，他们疑惑地看着姜妍："你是谁？怎么跑到我们班闹事？"

"我没有闹事，我来看我妹妹，结果发现她正在被陈娟狠狠地打。"

姜妍说着扯过许重笙的手，向他们展示："你们看她的手，都肿成什么样了！我们做的事就是接线头，非常需要手指灵活，手受伤会影响操作，甚至不能工作。现在我要求给我妹妹请假，休假一周，所有损失由陈娟补偿。"

"胡闹！"班长和教练显然是站在陈娟这一边的，对姜妍和许重笙这两个新工不屑一顾。

姜妍忽然问教练："许重笙今日测试通过了没有？"

教练不知道她问这话什么意思，但还是冷漠地回答："没有通过。只打了十几个结。"

姜妍说："这次的测试应该作废，等她手上的伤好了以后重新再测。"

"嗬，你这个新工，你说什么就是什么吗？你以为车间的规则都是摆着玩的？许重笙和师父陈娟之间，是人家师徒的事，你不要插手。"教练没好气地说。

"而且你一个二纺的新工，跑到一纺来闹，实在不像话。"

"你们三个都去办公室等着。"

就这样，姜妍、陈娟和许重笙都到了班长的办公室。又等了一会儿，门被推开，一纺丙班的班长和李国华一起走了进来。

姜妍和李国华的目光对视，姜妍有点儿惊喜，李国华却淡然地将目光错开。

估计一纺丙班班长早已经把事情给李国华说了一遍，所以李国华并没有问事情缘由，只向对方说："我们二纺的人来一纺闹确实不该，我这就把她带回去。她上班时间乱窜也该罚，我会给她一个离岗记录。"

一纺丙班班长点点头："李主任，这么处理很合适，不过下次可不能这样了。咱们车间虽然没有明文规定，上班期间两个车间的工人不能互相走动，但有一条重要的规定，就是上班期间所有工人不能擅自离岗，否则重罚。"

李国华却说："虽然没有明文规定师父不能打徒弟，但是看许重笙这个伤已经比较严重了，以她的情况继续操作车床比较困难，既然是在班子里出的事，就算作工伤吧。她可以休养一周，期间所有的费用由陈娟负责，同时你这个班长也要负点儿责任，毕竟把新工的手打坏这种事传出去也不怎么好听，有损我厂的形象和名誉。"

"李国华，你——"一纺丙班班长显然觉得李国华有些过分了，他面色不善地伸出一根手指指向李国华。这时候教练忽然扯了扯他的衣角："班长，李国华如今可是主任。"

这个提醒让一纺丙班班长的气势忽然弱了下去，他尴尬地收回了自己的手指，沮丧地说："可以，就按李主任说的办。"

姜妍又加了句："这次的测试成绩也不能算，毕竟谁的手伤成这样，也不可能一分钟内打二十六个结出来。"

李国华点点头，对教练说："许重笙的测试成绩不算，等她下周上班后重新测试。"

"好吧。"教练无奈答应。

姜妍用欣赏的目光看着李国华，李国华之所以亲自来处理这件事，是因为二纺丙班班长人选还没有定下来，暂时还是由李国华这个主任兼着。李国华来处理事情的时候，并没有机会和姜妍事先碰头，但二人处理事情的方法居然很默契地一致，姜妍觉得李国华公平公正又有担当。

这时候已经过了下班的时间，大家都在忙着换班，李国华对姜妍说："你们两个回去吧。"又特意叮嘱姜妍："这次的离岗记录是免不了的，会扣工资。"

"是，班长，明白。"姜妍一点儿也没生气，甚至还微笑地回应李国华。李国华没再多说什么，转身出了门。

姜妍和许重笙往车间外面走的时候，看到一纺丙班教练正在和陈娟说话，处理办法大约已经告诉陈娟了，陈娟脸上满是难以置信和愤怒的表情。

许重笙有点儿担心地说："姐，我觉得我师父以后都不会原谅我了。"

"应该是她要得到你的原谅才对，是她打了你。"姜妍如此说。

"可是，师父毕竟是师父……我还要和她相处……"许重笙的声音越来越低，总觉得事情闹大了，恐怕陈娟之后对她更不好了。就算这次重新测试她过了关，但接下来还有两个月的实习跟师时间。

"小许，你是不是特别怕她？"

许重笙点点头，又摇摇头："我，不知道怎么说，我只知道要跟着她学技术。"

姜妍也不知道怎么安慰她，只说："放心吧，经过这一次，她不敢把你怎么样了。"

许重笙心里虽然不确定，但还是点点头。而且被师父欺压了这么久，今天总算是出了口气，她心里松快多了。

陈娟被惩罚的事自然又在宿舍楼里传开了。以张敏和陈娟为首的一伙人，毫不顾忌地说着许重笙的坏话，说许重笙就是个扫把星，谁沾上她谁倒霉，在她们编造的内容里，陈娟才是无辜的那个人。

而且在张敏事件中，许重笙虽然是被冤枉的，张敏也已经知道真相，但她仍然非常厌恶许重笙，不断告诉别人许重笙就是小偷，宿舍楼里多数不明真相的人也都觉得许重笙是小偷。

世间最难控制的就是流言蜚语，所带来的伤害也是无法估量的。三〇五宿舍的人都非常同情许重笙，但也没有什么好办法，只能劝慰许重笙不要去理会那些人、那些话。甚至告诉许重笙，如果她不想出门买饭、借书、打开水，这些事同宿舍其他人都可以代劳。

许重笙虽然看着软弱可欺，但是骨子里却有一种说不出的倔强。她拒绝了同宿舍人的好意，在众人异样的目光中，依然按时去大食堂吃饭，或者在餐车上买菜底子，依然去书店借书，看起来比过去坦然了很多。

这让姜妍看得既心酸又欣慰，她知道许重笙正在这样的环境里迅速成长，可是这样的成长未免太艰难了。

与此同时，李国华对车间的大整改也正式开始了。

他先在自己所在的丙班试行了方案，把打包车间的人都换成了新工，并且分组检测，本着谁检测谁负责的目的，改掉了打包工人直接向络筒工人罚款的方法，使他们从可以开具罚单的人，变成如果失职漏检反而会被开罚单的人。

关于抽检岗位的人员配置，他考虑了很多方案，最后决定还是由老工人负责，每个班次设两个抽检岗位，对他们的工资发放方式进行了特别处理。抽检岗位设置底薪制，每个月每个岗抽检到纱疵一百五十个以上、错管五十个以上，底薪才能拿到手。若达不到标准，则无底薪。若超出标准，则按照比例将扣发的班组成员的工资，转发至抽检岗位的职工。

抽检岗位的底薪直接定为三千块，这个标准高还是低呢？这么说吧，像李婉玉这种流水线熟练工，每月的工资可以保持在两千三百块以上，但基本达不到两千七百块。

抽检岗位职工只要拿到底薪，他的工资就已经比大多数工人都高了。如果超额完成，加上因为纱疵和错管问题而被扣罚转发的工资，那么理论上抽检岗的工资甚至能达到几万块。因此，抽检岗的工资也设有上限。

如果不能达到最低抽检量，则连底薪都不保，一个月有可能颗粒无收。也就是说，为了达到领取底薪的标准，他们一定会非常细致地进行抽检。为了拿到奖励，则需要更加细致和勤劳地去抽检。

为了避免他们像从前的刘华那样，因个人利益而故意制造纱疵，又制定抽检岗位职工若被发现刻意制造纱疵，直接开除，永不录用的规定。

车间教练肩负每天检查抽检岗记录的责任。

这样一来，责任层层下拨，到了教练这一环，已经成为例行职责，不带任何利益性质了，所以这一连串相关岗位的利益被分散开来，大家都尽最大的努力去工作才能得到应得的工资。不再将权力集中到哪一个岗位，在层层监督下，避免刘华此类事件发生。

二纺丙班车间抽检岗最后敲定由李维霞和魏金花负责。

试行了几日之后，其他车间也陆续跟着二纺丙班的络筒车间模式开始整改。一周后，所有的车间，所有的班次，都开始以这种模式运行了，打包车间的原班人马全部都被撤换了。

但就在这时，忽然传出李国华被人打了，已经紧急送医院的消息。

姜妍得到消息的时候，已经是第二天的中午，她立刻来到了李国华所在的医院。

这件事惊动了姜成峰，他先选择了报警，而后亲自到医院探望李国华。

李国华受伤被认定为工伤，所有费用由工厂出。姜成峰让医生治好李国华，让李国华好好养伤，其他事宜交给警方来处理。

姜妍是在医院门口遇到姜成峰的，父女二人目光一对视就立刻转开了，因为姜成峰身边还跟着厂里其他几个领导，都是来探望李国华的。

父女二人不认识似的，擦肩而过。

姜妍来到李国华病房的时候，已是下午四点左右。

他是头天晚上，在车间区气流坊外墙附近被人袭击，被殴打至昏迷的。

姜妍看到他的脑袋上缠着白色的纱布，面色很苍白，静静地躺在床上昏睡。她在床边的椅子上轻轻坐下，恰好医生走了进来，看到姜妍便问："你是家属吗？"

"呃，是，是……"姜妍略微有些结巴地说。

"病人头部受伤，而且曾被撞击，导致了脑震荡，会出现头晕、昏睡、恶心的症状，所以尽量吃粥一类的食物，以免昏睡中呕吐被呛到出现危险。"

"好，知道了，谢谢医生。"

医生点点头，正准备离开，姜妍又问："医生，他伤得严重吗？"

"外伤看起来很严重，实际上没有伤到要害，过几天就可以出院。只是脑震荡会让病人很不适应，这几天需要好好照顾他才可以。"

姜妍又等了好一会儿，李国华还是没醒，而且也没见他的家属来看。姜妍内心有些疑惑，之后便起身去了医院外面的粥店打了一份粥，刚走到门口就听到姜成峰叫她："妍妍！"

姜妍停了下来："爸爸！"

姜成峰看看她手里的粥："这是给李国华的吧？他醒了吗？"

"还没。"姜妍神色郁愤，"爸爸，到底怎么回事？李国华怎么会被打伤呢？什么人干的？"

姜成峰示意她往偏僻一点儿的地方走走。到了无人处，姜成峰才说："妍妍，李国华为什么挨打，你我都清楚，还不就是为了络筒车间整改的事。但是，到底是谁动的手，这个就不好说了，已经交给警察去查了。"

姜成峰接着说："气流坊外墙那里比较偏，是一个小树林，虽然有路灯，但是很暗。警察刚到医院的时候，李国华还有意识，据他自己说，那几个人都戴着黑色的口罩，是忽然从树林里冒出来的，他根本没机会看清他们的样子，就已经被打倒了。"

"所以现在很难抓到打人者了？"姜妍愤怒地问。

"警方会尽力而为的。"姜成峰说完，用审视的目光看向姜妍，"妍妍，你好像对李国华颇为关注呀，还亲自来照顾他？"

姜妍没明白姜成峰的意思，只是顺着他的话说："爸爸，李国华最近是最出风头的人，想不关注他都不行。这次络筒车间的整改完全靠他，若不是他不徇私情、公事公办，整改根本不会成功。还有，他的家属呢？似乎没有家属来照顾他。"

姜成峰抿了抿唇，对女儿的迟钝他并没有点明，只说："李国华只有母亲，之前和你说过，他父亲去世的时候，厂里赔了一笔钱给他，不过他的亲人为了争夺这笔钱打起了官司，导致亲人之间不和，只有他们母子相依为命，他母亲身体向来不好。"

姜妍的心揪了一下，心里蓦然像下了一场雨，湿湿凉凉的，觉得李国华就像大海上的孤舟，那么清冷，那么无助。

"我忽然想起来前几天的传闻，说李国华为了拒绝受贿，把母亲送到朋友家里去了，恐怕他母亲还不知道他入院的事吧。"姜妍忽然抬头，目光灼灼地看着姜成峰，"爸爸，我可以照顾他吗？"

姜成峰愣住了，看着女儿的眼睛，发现她是极其认真的，便说道："妍妍，李国华的身份和你相差太远了，你们孤男寡女在一起会惹人嫌话。"

"爸爸，你怎么也是这种老思想！别忘了，他是为了厂子出的事，现在他没人照顾……"

"爸爸管不了你，你自己看着办吧。"姜成峰有些无奈又担忧地看向女儿，"但是要和他保持距离，你们两个人之间是不可能的。"

姜妍无语又好笑地看着自己的父亲，这时才明白他在担心什么了："爸爸，你都想到哪里去了！"

她笑着伸出一根手指，戳戳姜成峰的太阳穴："爸爸，你想多了！"

姜成峰此刻就像要被抢了棒棒糖的孩子，五官都揪在一起。他有点儿不信姜妍的话，可也不知道还能说什么。

姜妍提着粥回到病房后，看到李国华的点滴快打完了，连忙按了铃，叫来护士。结果发现针头那里有点儿鼓包了，她又请护士换上新的针头。

这么一折腾，李国华醒了，护士重新换了一瓶药水后就离开了。

病房里只剩李国华和姜妍两人，李国华虽然醒了，但因头晕，抬手就要往自己的脑袋上按，扯动了点滴管，姜妍连忙按住了他的手："别动，别动，针歪了会出血的。"

李国华这才注意到姜妍，他看了姜妍一眼后，因为头晕目眩又闭上了眼睛。

看到平时那么板正的一个汉子，此时虚弱得似乎睁眼都困难，姜妍忍不住难过起来。

"班长，很痛吗？"姜妍轻声问道，同时伸手轻轻地按向他的太阳穴，以缓解他的眩晕。

李国华似乎有些不好意思，扭过了头："你怎么在这里？"声音很沙哑。

"姜厂长说，你是因工受伤，所以派我来照顾你几天。"

"不……不用，我自己可以。"李国华说，"你回去上班吧。"

姜妍也不和他争辩，问："饿吗？"

李国华沉默着没有回答，似乎又要睡了。姜妍却从他微微跳动的睫毛知道他其实并没有睡着，他饿了，只是不好意思说。

姜妍也不管那么多，走到床的另一头，把床摇了起来，李国华等于靠坐在那里。

姜妍又把一个枕头塞到他的身后，让他靠着舒服一点儿。

李国华头晕难受，任由她折腾。神奇的是，当他这样靠坐起来后，头晕的感觉忽然减轻了很多，他终于睁开了眼睛，对姜妍说："谢谢。"

姜妍笑着把粥拿过来，说："先吃点儿东西吧。"

说着舀了一小勺粥往他的嘴里喂去，李国华的脸红了，他本能地偏头躲了一下，并且想要伸手接过勺子："我自己来就可以。"

姜妍也不好强喂，只好把勺子递到他没有挂点滴的左手里，可他刚舀了一勺，便觉得强烈的头晕又一阵阵地袭来，勺子没拿稳落在了碗里，他闭着眼睛等待这阵眩晕过去。

过了一会儿，听到姜妍说："张嘴。"

粥已经送到了他的唇边，他只好张了嘴，吃了一口下去。

有了第一口，就有第二口，一会儿工夫，两个人就都接受了现状，一个喂得坦然，一个吃得坦然。

很快半碗粥就见底了，姜妍还要给他盛，他却摇了摇头："已经饱了。"

考虑到他身体太虚弱，确实不宜进食过多，姜妍也就放下了碗。

两人大眼瞪小眼地坐了一会儿，李国华忽然说："我想喝水。"

姜妍于是拿个杯子给他倒水，李国华又说："我不喝不新鲜的开水，你重新帮我打一壶。"

这个要求也太奇怪了吧，开水还分新鲜不新鲜的？

不过她还是点点头，拿着水壶出去打水了。再进来的时候，发现李国华自己拿着点滴瓶子，到了卫生间的门口，大约是眩晕又犯了，他闭眼靠在墙壁上。

姜妍吓了一跳，连忙扶住他："你怎么自己下床了呢？你现在是脑震荡知道吧？你这万一跌倒后果会非常严重！"

姜妍忽然明白他为什么把自己支出去打开水了，敢情他想上厕所，自己在场的话会不好意思。

"不用管我。"李国华忽然低沉地说了句。

姜妍不出声，架起他就往卫生间走，他反抗不了，只能跟着她走。进入卫生间后，她让他站好，然后站在他的身后扶着他的腰："你上厕所吧，我就站在你身后，免得你摔倒。"

"我不会摔倒，你出去！"

"我不出去，你就这样尿好了。"

"你……"李国华气得头一晕，身子又晃了一下。姜妍连忙扶住他："看吧，你一个人不行。"

李国华还是没有下一步的动作。就在姜妍正在想是不是需要出去找个男护士帮忙的时候，听到李国华说："有别人在，我尿不出来。"语气极为委屈，像是受了伤的孩子。

姜妍说："好，我在外面等你。"虽然她很不放心，但是也没有办法，以李国华这个性子，她在的话，他恐怕真的没有办法解决这个问题。

她只好走出去，并且关上门。

过了一会儿，门开了，李国华站在那里，面色看起来非常苍白，姜妍马上意识到不对："李国华，你怎么了？"

李国华却没有回答她，忽然转身，冲着马桶就吐了。

姜妍连忙拍他的背，又给他接来凉开水漱口。经这么一折腾，李国华直接瘫倒在马桶旁，意识不清了。

姜妍吓了一大跳，连忙去喊医生。

大家七手八脚将他抬到床上，医生连忙替他检查，过了片刻，向姜妍解释道："不用紧张，只是昨天流血过多导致身体虚弱，再加上眩晕呕吐，只是暂时性昏睡，让他好好休息就行。"

"真的没事吗？"姜妍还是很担心。

"没事的。"医生很肯定地回答。但是医生还是给李国华上了心电监测机，这样一来，他的情况看起来糟糕了许多，两个手都不能动了，静静地躺在那里，点滴一直不断地往身体里输送。

晚上，姜妍给宿舍楼打了个电话。

接电话的宿管阿姨把李婉玉叫了下来，李婉玉接了电话后知道是姜妍，没好气地说："这么晚打电话做什么？我刚睡下，再过两个小时我就上班了。"

今天李婉玉是夜班。

"师父，我是来请假的，我家里有人生病，我必须照顾他。”

"请几天假?"

"三四天吧。"

"行吧，我会给班长和教练说的。"李婉玉迅速挂了电话便跑回宿舍睡觉去了。

李国华再醒来的时候，已经是第二天早上，看到姜妍趴在他的床沿上睡着了，便安静地等着，并没有打扰她。

直到保洁员进来，打扫卫生的动静惊醒了姜妍，她醒来就看到李国华正看着她，二人目光对视，都不由得有些尴尬，一种很微妙的气息忽然在空气里流动起来。

姜妍揉揉眼睛，忙问:"班长，你好点儿没有?"

这时候忽然有人走了进来，说:"人家现在是主任了，你怎么还叫人家班长?"

进来的居然是刘华和另外几个工人。

其实姜妍也是叫顺口了，一时没改过来而已，但这无伤大雅，反而是刘华，她怎么会来探望李国华呢?

刘华和几个工友手里提着的礼物倒是挺多，一股脑儿全放在了床头，纷纷询问李国华:"此刻感觉如何，伤口还疼吗?"

李国华回答道:"还好。"

刘华笑了起来:"就说咱们的主任大人正在运势头上，风口浪尖的人物，福大命大会没事的，被我说中了吧?"

其他几个也都附和着笑了起来:"是啊，是啊。"

他们说话的声音太大，若在平时倒没什么，可如今李国华脑震荡没好，被这么一吵脑瓜嗡嗡响，眼前一阵阵发黑，他只好闭上眼睛。

刘华的目光倏地落在姜妍的身上："你这个新工怎么在这里？"

"那你为什么又在这里？"姜妍反问回去。

"我是替刘主任来探望李主任的。"刘华不屑地说，"刘主任特意叮嘱，让我问问李主任的身体情况，如果需要住很长时间的院，可能会耽误工作。"

所谓瘦死的骆驼比马大，刘华虽然不在打包车间了，可她的爷爷还是刘同，她依旧趾高气扬的。而且她此刻分明就是话里有话，专门来气人的。

姜妍直接怼了回去："你们爷孙俩打错主意了，班长没事，几天后就可以出院了。"

刘华怒道："你说话怎么这么难听？我们能打什么主意？只是关心李主任而已！"

姜妍来了气，把刘华带来的东西扔出病房，不由分说把她推出门去。刘华离开前狠狠地瞪了姜妍一眼："你这么个小新工，看你攀上的大班长能护你多久！"

阳光从窗户外面照进来，恰好有几缕照在李国华的眼睛上，他扭了下头，想要避开那光。

姜妍拉上窗帘，听到他说："小新工，你挺厉害的。谢谢。"

"不客气，你是厂里的大功臣，我保护你是应该的。"

"保护？"李国华忽然愣住了，作为一个形象高大的男性，有多久没有人对他说过这两个字，有多久没人觉得他是需要被保护的了？

　　姜妍回到家的时候，姜成峰还没有回来。与母亲苏佳聊天得知，姜成峰对李婉玉有意见。因为李婉玉那天的穿着太夸张，而且当天在饭桌上，姜燃又向姜成峰要钱买车，姜成峰觉得姜燃是受了李婉玉的蛊惑。

　　姜妍马上说："妈，这可能是误会，李婉玉不是那样的人。"

　　"你怎么知道？"

　　于是姜妍把自己是李婉玉徒弟的事告诉了苏佳，又郑重交代："妈，我不想让哥哥知道我在厂里当工人，也不想让他知道我和李婉玉之间的关系，您可得替我隐瞒。"

　　苏佳点点头："知道了。"又说："这也太巧了吧？"

　　隔天，姜妍再赶到医院的时候，李国华已经自行出院了。他的头上还缠着纱布，就这样回到了车间。

　　丙班现在已经安排了新班长，是一个叫杜学唯的青年，戴着眼镜，干瘦，个儿也不高，但是他对机械很感兴趣，每天不停歇地检修那些空下来的工位。打结器出现的各种问题，他也能轻松解决。

　　由于李国华制定了很严格的派纱制度，杜学唯只要遵照行事就行，所以车间里一切都运行正常。

　　大家也很快就接受了这个新班长。

　　派纱事实上是为了解决抢纱棒问题的，这次的改变也关系到考核问题。

第一轮纱棒，推纱工会给每个工人挨着送，但是每一轮纱棒其实都有剩下的，推纱工会根据教练那里的考核成绩，从第一名开始依次往下顺，顺到谁那儿送完了就算完了。

厂里有硬性规定，络筒车间工人不许进入络纱车间，不许抢纱。

这样一来，考核成绩好的，每班可以多拿到四至五袋纱棒，而考核成绩越靠后的，拿到多余纱棒的机会也越少，工资当然也会相应地减少。为了提高工资，只能加强技术上的修炼，而技术过关，则会减少纱疵的产生，也算是给质量方面又上了一层保险。

现在车间的工人都必须靠真本事吃饭，工作氛围顿时不一样了。在没有纱棒的闲暇时间，工人也不聚着聊天了，而是反复练习技术，渐渐形成一种积极向上、公平竞争的氛围。

何彩霞对这个制度尤为不满，可是也没有什么好办法。她的技术不上不下，平时为了多完成任务操作马虎，不过那时候打包车间有刘华在，她的纱筒就算出了问题也不会被罚钱。

而现在，不但纱筒有问题会立刻被记录在案，而且还得不到和优秀职工等量的纱棒，也不能去抢纱。

她心里郁闷不已，看到姜妍去上厕所，她也快步赶上去，进门的时候故意挤了姜妍一下，姜妍撞在门框上，痛得大叫了一声。

"何彩霞，你慢着点儿呀！"姜妍大声说。

"撞的就是你！就是你这个新工多事，弄什么整改，现在可好了，我这个月的工资恐怕要创史上最低了。好狗不挡人财路，你知道你做了多么可恶的事吗？"

"何彩霞，现在大家公平竞争，凭真本事吃饭，这是好事，你别无理取闹。"姜妍也不甘示弱。

何彩霞嘲讽道："你一个新工懂什么，等你定岗后，看看能赚几个钱吧！"

何彩霞说完，脖子一挺离开了。

姜妍只能苦笑。

从洗手间出来，姜妍又感觉到一道不友好的目光，扭头看去，迎上的却是韩玉仙有些怨愤的眸子。其实在职工大会上，韩玉仙站在李国华这边做证的时候，姜妍觉得韩玉仙还不错，但是她们两个人就是处不来。

姜妍被盯得浑身不自在，只能装成不在意的样子回到工位上。

今日李婉玉的心情倒是不错，师徒二人说起许重笙的事，李婉玉说："你也不用太担心许重笙了，我听一纺那边的人说了，厂里重新给她安排了师父，她已经不再是陈娟的徒弟了。"

据李婉玉说，现在陈娟后悔得很呢，本来她那个车床上就多了一个工位，她让许重笙占了那个工位每次便可多得一袋纱棒。许重笙学会挡车之后，还能给她当两个月免费劳动力，她一个人拿两人份的工资，很多工人都羡慕她。可现在都泡汤了，她不但要从当月工资里扣出一些给许重笙作为赔偿，而且还失去了一个免费劳动力。

一纺丙班班长觉得这件事丢了班子的脸，放言之后再有新工也不会给陈娟带，恐怕她这辈子都没有带徒弟的机会了。

姜妍听得有些开心，却也不好表露出来，毕竟李婉玉也是个师父。

李婉玉却白了她一眼："小姜，你是不是觉得我对你也不好？"

"不是，师父，我觉得你是世界上最好的师父！"姜妍满脸讨好地笑。

…………

经过李国华的大力整改，各个车间的产品质量确实有了很明显的提升，工作流程也更加顺畅和规范，乱象一下子减少了很多，但是要真正看出成效，还需要一段时间。

姜妍还是时不时去打包车间，看到新上任的打包工们，在白炽灯下仔细地检查每个纱筒，然后打包贴标号，分组摆放，井然有序，也就放心了不少。

至于抽检岗，因为每月定有达标任务，不达标就拿不到保底的三千块，所以抽检岗的工人也是最忙的，而且不需要别人督促，自发地忙起来。在别的工人因为没有纱棒而暂时休息的时候，她们一直都在那里倒筒检查质量。

这一日，李国华忽然来到李婉玉的工位前，师徒二人正闲聊，看到李国华过来都吓了一跳。

李国华对李婉玉说："有空吗？下班一起吃个饭。"

李婉玉脸上满是冷漠和疑惑："李主任，为什么请我吃饭?"

李国华说:"是请你们师徒一起。"

"为什么?"李婉玉固执地问。

"谢谢你们当时在职工大会上替我做证。"

"那事情过去很久了,至少有半个月了。"

"之前实在太忙了。"李国华有点儿不好意思地说。

李婉玉看了一眼姜妍,发现姜妍正在偷偷地笑,李婉玉丢给二人一个大白眼,犹豫了下说:"堂堂主任请吃饭,哪敢说不去!"

就这样,李婉玉应下了李国华的邀约。

没想到李国华请她们吃饭的地方是"明月夜",而且点了"明月夜"的招牌菜,还让李婉玉和姜妍点两个她们喜欢吃的菜。整个吃饭过程中,李国华对她们的照顾是周到而得体的,谈吐也很有内涵,充分展现出了自己的个人修养。

这样的李国华,对李婉玉来说是陌生的,姜妍却一点儿都不意外,李国华书架上那么多书可不是白看的。

当时在长廊下,李国华向她这个新工提出那些整改方案的时候,虽然没有想到后来的情况发展,但也足以证明李国华是个脑子里有货的人。

平时的冷漠和距离感,也不过是他性格使然,并不能就此掩盖他的才华,把他的形象固化。

可能和李国华共事久了,虽然他现在已经是车间主任了,可是李婉玉和李国华说话的时候还总是带着三分调侃:"李主任,原来你除了会说'修好了、快去忙、好好工作'以外,还会说其他的话呢!"

李国华只是微微一笑:"说笑了。"

李婉玉觉得李国华不够幽默,说了几句就没有什么兴致了,只低头吃菜。

李国华的目光反而更多地落在姜妍的脸上,姜妍也看向他,二人目光对视,姜妍只觉得对方眸底深沉,像大海一样让人看不透。

姜妍自问并不是一个做作扭捏的姑娘,可与李国华对视时,她还是败下阵来,匆匆躲开他的目光,一颗心不知道怎么回事,跳得有点儿漏拍。

李国华向李婉玉说了句:"你收了个好徒弟,很有思想。"

李婉玉哦了声,目光在李国华和姜妍二人身上看来看去:"班长,如果你看上小姜了,可以直说,我觉得你这个人不错,小姜也不错,我完全可以代为撮合。"

姜妍和李国华同时闹了个大红脸。

姜妍低头吃菜不敢说话,李国华憋了半晌才说:"说笑了。"转而正了脸色问姜妍:"小姜,你对车间的现状还有什么看法吗?"

姜妍努力地调整好自己的面色,用极认真的态度组织着语言:"呃,是这样的,这次整改后,产品质量肯定会大大提高,只是成效一下子还看不出来,得看厂里的订单情况会不会因此而好转。至于车间目前的运转情况,我认为已经很好了,可以保持。"

"哦,那就是满意。"李国华的眸子里透着些许探究和笑意，让姜妍的脸莫名又是一红，他似乎话里有话呀。

但这时候，在场的三个人都很默契地没有再深究。

一个多月来，姜妍的步调不算慢，比较幸运的是，厂里还有李国华这样的员工，肯顶着压力一心为厂，完成了车间大整改。

络筒车间和络纱车间，是整个工厂最需要把握质量的基础车间，这次整改完后，虽然还是有不尽如人意之处，但暂时没有可动的地方了。

实际上，姜妍在络筒车间和络纱车间的任务已经完成。她已经有了新的决定，但是离开络筒车间一时真的舍不得。

想起刚进厂的时候，连续八个小时的班让她觉得快要挺不住了，如今却又觉得机器轰鸣声那么亲切，甚至让人有安全感。她打算在络筒车间继续工作一段时间，再观察一下哪里还有问题。

李婉玉看姜妍又发呆，说道："想什么呢，动春心了？"惹得宿舍其他几个人笑了起来，许重笙在上铺也很担忧地看向姜妍。

"姐，这次我的师父很好。"向来不参与讨论的许重笙主动换了个话题，果然引来舍友的兴趣："哎哟，大吉大利，小许这次居然碰上了一个好师父吗？"

"是呀，小许，你师父怎么个好法呀？"

见大家都逗许重笙，姜妍也含笑看着她，许重笙的脸唰地红了，但还是很认真地告诉大家："我师父怕我冷，给我买了一双手套，还送给我一件棉衣。"说话间她把那双手套拿出来给大家看，是一双花格子毛线手套，全新的，看起来挺暖和的。她又把那件棉衣拿出来，红色的薄丝绵棉衣，已经有些旧了，袖口都磨出了毛球。

众人看了都点头："小许，这双手套不错，这件棉衣也很好。"

"你明天是不是就不来了？"李婉玉忽然扭头问姜妍。

"师父，你怎么看出来的？"姜妍有点儿惊讶，但她不打算再隐瞒了。

"你知道我这七八年带过多少个徒弟吗？"

不等姜妍回答，李婉玉又说："很多人都是干了一两个月，没等定岗就坚持不下去离开了。其实离开也好，工厂这里虽然安稳，可一年是这样，两年还是这样，一辈子都是这样，青春很容易就过去了。"

李婉玉很感叹的样子，姜妍点点头，对李婉玉的话表示赞同，工厂里安稳有序的生活，有时会让人产生惰性，磨灭人们的斗志。

姜妍脑子里忽然闪出一个念头，是不是可以丰富工人的业余生活，给他们提供学习知识和技能的机会呢？或者至少给他们提供一个闯出一片天地的机会。

她又摇摇头，现在的时机不合适，况且大家应该都会觉得她的想法很疯狂。如果工人有机会学习通往外面天地的技能，那么他们还会继续留在工厂里做一个工人吗？

一定不会了，这对于工厂来说可能是灾难。

姜妍不能确定，她很快打消了这个念头，对李婉玉说："师父，只是人事上通知要调岗。你看车间里，除了那两台常年检修但怎么也修不好的机器，已经没有可以定岗的工位了，我这个新工被安排调岗了。"

李婉玉疑惑地问："怎么会是这个原因？"她带徒弟很多年了，虽然说车间里总是满岗，也总有一两台机械在检修，可新工出来后，都会神奇地出现岗位，从来没听说因没工位导致调岗的事。

但姜妍这个理由确实又是不可反驳的，李婉玉思索片刻说道："人家师父带徒弟，到第二个月就可以给师父干活赚钱了，你倒好，才一个多月，刚准备让你学挡车，你就要走了，我在你身上一点儿好处都没有捞到。"

"师父，我虽然调岗了，但还住在三〇五宿舍，我会时不时给师父买你最喜欢吃的牛肉干的。"

"算你有点儿良心。"

根据这阵子的观察，姜妍确实又发现了络筒车间的一些问题，比如推纱工实际上不能严格按照规则给工人们送纱，有些工人为了多得到纱棒，会请推纱工吃饭，或者直接塞钱的也有，目的就是为了在每轮可以多得到一两袋纱，以增加产量。

有些比较贪心的工人，拿到的纱棒太多，到了交接班的时候纱棒都没用完，她们要么选择占用下一班的时间继续把纱棒用完，要么就是把纱棒留至下一班。导致有的工人在下班前的一两个小时就没纱棒了，干坐着等下班。

千里之堤，溃于蚁穴。任何破坏规则的事都不是小事，姜妍把这个问题记录下来。

她认为，需要加强对推纱工的管制，尽量做到每个班次的纱，由本班次全部消耗完毕。如果出现交接班时剩余大量纱的情况，则推纱工负有送纱不公的责任，可以进行扣罚。

厂里针对错管这个问题，惩罚措施是一旦发现一个错管，直接罚款二百元。可见错管对于成品包装销售来说，是个比较严重的问题，实际上这个问题是可以避免的。

沙漏型空心管是由送管工送到车间里的，像纸杯一样，每三十个套在一起成组放在纱管房里，然后由工人去纱管房里自取。

工人按照当天要纺的纱的型号选择纱管，纱管由管头的颜色来区分型号。但因为纱管是套在一起的，所以工人们拿纱管的时候只看最上面的纱管头的颜色，选定之后会把那一组纱管全拿到工位上。

络筒机岗位上，一个工位有三十个锭，工人们需要把这些纱管缠上纱线，套在锭上，再按压到转动轴上，纱管随着锭转动，纱线渐渐缠绕到纱管上，最终形成一个合格的纱筒。

在这个过程中，工人的动作行云流水，她们长期操作，动作熟练，一旦选择了一组纱管后，会在很短的时间里把纱管全部套在锭上，从纱管上锭，到第一组布纱完成，动作快一点儿的，一分五十秒左右就可以完成。

这一分多钟的时间里，工人的目光和精神其实都集中在纱管上锭、绕线这个环节上，很少能注意到纱管的问题。而且错管这种情况毕竟是少数，很多工人都容易忽略，而最终产生了错管问题，而这样的错管在打包车间分类的时候，会直接被分错类。

打包车间分类摆放纱筒的时候，也只看纱管头的颜色。比如三二纱应该是用红头管子，但如果误用了绿色的，到时候此纱筒就会摆在二四纱里，二四纱纱筒和三二纱纱筒的价格本就有偏差，纱线的粗细和质地也不同，这样的产品销售出去，自然会给订购方带来困扰。

说白了，就是质量关还是没把住。

络筒车间的工人们，需要自检纱管。

姜妍又去观察了推管工的工作。一纺和二纺两个车间，每个班次安排两个推管工。

他们在交接班的时候，负责把纱管从库房里拿出来，往车间的纱管房一放，这样他们的工作就完成了。他们的工作完成得非常粗糙，在库房拿纱管的时候不检查纱管，甚至都不进行分组，只是一股脑儿地拿出来，大概分一下就直接扔在纱管房，有些倒在地上的纱管甚至还会被踩坏。他们剩余的时间就是无所事事地躺在车子上睡觉。

姜妍把这一条也记录下来。她认为，推管工应负责检测纱管及纱管分组的工作，他们的工作场地不该在车间而应在库房，在交接班的时候，应把检测合格且分好组的纱管运至车间，并且分类摆放整齐。剩余时间则应该去库房整理那些未分组的纱管，不但要按每组三十个分好组，而且应在分组时检测每组纱管的统一性。这样就可以把错管问题杜绝在源头。

姜妍认为，每个班次只需要一个推管工即可。另外，她发现每个班次只有一个清洁工，所以她建议把每个班次的推管工调一个去做清洁工，因为清洁工对于车间工作环境来说是非常重要的。

比如络筒车间，就整个工作环境来说，比络纱车间好一点儿，温度不是那么高，没那么燥热，但是就棉尘情况来说，两个车间是不分上下的。

棉尘是什么呢？就是肉眼可见的棉絮，很像春天里飘着的柳絮，但是比柳絮更加轻薄细小，特别密集。

姜妍刚刚进厂的时候，听宿舍里工人们聊天，就有人聊到某位工作了二十年以上的老职工，得了肺病。常年在这种环境下工作的工人，会为自己的健康担忧。

但是因为各种原因，他们又必须在这种环境里工作、生活。

事实上，车间的屋顶都装有很密集的吸尘器，它们也像是空调，在吸尘的同时调节车间温度，所以车间里基本恒温，永远很热，即使大冬天也很热。冬天工人们从宿舍出来的时候，都穿着羽绒服、戴着棉帽子，但到了车间之后，就会去车间的更衣室换掉羽绒服，换上工装。夏天很多工人会选择在宿舍就换好工装。

总体来说，厂里已想办法改进车间的环境，然而效果却不尽如人意。只能依赖于人工，比如清洁工。

车间里燥热，棉尘飞舞，清洁工做完清洁半个多小时后，车间的地上、机器上就又积累了一层薄薄的棉尘。工人们除了上下班会扫车，上班间隙也会扫车以保持车床干净，减少纱疵的产生和断线的频率。每次扫完车，附近地上的棉尘更是厚厚的一层。

清洁工其实挺辛苦的。根据姜妍的观察，二纺络筒车间的清洁工江布拉，每天上班后几乎是一刻不停地做清洁，拿着一个横向的大拖把，沾上水，一直拖地上的棉尘。

地上的棉尘如果不及时清理，会因为工人走路和空调机的原因浮起来飞舞在空气中，所以需要不停地清理。而车间太大，江布拉清理一遍差不多需要一个半小时，这时候前面拖过的地上又是一层棉尘了。然后接着重新来，如此周而复始，但车间里的环境并没有因此而改善多少。

江布拉很瘦，不知道是不是和这个工作有关。

姜妍把这一条也记录了下来，建议调一个推管工在车间里做清洁工，清洁工的工资保持之前的水平。

其实这些都是很小的事，可自从姜妍当了一段时间的工人后，她切身体会到工人在车间工作时的辛苦，和对工作环境的担忧。她不能去改变全部，但可以尽力而为。

姜妍把这几条洋洋洒洒地记录在本子上，并给出了建议和解决办法，然后在李国华前来视察车间工作的时候，找了个机会把本子递给了李国华。

面对笑嘻嘻的姜妍，李国华把本子翻开认真看了看，深沉的眸光中透出些赞许，抬眸微笑着道："观察得很仔细，虽然都是很小的问题，但的确也都是需要解决的。干得不错。"

姜妍又一笑："那你会采纳我的意见吗？"

李国华不置可否，只道："你这么认真，又有才华，当个小工人屈才了。"

"那李主任是要给我安排一个官当吗？"姜妍笑问。

李国华道："你要加油，我看好你。"

好嘛，新官上任没多久，说话就开始打太极了，不正面回答关键问题。姜妍其实略微有点儿失望，她觉得李国华此人有点儿深不可测，已经学会了官僚主义那一套。

二人一时无话，李国华把本子收起来放在自己的工装口袋里，对姜妍说："去忙吧。"

姜妍点点头，嗯了声就回到了工位上。

那天下班后，姜妍没有再回络筒车间，按照人事处安排，她去了与气流坊相邻的织布车间。

织布车间也是三班倒，为了和师父李婉玉她们共同上下班，她依旧被安排在丙班。

织布车间主要生产两种产品，一种是纯白的棉布，也就是市场上常见的大白布，还有一种是纱布及纯棉绒布。织布车间的构架没有络筒车间那么复杂。

织布车间已基本实现全自动化操作，职工只需要看守机床即可，所以整个车间属于机床多而工人少的状态，而工作的重中之重在质量检测和修复这一块。织布车间工人的工资优于其他车间。

织布车间的工人多数是男性，女性只负责检测修复，主要是因为织布车间装卸大卷布匹都是力气活儿，一般女性是无法胜任的。

检测什么呢？就是看织出来的布匹上，有没有洞眼和瑕疵，如果有多余漏出来的线头和明显结块的地方，需要用小巧的剪刀及针，把它们挑出来，尽量理平整。若有洞眼什么的，需要用一种小巧的钩针，手工织线把这个洞眼给补上，而姜妍就被安排在这样的岗位上。

检测车间虽然属于织布车间，但却与针织车间共用一个车间，也就是说，针织车间的瑕疵品也是拿到检测车间来修复的。

姜妍被安排在瑕疵品修复的岗位上，主要修复的就是针织品上的洞眼。送到姜妍所在的岗位上的秋衣秋裤，都是检测岗位上挑出来的瑕疵品，多数都是因为漏针或者断线而造成的洞眼，修复岗位上的职工，需要把秋衣秋裤上的洞眼用小巧钩针修复，使这些瑕疵品成为可走向市场的合格品。

姜妍刚去织布车间的那两天，在师父的教导下，努力用钩针手动织补洞眼，这是一个需要细心和耐心的活儿，非常耗时间。姜妍除了学习织补洞眼，几乎做不了别的事，更不要说去探查整个车间的工作情况了。

针织车间出来的瑕疵品数量非常多，几乎都是同样的毛病，这让姜妍有点儿焦虑，到底是什么原因让针织车间出现这么多的同样问题的瑕疵品？

瑕疵品再怎么织补也不能做到完全如新，进入市场后虽然能卖，可是卖出去的产品使用之后，最先破损的地方一定是曾经织补过的瑕疵点。长此以往，对产品的销售自然也是有影响的。

姜妍在没有办法找出其他问题之前，只能建议姜成峰把最近经过整改后的络筒车间的纱筒先行运到织布车间试用，看之后这个洞眼情况会不会有所好转。

姜成峰马上按照女儿的建议进行了安排。

转眼，冬天到了。初冬的一场大雪突如其来。

今年雪下得有点儿早，感觉秋意刚过就来了一场大雪。

宿舍内李婉玉有点儿闷闷不乐，看到姜妍就来气，好好一个徒弟，带着带着没了，跑去别的车间拜师了。这比直接不干了离开工厂走了还让李婉玉难过，她对姜妍鼻子不是鼻子，眼睛不是眼睛的。

姜妍买的牛肉干她也不接受，一副要和姜妍绝交的架势。

姜妍心里还觉得李婉玉会成为自己未来的嫂子，她可不想得罪这样一个人，依旧撒娇请师父原谅，但是李婉玉忽然说了数句英文。

姜妍听着这流利的英文，蒙了："师父你咋骂人呢？"

李婉玉同样蒙了："你能听懂？"

然后师徒二人大眼瞪小眼，半晌说不出话来，然后同宿舍有人注意到了，大笑了起来："小姜，你师父喜欢英文，自学英文多年了，梦想是做一个翻译，人家会说英文我们不奇怪，不过，你怎么能听懂呢？说实话你师父刚才叽里呱啦一大通，我们可一个字没听懂。"

姜妍有点儿尴尬，她作为一个高才生，虽然英文不是她的最优科目，可也不差，她自然能听懂。不过这事不好拿出来在宿舍里说，只是尴尬地说："我喜欢看那个外国电影，那上面的人骂人都这么骂。"

同宿舍人哄笑起来。李婉玉生气地说："听懂又怎么样？小姜就是个没良心的白眼儿狼！"

同宿舍人再次哄堂大笑。

姜妍的注意力却还在李婉玉会说英文的事上："师父，您真的会英文？几级了？"

李婉玉道："要你管！"

同宿舍人又说："我们这里哪里有考级的，不过你师父的英文确实很厉害。"

也有人酸不溜丢地说："咱就是一个再普通不过的小工人，英文再好又有什么用？又不能站在国务院领导的身边当翻译。李婉玉你就是天天闲的，非得练那个什么鬼英文。"

李婉玉丢给她一个大白眼，冷冷地说："闭嘴！道不同不相为谋！"

听着她们的对话，姜妍反而觉得自己的师父李婉玉真是越来越有意思了。此时，她又想起了李国华和他书架上那些高深的经济学方面的书。

厂子里真的是卧虎藏龙呢，只不过日复一日单调乏味的流水线生活，磨灭了太多人的灵气。

大家正在七嘴八舌地说话呢，忽然有声音传进宿舍："李婉玉，我爱你！"

明显是有人拿着喇叭在喊话。

同宿舍人立刻全部涌到窗口去看，然后都起哄地叫了起来："李婉玉，疯了！疯了！天啊，你家燃太子这阵势，快来看啊！"

"啊！燃太子太帅了，好感人啊！"

"李婉玉，你好幸福啊！"

李婉玉本来还在生姜妍的气，这时候也忍不住走到了窗边探头看下去。只见姜燃正在楼下，站在用玫瑰花摆成的一个心形的中间，手中还抱着一大束玫瑰花，他的身边还燃有烟花。

烟花是那种比较矮小的烟花，只在姜燃的附近爆开，在夜幕下非常美丽绚烂。烟花中还有一排温暖的光，那是被点燃的几百根蜡烛，摆成了非常扎眼的三个字：我爱你。

还不止如此，在另一侧，不知道什么时候堆了一个很大的雪人，胖乎乎的，正咧着大嘴冲着楼上露出笑脸。

"哎呀！真的太美了，太感人了！"

"燃太子这份心思无人能及！"

这时候不只是三〇五宿舍的人趴在窗口看，整栋楼的人都趴在窗口看，还有很多人从宿舍里跑出去，涌到楼下围观。

起哄声自然也是此起彼伏，如大海浪潮一样。

李婉玉看了一眼就蒙了，她不仅不感动，甚至还很生气，直接给出了自己的评价："幼稚！"

姜妍拉着窗帘遮住自己的脸，只露出眼睛往窗下看着。

在她的印象中，姜燃一直以来都是一个狂妄自大的人，把自己打扮得有贵公子的气质，是个不顾别人、非常自私的男人，他居然还能这么浪漫。

整栋楼的女工们都沸腾了。

"燃太子！燃太子！燃太子！"

"在一起！在一起！在一起！"

这样的呼声响彻整个厂区。

姜燃内心十分得意，骄傲极了，抱着花直挺挺地站在那里，时不时地对着喇叭吼一声："李婉玉，我爱你！正式做我的女朋友吧！"

三〇五宿舍的女工们都捂住了嘴巴，一副不捂住嘴巴心脏就会从胸腔里跳出来的样子。

"李婉玉，快下楼去，快去呀！"三〇五宿舍的人都在催促她。

但是李婉玉根本不为所动，甚至都懒得看那些花里胡哨的东西。她独自坐在床上，吃着牛肉干，拿出牌问道："你们谁打牌？我们来打几局牌好吗？"

然而没人回应她，大家都盯着楼下。

姜妍也觉得没意思了，正准备离开窗前，忽然听到楼下传来怒喝声。

"谁让你在这里放烟花点蜡烛的！你不知道厂里的规定吗?!"

声音有点儿熟，姜妍立刻探头往下看。

一个直挺挺的身影出现在姜燃的面前，不是李国华还能是谁呢？

姜燃倨傲地看着他："你谁呀，你管得着吗？厂里的规定，啥规定？小爷我就是规定！"

李国华黑着脸，懒得和他多说，直接把那些蜡烛先踢倒，把火弄灭，还有那些没有燃完的烟花，被他用推倒的雪人直接盖住，一时间楼下黑了很多。

宿舍楼下的灯正好照着他们，二人像是舞台剧的主角。

"厂里规定，厂区内不能见明火！"李国华郑重申明。

姜妍忽然想起来，厂里确实有这么一条规定。因为他们这个厂是棉纺厂，不但厂区不让见明火，车间区更不让见明火，每天去车间区上班，都有一个专门检查是否带有危险物品的门禁。打火机、火柴之类的，绝对不允许出现在车间，检查出会被罚款，车间区内也绝对不允许抽烟。

然而姜燃不知道为什么，居然忘了这一点。

眼见着蜡烛被踢灭，"我爱你"三个字被弄得乱七八糟，还有烟花也全部被雪掩埋了，姜燃怒吼一声，扔了手中的玫瑰花，扑上去就给了李国华一拳。李国华也不甘示弱，直接和姜燃扭打在一起。

姜燃整出这么多花样，自然是有人帮忙的，而且大家都知道，姜燃是厂长姜成峰的儿子，该帮哪个，根本不用想。

他们一股脑儿围上去，帮着姜燃打李国华。

姜妍见状立刻开门冲了出去，李婉玉也同样冲了出去。

姜妍跑下楼时，李国华正被人仰面按在地上打，目光好巧不巧地就与姜妍对个正着。李国华忽然大吼一声，犹如神助般推开了压在他身上的人，爬了起来再次和他们扭打在一起。

姜妍很是担心他，不知道他之前头上的伤好彻底了没有……正在这时，李婉玉等人已经冲到楼下，全宿舍的人不顾一切加入战局。

虽然她们的力气不如男人，可架不住冲下来的人多，而且基本都护着李国华。

姜燃直接被气愣了，指着李国华的鼻子说："靠一群娘们护，你这小子，把你的名字报出来，你被开除了！"

李婉玉因为拉架，气喘吁吁的，听到这话直接一拳挥过去打在姜燃的胸口："你有完没完了！你要开除他，你把我一起开除了吧！"

"他是什么人，你为什么护着他？"姜燃气急败坏地质问起来。

李婉玉又羞又气，她和李国华之间什么事也没有，只是觉得这次李国华没做错，他不应该被开除。

李婉玉解释不通，又冲过去打姜燃，然后令人意外的一幕出现了，忽然一个瘦小的身影挡在了姜燃的面前，口中呼道："李师父，别打了！"

这个人竟是许重笙。

李婉玉因为没有控制好，两拳直接落在许重笙的身上，许重笙硬扛了下来，没有避开。姜燃愣了一下，低头看向这个比自己矮整整一头的女孩儿："你干什么？我女朋友要打我，你拦着做什么，躲开！"

他一把拨拉开许重笙，受了伤似的看着李婉玉一挺胸："你打了就能消气吗？好，你打，你打啊！"

众目睽睽之下，李婉玉怎么可能再打姜燃。她好不容易才控制住自己急促的呼吸，认真而愤怒地对姜燃说："姜燃，我俩完了！"

说完，她扭头往楼里走去。

姜燃愣住了，在后面问："李婉玉，你什么意思？"

这时候忽然有人从背后打了姜燃一拳，姜燃回头一看，是个胖乎乎的女工，头发已经被冻成冰柱了，态度十分刁蛮："管你什么屁太子，敢打李国华，我不会放过你的！"这个女工正是韩玉仙。

"你——"姜燃语塞，这一拳是女人打的，没打疼，但是脸上火辣辣的。

姜燃确实没有想到，厂里还有个比他更受女工欢迎的男人呢！他上下打量了李国华一眼，手指向他点了点："好，李国华是吧，我记住你小子了，真有你的！"

刚才韩玉仙那句话，等于把李国华的名字告诉了姜燃。

韩玉仙顿时有点儿慌，但已经无法挽回了，姜燃没再与他们过多纠缠，转身离开时还不忘回头往三楼瞅了一眼。姜妍躲在窗帘后面，李婉玉则坐在床上生气发呆。

韩玉仙兴奋地跳到李国华的面前："李国华，刚才好过瘾，我居然打了燃太子！"

李国华看着她被冻成冰柱的头发，终于说了句："你快回宿舍吧。"

韩玉仙顿时感动得热泪盈眶："李国华，你在关心我？"

李国华的眉宇间出现一丝无奈，没有再接她的话，而是把目光转向不远处围在一起看热闹的几个保安身上。

女工宿舍楼附近设有保安亭，主要负责厂区内日常安全、矛盾调解等工作。可如今，因为对方是姜燃，他在厂区里燃放烟花竟然无人上前劝阻。

保安们并没有把李国华放在眼里，李国华虽然是车间主任，但职权也只限于车间区，管不到外边来。他们反而觉得李国华是不想干了，居然敢得罪燃太子。

当天晚上，姜燃便赶回家找父亲姜成峰。姜妍也找了个借口匆匆回到家中，推开门果然听到父子二人正在争吵。

姜燃大声说："爸，我刚才去找了人事处负责人，让他们立刻开除李国华，可他们居然说这个李国华他们无权开除，要来找您。爸，开除一个人而已，为什么不行？"

"李国华是什么人你不知道？"

"我为什么要知道？厂里三千工人，难道我要把他们每个人都记住？他再厉害，也不过是一个底层的车间工人，能重要到什么程度？"

"你——"

姜成峰被气得颤抖："别人你可以不认得，李国华是最近车间整改的负责人，你作为常务副厂长，怎么连他都不认得？"

"整改？整什么改？"姜燃一头雾水。

姜成峰突然就懒得和他多说什么了，他一直知道这个儿子不成气候，这两年将他放在常务副厂长的职位上，就是为了让他多接触厂里的事，慢慢接手工厂，没想到，车间整改这么大的事，他居然丝毫不知情！

一种失望的情绪像冰凉的虫子，爬上了姜成峰的心。这时，已经进门一会儿，一直没打扰二人说话的姜妍忽然开口了："车间工人怎么就成了底层？没有地基，何来大厦？没有车间每天有序运转二十四小时，何来行政大楼里的一切？他们每个人都是工厂的螺丝钉！姜燃，你不要口口声声把底层人挂在嘴边，真正的底层人是那种无所事事、刻意破坏规则的人。"

　　"你算个什么东西，还轮不到你来教训我！"姜燃的戾气很重。苏佳连忙扯了扯女儿："妍妍，别说了，都在气头上呢。"

　　姜妍也知道自己说多了不好，看了眼姜成峰，只见他向姜妍点点头，示意她不必担心这个事。姜妍吃了定心丸，便上楼去了。

　　姜成峰最后说："李国华刚正，勇于创新实践，是目前厂里最需要的一类人才，我不可能把他开除，我还要重用他。这件事不用再讨论了，没事你就回去吧。"

　　"爸，在您心里，我这个儿子居然比不上区区一个工人重要。"姜燃好似被伤到了心，一副悲痛的模样，然而姜成峰只是重重地叹了口气。

　　姜燃发现事情绝对不可能改变了，他冷哼一声，离开了家。

　　苏佳担忧地看向姜成峰："小燃怕是生气了。"

　　姜成峰苦笑了一下："他公然在厂里燃放烟花，犯了大错，他还敢生气？这事还没完呢。"

姜燃的办公室在灯芯棉纺厂行政大楼里，办公室宽敞且豪华。喜欢电子设备的他买了两台电脑放在桌上，没事的时候看看股票，或者去一些网页的聊天室聊天，或者去论坛发表一下自己作为成功人士是如何掘到第一桶金的经历。

日子就这样一天一天过去了。

这几天公示栏张贴的通知，他完全不放在心上。

刚到办公室一会儿，秘书过来说，车间主任刘同找他。

他挑了挑眉，说："让他进来。"

片刻后，刘同满脸堆笑地进来了："小姜总，好久不见了呀。"

姜燃的两条腿伸直搭在桌子上，目光轻蔑地看着刘同："我说老刘，你这是越混越回去了。我才知道，你这个所谓的车间主任如今是被架空了吧？现在车间里都是那个李国华在作威作福吧？"

刘同这个老狐狸，怎会不明白姜燃说的是什么意思。关于这几天的烟花事件，刘同也早就打听清楚了，当下笑着说："小姜总，老刘我是什么样的人，您还不知道？我向来都是兢兢业业，以厂为家，为了工厂可以付出一切的。可那个李国华，现在拿下了姜总，是姜总眼前的红人呢，我还能怎么样，我现在能保住饭碗都不错了。您知道吧，那个李国华，在全体工人面前逼迫我认错，我孙女刘华现在被安排在库房当一个看门的库管工人，那我不也得受着吗？"

"库管？"姜燃哈哈地笑了起来，"老刘啊老刘，让我说你什么好呢？你这千年老狐狸也有失手的时候呀。"

"小姜总，您就别顾着嘲笑我了，我知道自己失败了，现在还能怎样呢？"刘同苦着脸说话，眸光却一闪一闪，时刻观察着姜燃的神情变化。

姜燃说："老刘，不管怎样，你现在还是一纺的车间主任吧，从职位上来说，你和李国华是平起平坐的，凭什么就让他骑在你的头上了？"

"小姜总的意思是？"

"威信是需要自己树立的嘛！这个你是最懂的啊，而且我一定会站在你这边的！"

"小姜总，那万一出了事……"

"能出什么事，我现在就一个目标，那就是让李国华滚蛋！"

刘同目光闪了闪，想到自己在姜成峰那里已经完全失势，不如跟着小姜总，反正这工厂迟早也是小姜总的。

"小姜总，有您这句话，刘某没有什么好多说的，一切以小姜总的指导方针行事。"

二人头对头定下了一些"大计"。

当天晚上，三〇五宿舍的许重笙忽然宣布了一件事：她和师父一起被调到了二纺丙班了。

听到这一消息，李婉玉和姜妍等人都挺高兴的，以后不仅是同宿舍，还是同车间同班次。

经过近两个月的相处，三〇五宿舍的人都知道许重笙是什么样的人了。她老实可爱，对宿舍的每个人都很友善，还很勤劳。宿舍里扫地、拖地这些卫生洒扫方面的事，许重笙都主动包揽了，有时候甚至会帮舍友整理床铺。

许重笙取得了全宿舍人的好感，再加上姜妍经常给宿舍里的人买好吃的，又极护着许重笙，大家自然也就给姜妍一些面子。

总之，这个消息让大家都很开心。姜妍甚至有点儿后悔自己离开络筒车间有点儿早了，要不然还可以和许重笙一起工作一些日子。

像这种一纺二纺间的调岗虽然不常见，但也算是比较正常的事。有时候仅仅因为一纺或者二纺的车床需要检修，为了使工人正常出工，也会有这样的调岗。多数都是暂时的，调过来一两个月又调回去的也有。

当天晚上恰好是夜班，许重笙直接就到二纺上班了。

也是当天晚上，许重笙就因为头被打破进了医院，是韩玉仙打的，边打边骂着"死新工，还想勾引李国华！"之类的侮辱性话语。

姜燃虽然常年都在行政楼，可他想要知道什么消息还是很快的。比如韩玉仙喜欢李国华喜欢得发痴发狂这种事，比如韩玉仙和许重笙及另外一个新工打架的事。听刘同说，那个新工很有主意，比较难搞。他们最终把目标放在了许重笙身上，这才有了许重笙和师父一起调岗的事，也才有了韩玉仙和许重笙打架的事。

本来以为小打小闹一下即可，没想到许重笙被打破了头。

病房里，姜燃越想越开心，变魔术似的，从怀里掏出一朵玫瑰花递到许重笙的面前："小许啊，这次你做得很好，这个韩玉仙真的太容易被挑动了，效果太好了。你放心，你不会白挨打的，所有涉及这件事的人，一定会受到严重惩罚。"

许重笙此时的心跳得飞快，红着脸接过了玫瑰。

姜燃又说："我记得你。"

许重笙有点儿茫然地看着他，姜燃说："那天，只有你护着我，所以我记得你。"

许重笙的脸火辣辣的，想起姜燃燃放烟花的那晚，在宿舍楼下和李国华起冲突，她不知道当时脑子里在想什么，义无反顾地护在了姜燃的身前。

当时现场太乱了，她以为姜燃根本就没有注意到她。

原来……

姜燃捏了捏她的脸蛋："好好休息吧，我还会来看你的。"

说完他就离开了。

姜成峰也听说了工厂里工人打架的事，就等着儿子和女儿回来给他说说事情的原委。结果两天过去了，儿子没回来，女儿也没回来。

带着郁闷和疑惑的心情，姜成峰进入了行政楼的会议大厅。

那里七八个董事已经等着了，分红董事汪小旺、刘同等人也都在场。平时的行政会议，这些分红董事并不会参加。

姜成峰意识到今天这场会议不太寻常，他绷着脸，坐在居中的椅子上，说："开始吧。"

姜燃的目光在众人身上扫了一圈，发现大家神色都略微尴尬，没有先开口的意思，于是就向刘同示意。

刘同其实也挺紧张的，有种赶鸭子上架的感觉。他清了清嗓子，向姜成峰说道："姜总，今日我们这几个小董事参加会议，主要是有一些关于生产车间的事要报告给您。"

姜成峰点点头："说。"

"是这样的，二纺丙班前几日发生了一场械斗，为什么叫作械斗呢，因为双方都抄了家伙。打架的两个人，一个叫韩玉仙，一个叫许重笙，当时许重笙手里拿了一把扫车床的刷子，韩玉仙手里不知道怎么拿了一个锭子，两人发生了激烈冲突，韩玉仙把许重笙的头打破了。许重笙目前还在医院里，差点儿没命了。"

姜成峰听了刘同的话，意识到这件事原来在这儿等着呢。

刘同语气嘲讽地继续向众人说："各位董事，你们觉得好笑不好笑？咱们厂建立近三十年，三千多名工人，人多纷争多，打架的事也时有发生，但是像这次，两个女工打得头破血流的事还是第一次发生吧？"

其他股东纷纷议论："确实如此，还真是稀奇。"

有个股东就问："刘主任，问了吗？打架的原因是什么？"

"这个原因啊，说实话，我都不好意思说。"刘同做出羞惭又为难的样子。

"刘主任，您就别卖关子了，快说说吧。"

"是啊，既然都说到这份儿上了，没有必要说一半留一半吧！"

刘主任这才说道："是感情纠纷。这两个女工吧，都喜欢咱们新上任的车间主任李国华，李国华呢，也是来者不拒，结果造成这些女工争风吃醋，最终引起这事。"

在座的各位股东都不由得把目光投向了姜成峰，李国华最近受到重用，从班长直接被提升为车间主任，且负责车间整改的事，股东们都是知道的。

此时股东们也各怀心思，多数都抱着看好戏的态度。

有人说道："其实吧，咱们厂女多男少，确实有些不要脸的男的乱搞男女关系，借着自己的职位就更过分了。"

有人接着说："男领导与下属女职工关系混乱实属大忌，传出去，咱们的脸都没地儿放了。"

"没错，女工也会没有安全感，以后谁还敢把自己家的女儿送到厂里来工作？"

众人议论纷纷。

姜成峰看他们越说越不像话，终于开口接了句："其中可能有误会，据我所知，李国华不是这样的人。"

"爸，您和李国华一起吃过饭？喝过酒？您了解他吗？知人知面不知心，只怕他会让您失望！"姜燃语气忧虑地说。

这时候，一个叫何洋的股东说了句："一个车间主任而已，实在不行就把他撤了。"

这句话真有画龙点睛的作用，姜燃立刻附和："对对对，撤了他，或者开除算了。"

姜成峰这会儿已经完全明白，今日这场会议是怎么回事了。应该是姜燃针对李国华而特意安排的。

姜成峰清了清嗓子："女工和女工之间打架的事，你们核实了吗？确实是因为李国华吗？如果没有核实过，我们一堆大男人坐在一起讨论这些八卦，是不是有失身份了？"

姜燃不满："爸，您说什么呢？这件事是很重要的。"

"你还在人家女工宿舍楼下燃放烟花表白呢。"姜成峰忽然话锋一转，话题落到了姜燃的身上。

事情涉及姜燃，众人一下子都闭了嘴，气氛顿时凝固。

也只有姜成峰才敢说姜燃了。

姜燃脑子一时没转过弯来，他今天导演这场大戏，就一个目的，败坏李国华的名誉，让众股东联合向姜成峰建议，把李国华给撤了，或者干脆开除了，以平息那天在宿舍楼下，他被李国华驳了面子的怒气。

这下算是搬起石头砸自己的脚了。姜燃面红耳赤地说："爸，我是这个厂未来的接班人，哪个女工不想嫁给我？但我没有乱搞，我是正儿八经地谈对象，李国华那是玩弄女工的感情，这能一样吗？"

"你怎知人家是玩弄女工的感情？"姜成峰说到这里，已经很愤怒了，没有大张旗鼓地惩罚姜燃，本以为他能理解自己的苦心，这段时间会好好表现，哪知他如此小肚鸡肠，非得把一个没有犯错的骨干从厂里弄出去。

关于李国华的去留，姜成峰本来还在犹豫，这一刻却莫名希望李国华多留一段时间，因此语气也越发坚定起来："姜燃，你作为厂里的常务副厂长，肩负重任，可你给工人做了什么样的表率？在厂区燃放烟花？玩浪漫？向女工表白？我是不是也该去了你这个常务副厂长的职位，让你回家去好好反省一下？"

"爸！"姜燃愣了。

刘同说了句："姜总啊，咱们小姜总再怎么玩也没玩出人命来呀，李国华这件事，可是有人受伤住院了。"

他在自己的头上比画了一下："头破血流啊！"

姜成峰看了眼刘同等人："关于这件事，我会亲自问清楚的，你们不用管了。"

姜成峰最后说了一句："如今厂里的情况已经很严峻了，谁在搞事，谁心里清楚，覆巢之下，焉有完卵？所有人都好自为之吧。"

在行政楼吃了亏的姜燃，当天晚上居然带了几个人，把李国华堵在办公室，强行灌下了一斤高度白酒。

李国华被灌醉了，在他们的言语攻击下毫无回嘴之力。姜妍闻言赶到的时候，姜燃正带着一群人对李国华冷嘲热讽。

"这也是人家李主任的本事是不是？情场高手呀，我们大家应该向他多学习才是！"

"不就是挂了个主任的名头儿，就耀武扬威起来，看不起他！"

"人家还攀附上了姜厂长，你凭什么看不起人家……"

嘲讽奚落的语言越来越多，李国华步履不稳，跌跌撞撞往门外走去，有女工看到这情况想要上去扶他，却被他一把推开："滚！"

众人见状，都不敢再上前靠近他。

姜妍趁着姜燃扭过头去和别人说话的空儿，抓住机会悄悄出了门，一路跟在李国华的身后。

路的两侧堆积着很多雪，李国华出门走了没几步，忽然摔倒在雪中，姜妍几步跑上前将他扶起来。看到他的脸上、衣服上都沾了不少雪，姜妍马上帮他拍掉衣服上的雪，又伸手抹去他脸上的雪。

李国华满身酒味，想要推开姜妍却不得力，最后只得让她扶着。

二人都不说话，就这么跌跌撞撞地往前走。到了生产车间区的门禁处，李国华要往里面走，被门禁检测人员拦了下来，检查二人有无带打火机等危险物品，当闻到李国华满身的酒味时，检测人员说：“醉酒人员不得入内。”

姜妍点点头：“不好意思啊，我们这就离开。”

李国华却固执地摇头：“不，我就要进去！”

检测人员还要再拦，李国华忽然说了句：“你知道我是谁吗？我是李国华，我是你们的生产车间主任，你敢拦我……”

李国华平时绝对不是这么嚣张的人，今日喝醉了，居然变成这样，有点儿颠覆姜妍对他的认知，暗忖，看他平时闷声不响的，原来内心还是很重视自己车间主任这个身份的，也知道拿身份压人。

可不知道为什么，姜妍没觉得他这样做很讨厌，反而觉得有点儿反差萌。

“李主任，醉酒确实不能进入车间区。”她提醒。

“不行，我必须进去……”

看着他固执的样子，姜妍忽然有点儿好奇，他执意进入车间区想做什么呢？

可门禁这里挡着，确实也进不去。正在为难的时候，姜妍忽然看到姜成峰居然就在不远处散步。她连忙让门禁人员扶着李国华，自己则跑去和姜成峰说话。父女二人说了几句，姜成峰往李国华站着的方向看了一眼，发现他醉得很厉害，站立不稳，全靠人扶着，却固执地看着车间区内。

姜成峰忽然想到了什么，终于点点头。

片刻后，他装成无意间散步到这里。检测人员是认得姜成峰的，恭敬地唤了声："姜厂长。"

姜成峰点点头，看向李国华。被冷风吹过的李国华，此刻反而愈加醉了，一手抚着额头，眼眸微闭，根本没注意到姜成峰。

姜成峰对检测人员说："今日李主任有重要事必须进入车间区，让他进去吧。"

检测人员连忙点点头。于是，姜妍扶着李国华往车间区走去，过了门禁还回过头来对姜成峰比了个心。

姜成峰挑挑眉，很担心地看着女儿的背影。

李国华虽然醉了，却固执地要去某个地方，看似是姜妍扶着他，实际上却是他带路。

最后他们来到了气流纺车间。

气流纺车间和别的车间不同，这个车间常年阴风阵阵的，而且灯光也稀稀落落的，机器不少，噪声却很小。每个纱锭都比水桶还要粗大很多，纱锭上的纱也不是常见的细纱，而是指头粗细的粗纱。

气流纺车间机器的运行速度很慢，几乎是全自动化，不需要工人守着，所以车间内常年冷清，有时候几个小时都不见一个工人。

气流纺车间和其他车间在布置上也有很大的不同，正面墙上设置了一个巨大的风扇，那个大风扇直接取代了那一面墙。说它是风扇其实并不准确，那是一个风扇状的电路集成体，大约是因为它的原因，整个车间都吹着丝丝的凉风。

因为别的车间都很燥热，进入气流纺车间就有点儿冰火两重天的感觉，但这个冷不是说真的冷到何种程度，而是阴冷，常年保持在十三四度左右的温度。天花板上布满了各种电线电路，密密麻麻的，像一片幽深不见底的森林。

姜妍在检测车间工作的时候，她的换衣柜就在气流纺车间内。车间的后半部分有个大约三十平方米的地方，安装了四五排柜子，就是检测车间新工的换衣柜。

姜妍每次来这里都觉得阴森森的，让人害怕，所以都是匆匆来匆匆走。

李国华为什么在这个时候来气流纺车间？

二人进入车间后，李国华往前走了一段终于停了下来，靠着墙坐了下去，姜妍也陪着他蹲下，担忧地看着他："李主任，你来这里做什么？这里有点儿冷，不太适合醉酒的人待着啊。"

李国华不回她的话，反而抬头呆呆地看着头顶天花板上那些凌乱地缠绕在一起的电线。

姜妍也看向那些电线，但是越看越觉得有点儿心慌。因为害怕李国华歪倒，所以她一直扶着李国华一侧的身子，这时候感觉他身上很凉，又说："李主任，我们还是离开这里吧，待久了要感冒了。"

李国华的眼角忽然流出了眼泪……

姜妍一下愣住了。那时候李国华被打住院，也没见他流泪，这个沉默的男人怎么会忽然哭起来？

姜妍结结巴巴地说："李主任，别……别哭啊，你这是怎么了？"

李国华的眼泪流得更多了，姜妍莫名感到心酸，连忙拿出手帕给他擦眼泪："姜燃逼你离开工厂，你是不是打算离开了？"

好半晌，才听李国华说："我不会离开工厂的。"

姜妍的心莫名一定，却也极度好奇："为什么？"

"我父亲说过，只要厂子不倒，我们就不能走……"

"你父亲？"姜妍脑子里的问题越来越多。

李国华忽然抬头，指向天花板："我父亲，在那里，看着我……"

姜妍只觉得后背一阵凉意，毛骨悚然。

忽然想起来父亲曾说过，李国华的父亲李明江是被电死的，当时厂里还赔了一大笔钱给李国华母子。

难道他就是死在了这气流纺车间？

她有心想要抬头看一眼，却怎么也没有勇气，就在这时，李国华头一歪，靠在姜妍的肩上彻底睡了过去。

"李主任……喂，李国华，醒醒……"

气流纺车间很安静，没什么人，只有丝丝的气流在乱窜，姜妍一时间既害怕又无助。

考虑了一分钟，她还是狠心丢下李国华，出去找了人，帮着她一起把李国华架出车间区。之后找了辆车，把李国华送回了灯芯小区，看门大爷恰好认识李国华，在看门大爷的帮助下，姜妍把李国华送回了家。

开门的是李国华的母亲，她已经满头白发，但是皮肤白皙细腻，只是行动不太方便，坐在轮椅上。看到姜妍扶着李国华进来，她一边对姜妍表示感谢，一边招呼姜妍把李国华扶到他的卧室去。

经过一番折腾总算把李国华安顿好了，姜妍松了口气，走出卧室，李国华的母亲已经倒好了一杯热茶："姑娘，辛苦你将国华送回来，让你见笑了。"

"阿姨，没事的。"姜妍确实有点儿累，坐下来端起茶杯喝了口茶。扭头间看到一张桌子上放着一个装裱着黑白相片的相框，相片中的男子面容与李国华有几分相似，相框前摆着几盘水果和刚做好的饭菜，姜妍忽然想到了什么："阿姨，今天是叔叔的忌日？"

李母听了，眼圈一红："是呢，每年他的忌日，国华都会很难过。"

到了这会儿她也就明白了，李国华的父亲李明江大约是在气流纺车间维修电路的时候去世的，而今日是李明江的忌日，所以李国华一定要去气流纺车间。

"阿姨，叔叔他……和姜厂长之间……"

李母噢了一声，微笑着缓声说道："姜厂长是个大好人，那一年我和明江刚从山东老家那边来到这大西北，天寒地冻，无处落脚的时候，是姜厂长收留了我们，并且给我们安排了住处和工作，之后连孩子上学都是他安排的。"

李母对姜成峰的感激之情溢于言表，然而姜妍的心里还是很难受。李母又继续说："当年，明江很会修理电路，在厂里也很受重视，姜总还把他提拔成了机电办公室主任。明江带着我们母子从山东来到这里，其实是负债在身，姜厂长知道后，帮我们把旧债务给消了……"

姜妍没想到还有这么一件事，不由得点点头，暗暗称赞自己的父亲，她从小就崇拜父亲，他果然没有让自己失望。

"若不是后来明江忽然出事……"李母说到这里，伤心地流下泪来，"当时明江被缠绕在气流纺车间天花板的电线中，三天后才被发现，被救下来时已经面目全非。国华当时就在现场，看到他父亲的样子晕了过去。"

姜妍想到李国华在气流纺车间时的情形，想到他当时那极度伤心、情绪压抑却又崩溃的样子，她的心忍不住揪了一下。这个习惯沉默的男人，他心里有太多不被人觉察的伤痛。

李母又说："还有这个房子，当初厂里集资盖楼，本没有国华的份儿，是姜厂长悄悄出了国华该出的那部分钱，我们母子才有了房子，姜厂长的大恩大德，我们简直无以为报……"

李母说到这里又忍不住心酸落泪："姜厂长是个重情重义的人，我们母子这些年，得亏他明里暗里的照顾……"

卧室里忽然传出呕吐声，李母行动不便，姜妍便冲了进去。

姜妍先倒了热水给李国华漱口，然后把地面收拾干净，又拿来毛巾给李国华擦了脸。待李国华再次安稳睡着，她才松了口气。李母一直观察着姜妍，她感激地对姜妍说："姑娘，真是谢谢你了。"又问道："姑娘，饿了吧？我给你煮点儿饺子吃。"

"不用了阿姨，我不饿。"

"一定要吃，今天多亏你照顾国华了。"

李母不由分说，直接进了厨房。姜妍看她行动不便还要坚持为她煮饺子，也不好拒绝了。

这时候姜妍才有机会好好打量李国华的卧室，卧室布置得非常简单，一张写字台，写字台上摆放着一个台灯、一摞书，还有一个衣柜、一张椅子，仅此而已。

窗帘是很素净的米灰色。

李国华的生活看起来简单单调。

脑海里浮现出李国华在气流纺车间说的"我不会离开的……"还有李母说的那句"姜厂长的大恩大德，我们简直无以为报……"姜妍的目光不由自主地落在李国华的脸上，他睡得很不安稳，可能是胃里难受，眉头微皱。

姜妍很自然地伸手，轻抚了下他的眉心，似乎想要将那里抚平，冷不防却被李国华握住了手腕……

"谁？"他含糊地问了一句。

大概是极度不喜欢别人这么亲近他，即使睡着也很是警觉。姜妍连忙回答道："李国华，我是姜妍，没事了，你已经回到家了，好好休息吧。"

"唔……"李国华放开了她的手，然后很安心地睡了，惹得姜妍轻轻笑了一声。

过了一会儿，姜妍闻到了饺子香。李母也恰好唤了声："姑娘，吃饺子了。"

姜妍替李国华掖了掖被角才出去吃饺子。李母的手艺不错，包的饺子很好吃，也许是姜妍真的饿了，一口气把那盘饺子吃完了，之后很满足地喝了碗饺子汤。

李母非得让姜妍留宿一晚，姜妍拒绝了，李母还是不放心，给看门大爷打电话，让他送姜妍一程。那个大爷人很好，很热心地把姜妍送到厂里女工宿舍楼下。

回到宿舍时舍友们正在谈论一件事。原来为了丰富工人生活，厂里的舞厅重开了，许重笙在李婉玉她们的陪同下第一次走进了舞厅，结果被一个叫赵广正的男人纠缠上了。据说赵广正只看了许重笙一眼就被她迷住了，行为和言语都有些疯狂。

李婉玉叹了声："年轻就是好，即使穿校服也有人追。"

宿舍的其他人也很羡慕许重笙。工厂女工多，男工少，优秀的男工更少。

只有许重笙忧心忡忡地说："那个人看着就不像好人，我怕他。"惹得全宿舍的人都哈哈大笑起来。毕竟朗朗乾坤，又有工厂的严格制度，大家都觉得不可能出什么事。

之后的几天，姜妍又被调到了库房，负责点货。她来到库房以后，把库房的各类数据记录都整理了一番，从记录上看，所有的入货出货记录都是很详细的，除了少量瑕疵品记录，并没有过多问题。

然而当她细致地把总数点算完后发现，数据出现了很大的偏差，这个偏差出现在入库之前。而且每个月每个车间至少有两三吨的货不见了踪影。

为什么库房的账是平的，姜妍却能发现数据上的差异呢？因为她早就大致算出了每个车间的出货量。比如络筒车间，每个工人大约每天会有多少产量，所有岗位共计多少产量，这些数据每天都会由计件员记下来。在络筒车间待得久了，姜妍心里大约也有个数，每个车间每个班子每天大约有多少产量。特别是李国华整改了车间之后，打包处的纱筒按照标号进行排列，一垛有多少个纱筒，共计多少公斤，一眼就可以看出来。

这也是姜妍在库房账目平整的情况下，仍然能发现问题的原因。如果每个车间都少货两三吨，加起来的话，每个月实际上有接近二十吨的货物平白消失了。

这个缺口太让人心惊了。

可账目的确又是平的，这让姜妍百思不得其解。

暗暗观察了数日，也没有发现任何操作上的违规，或者不合理之处，她极度怀疑是不是自己多心了，或者算错了，所以她在本子上反复地演算、确认……结果还是对不上。

姜妍感到非常郁闷，下午的时候在大食堂点了一份炒面，没滋没味地吃着，完全没有注意到李国华端着饭坐到了她的对面。

李国华看到她筷子上挑着面，低头看一个写满了数据的小本子，筷子上的面慢慢地滑回到盘子中，等她下意识把筷子喂向口中的时候，筷子上已经没有面条，她吃了个空。但她毫不介意，看也不看又继续挑了一筷子面，依旧还是没吃到口中……

"小姜，好好吃饭。"忽然一个充满磁性的声音在姜妍耳边响起。

姜妍吓了一跳，抬头才发现李国华坐在对面，他面前摆放着一碗米饭和一盘菜，正在看着她："吃饭的时候就好好吃饭，吃完饭再工作。"

他是以上级命令的语气在和她说话。

姜妍不由自主地说了句"遵命"，调皮地伸了下舌头，把本子收起来，认真地吃起饭来。

"那天谢谢你。"李国华说。

姜妍知道他说的是那天他醉酒的事，便笑着说："你酒量也不太好嘛，平时是不是不大喝酒？"

李国华的脸微微一红，为了避免尴尬，他只是轻轻地嗯了一声就低头吃饭了。姜妍又说："我的酒量也不好。"

"调到哪个岗位了？"李国华道，"我去织布车间没有见到你。"

"织布车间？你去那里找我了？"

"我……"李国华语结，但马上又镇定下来，再抬头时，眸子里又平静如水，幽深如海，深不可测。他说："是去那里有点儿事顺便去看看你，结果他们说你早就不在织布车间了。"

姜妍眯着眼笑了起来："我是一颗螺丝钉，哪里需要我，我就在哪里，现在被调到库房了。"

"第一次发现岗位变动这么频繁的员工。"李国华说得意味深长。

姜妍笑了起来："对了，李主任，我本来正要去找你的。"

"什么事？"

"是有关生产车间产量的一些问题。"

李国华点点头："继续。"

姜妍说："就拿我们二纺络筒车间丙班来说，打个比方，丙班一个班次可量产一万两千斤纱筒，工人也是按照这一万两千斤领取工资。因为是计件制，所以从员工工资反推，也能推出大致的车间产量。这一万两千斤纱筒，从我们的打包车间运到库房，这期间会有损耗吗？还能保持一万两千斤吗？"

李国华想了想说："从员工工资确实能反推出车间大约产量，而且基本不会错。每个纱筒在离开纱锭前，操作工要拿其中一个纱锭去过秤，达到需要的重量后才能从纱锭上卸下。而这些纱锭在打包前同样也要过秤的，重量会保持在一定的范围内。大体来说，记录工只记录一批纱筒的平均重量，而不会记录每个纱筒的重量，所以会存在一定的偏差。可这样的偏差如果放大到整个班次的产量的话，则可以忽略不计。"

姜妍忽然想到了什么："那么，出库时呢？"

"出库的时候，一般是按吨出库，将货物装上运输卡车后，走地装电子秤，除掉车皮的重量，偏差不会超过一百斤，所以出库的数量更为精确，与入库时的数量也会有偏差。"

"那如果入库和出库时账目是平的，没有偏差，但是总量却差很多呢？"

李国华顿住了，好半晌没说话，他似乎没有什么胃口了，放下筷子，认真地看着她："女孩子不适合在那里工作。"

"为什么？"这次轮到姜妍疑惑了。

李国华没有多做解释，又继续着前面的问题："出库和入库存在偏差可以理解，平了反而是有问题。"

姜妍点点头明白了，可是问题到底出在哪儿呢？

二人目光对视，都已经明白了彼此心中的疑问。

李国华又说："女孩子，不管在哪里工作，都应该小心。"

姜妍一笑，并没有将这句话放在心上，毕竟父亲姜成峰的厂子开办了这么些年，除了讨薪，还有李明江之死及李国华头被打破的事，并没有再发生过什么其他的大事，姜妍相信工厂很安全。

这段时间，有关车间主任李国华得罪了燃太子，已经被开除的事被传得沸沸扬扬，可李国华依旧按时上下班，依旧每天出现在车间里，依旧每天背着一身棉尘来来去去。

传了几天，大家见没什么动静，谣言也就自动地平息下去了。

三〇五宿舍这边，李婉玉收到了一条昂贵的项链，是姜燃送的。宿舍里的女工们一起起哄，许重笙也偷眼看向那条项链。她不知道钻石项链有多贵重，只是觉得那条项链真的好漂亮。

许重笙起身，装作无意间来到窗前，往楼下看了一眼，姜燃还在楼下。她就奇怪，今日姜燃怎么不拦着女工让人通知李婉玉他来了？她拿起两个暖水瓶，向其他舍友说："我去打开水。"就出了门。

来到楼下，姜燃似乎并没有注意到她，直到许重笙从他身边擦肩而过时，他才一把扯住了她的袖子："没看见我吗？见到人不会打招呼的吗？"

其实许重笙并不是不想打招呼，而是太羞怯了。

"不……不是。燃太子，你找李师父吗？"

"嗯。"

"那我去帮你叫她吧？"说完许重笙就转身准备回楼里。姜燃再次扯住了她的袖子："你干吗？来来去去冒冒失失的，你叫她，她就能出来？"姜燃说着，自己也觉得有点儿丧气，说："陪我吃点儿东西去。"

许重笙瞪大了眼睛："我？"

"要不然呢？"

不由分说，姜燃在前面走着，许重笙犹豫了下，说让姜燃等等她，她先去打开水。姜燃回头看了她一眼，不由得唇角微微上扬，露出个不屑又邪气的笑容。

许重笙出了工厂大门，上了姜燃的车。

李国华的整改方案在络筒车间试行后效果比较好，不但车间整体的工作流程更加顺畅严谨了，产品质量也得到了切实提高，连带着织布车间和针织车间出产的产品质量也有所提高。姜成峰决定把此方案推行下去，在络纱车间和针织车间也进行整改，而负责人依旧是李国华。

这样一来，李国华更忙了，他面对的不只是整改方面的事，还要和各个车间原班人马打交道、平衡关系，李国华已然成为姜成峰的左膀右臂。

灯芯棉纺厂就这样拉开了一场轰轰烈烈的内部整改行动。

姜成峰依旧盯着电脑上的各项数据发愁，质量上去了，订单数量也略有上浮，但整体情况依旧是入不敷出。

姜妍在库房区发现了一个常年锁着大门的八号库房，而且问了一圈都没有人有那个库房的钥匙，最终还是得问姜成峰。姜成峰想了一下说："锁着门，大家又都没钥匙，那可能是多余的闲置库房。"毕竟灯芯棉纺厂这几年的势头不如以前了，库房空置也是正常的。

可姜妍总觉得哪里不对，工厂订单少，出货少，但是工人们没停，还在继续工作，库房库存量应该更大，库房应该不够用才对，怎么会空出来一个库房呢？

元旦前夕，姜妍回了一趟络筒车间。

一进车间，她就看到了许重笙。许重笙的工位就在车间门口不远的地方，她也第一时间看到了姜妍，开心地小跑过来："姐，你怎么来了？"

"我刚好到这边有点儿事，顺便来看看你。"

因为快要午休了，姜妍给许重笙带了一份外面的炒面，许重笙很开心，这还是第一次有人给她送饭。

"姐，你来看看，我挡车挡得好不？"

"好。"

许重笙坐在挡车椅上，脚一踩，椅子往左边挪去，又一踩，就挪向右边，她将手中的纱棒迅速地插在机床上，不用眼睛看，直接用手那么一摸，就摸到线头，往上一提，绕过线圈，和纱筒上的线头一起按到打结器上，咔一声轻响，一个节打好。她将手中的线一放，纱线就像一道流畅的水流，逆流而上了。

她的动作很优美，没有停顿，如果不说她是新工，谁又能从这套操作上分辨出她是新工还是老工呢。

"怎么样，姐？"许重笙期待地看着她。

"好，你这操作帅啊，又美又飒。"

"姐，我这个月的工资就高了，发工资了请你吃饭。"

"好嘞，很期待。"

这时候，送纱工送来了两袋纱，许重笙说了声谢谢，送纱工向她笑了笑就离开了。姜妍帮着她把两袋纱都放在车子上，往周围看了看，其他人都拿到了一袋纱，只有许重笙拿到了两袋。

对络筒车间运行流程极为熟悉的姜妍有点儿奇怪，直接问："小许，为啥你可以拿到两袋纱？"

许重笙并没有觉得哪里不对，笑道："姐，是班长安排的。"

"噢，可班长为什么这样安排呢？最近不是在进行车间整改，派纱可是有硬性规定的。"

"姐，班长说我的操作质量高，理应多派一袋纱。"

姜妍点点头，一时心里滋味有点儿复杂。派纱规则中，都是按照测试成绩来派发多余的纱的，正常派送一轮只能送一袋纱，许重笙目前的技术看着是不错，可到底是新工。她明显是受到了班长的特殊照顾。

这是李国华和姜妍都比较忌讳的，毕竟在整改这个特殊时期，还有人在搞特殊对待。

但姜妍并没有说出来，反而给许重笙捡纱棒，就像以前帮李婉玉一样，把线头拣出来，放在最容易拿到的地方。

二人配合很默契，一时都没有说话，好半晌许重笙才说："姐，我饿了。"

"那我们去食堂吃饭吧。"

这会儿，多数工人都已经进入了车间食堂，许重笙拿着姜妍给她买的炒面，和姜妍一起进入车间食堂。李婉玉看到姜妍过来，笑着说："大忙人又跑这车间干什么来了？"

姜妍笑着说："师父，你不想见我吗？"

李婉玉丢给她一个大白眼："见你这白眼儿狼做什么？"

师徒二人说着都扑哧笑了起来，李婉玉说："怎么也不经常回宿舍看看？"

许重笙说："姐，你的床铺上都落灰了。"

李婉玉说："好在有小许给你打扫整理。"

其实姜妍也不是不想回宿舍，只是这段时间库房的事让她头疼，再加上李国华的那件事，她需要时不时回家和姜成峰交流，导致没有时间去宿舍了。不过她还是很想念三〇五宿舍的。

听了许重笙和李婉玉的话，她打算得空回宿舍一趟。

这时候，丙班班长杜学唯也打好了饭，恰好来到了她们这一桌："这是小姜吧，有日子没见了。"

姜妍笑了起来："大班长竟还记得我。"

"当初李主任在台上提出车间存在的问题时，你在台下仗义执言，大家都看到了，印象深刻得很，怎么会不记得你。"

姜妍脸红了，自己那是初生牛犊不怕虎，现在想起当时的情景，反而有点儿不好意思。

杜学唯说着话，目光却又投向许重笙："小许，累不累？"

许重笙冲他一笑："不累。班长，我这个月工资是不是会高？"

"嗯，会比你当新工的时候高好多了。"

"那太好了。"

许重笙还是记着请姜妍吃饭的事："姐，等我发工资了，我请你吃好吃的。"

李婉玉冷冷地道："就只请小姜？"

杜学唯说："不请我吗？"

"可是……"许重笙显得很为难，好像真的已经让她请客了，而且请的还是超级贵的大餐。

杜学唯见她咬嘴唇的样子，终于不忍逗她了，说："逗你玩的，有机会我请你吃饭吧。"

李婉玉说："班长，注意身份，你这是在约小许吗？"

杜学唯脸一红："算……算……算是吧……"

李婉玉又丢给他一个大白眼不说话了。姜妍为哄师父开心，趴在她耳边道："师父，过两天，我给你买一大包牛肉干。"

李婉玉的唇角终于扬起一点儿笑。

饭毕，姜妍来到了杜学唯的办公室，打量着杜学唯。

杜学唯很年轻，和姜妍年龄差不多，很瘦，戴着眼镜，斯斯文文的。按照这个年龄的人来说，谈个恋爱什么的都很正常，就算想追许重笙也是很正常的事，厂里并没有规定同厂工人不能谈恋爱，反而还鼓励呢。

厂里的双职工家庭不少。

"小姜，有事吗?"杜学唯被姜妍看得心里毛毛的，忍不住问道。

"杜班长，最近李主任一直在弄整改的事，狠抓生产质量，派纱的环节也很重要。你是不是因为喜欢小许，所以徇私了?"

杜学唯怔了下，有点儿尴尬地说："小许和你不是亲如姐妹吗?"

"这是两码事。"姜妍很认真地说，"就因为她是我的好姐妹，所以事不能坏在她的身上。我们不能破坏李主任好不容易得来的成绩。"

"小姜，不是你想的那样。"

杜学唯还真有点儿怕爱较真的姜妍，也认真起来："是李主任说，让我必须关注每个工人的家庭情况，以便可以更好地帮助他们。我了解了小许的情况，她很困难，很需要钱，而且她的技术确实不错，非常认真。"

姜妍忽然想起李国华的话，的确，他做班长的时候，也有认真了解过自己班子里工人的情况。

"小许的家庭情况怎么样？"她不由得问。

事实上她也不是没和许重笙聊过，只是许重笙每次都含糊应答，似乎有很多难言之隐，所以她对许重笙的家庭情况不太了解。不过从她来上班就没有回过家，常年一身校服的情况看，至少可以判断出她家里应该不富裕。

"她母亲常年生病，父亲是继父，不供她上学，也不给她母亲看病，所以她必须自己赚钱给母亲看病。"

"这样啊。"姜妍一时也不知道说什么好。

杜学唯又道："小许挺能干的，年纪又小……所以我——"

"杜班长，还是不可以。我们要严格遵守整改规则才好，不能以一己之私破坏了规则。她今日多拿一袋纱没事，可是别人看在眼里又该怎么想？别的员工一定会想更多办法，让自己也多拿一袋纱，这会造成什么样的局面和新乱象，实在很难预料。"

杜学唯："这——"

正在这时，门被推开了，许重笙眼含泪花地站在门口："班长，姐姐。"看样子她已经站在门口好一会儿了，听到了他们的对话。

"小许，我——"姜妍顿时语结。

"姐，我能理解的，确实是我违规了，但是不关杜班长的事，他是好心。"许重笙说着走到姜妍的身边，小心翼翼地拉住了她的手，"姐，我让你失望了。"说着话，眼泪已经一滴滴地落了下来。

姜妍的心一下子痛了起来："小许，我不是那个意思，我是希望你能多赚点儿钱的，只是——"

"姐，我能理解，我真的能理解。"

许重笙对杜学唯说："班长，你是个好人，等我工资发了，我请你和我姐一起吃饭。"

听她还在计较让她请客的事，杜学唯和姜妍都忍不住扑哧笑出声来。姜妍心里却暗暗地盘算，一定要想办法给许重笙安排一个工资比较高的岗位，当然是在她可以胜任的情况下。

许重笙也甜甜地笑了起来，说："好了，你们二位别为难，以后就按照规则走。我绝不会多要一袋纱的。"

有了她的保证，杜学唯和姜妍都觉得不用再说什么了。

姜妍离开车间之后，杜学唯来到许重笙的工位前："小许，今天伤害到你了吧？"

"怎么会呢！我是像野草一样长大的，才不会轻易被伤害到，我是真的能理解我姐，也能理解你。"

看着她干净的眸子，杜学唯心里反而像被刀刺了似的痛："小许，只要测试成绩好，下个月可以光明正大地给你多派纱。"

"知道了，班长，我会加油的。"许重笙道。

杜学唯还想安慰她，但又觉得这样的女孩似乎真的不需要安慰，他只能向她点点头，回办公室去了。

而许重笙的眸子却蓦然阴郁下来，脸色也难看极了。

握着纱棒的手指因为太过用力而渐渐地泛白，眼泪终于还是忍不住地一滴滴落下来，她咬着嘴唇，尽力压低哭声。

另一边，姜妍的心情也很不好，出了车间，本来想去库房的，却忽然站在车间门口的廊檐下发呆，脑海里总是浮现出许重笙隐忍哭泣的样子，还有杜学唯说的许重笙的家庭情况，感觉自己今天特别对不起许重笙，人家还打算这个月工资发了，要请自己吃饭的……可想想又觉得自己并没有做错，如今车间的一切正向发展，是李国华头破血流地坚持，是姜成峰顶着压力义无反顾地支持，是努力了好几个月才有的效果，实在不容有失。

姜妍低垂着头，抠着自己的手指，总觉得对不起许重笙。

"怎么在这儿抠指甲？小姜，有心事吗？"

姜妍如梦初醒地抬起眸子，和她说话的正是李国华，她尴尬地扭过头，调整好自己脸上的表情，这才又扭过头向他笑道："李主任，真巧。"

李国华从口袋里掏出一个盒子，递到她的面前："送你一个礼物。"

"送我礼物？"姜妍讶异地瞪着双眼，"李主任怎么忽然想起来要给我送礼物？我怎么能收李主任的礼物。"

"拿着。"李国华说完，也不等姜妍再问什么，径直往车间走去。

这个盒子很朴素，并没有包装，她仔细看了下，上面写着"防狼喷雾"几个字。

"搞什么？送这个干什么？"她满脑子疑惑，这个李国华还真是特立独行啊，哪有男人送女人这种礼物的。

她忽然想起来，之前在食堂吃饭遇到李国华，李国华知道她在库房工作时，忽然凝重地说要她注意安全，难道李国华是担心她在库房工作遇到什么危险？

难道库房真的危险？

她心中疑窦丛生。

沉思了半晌，她出了车间区，把防狼喷雾的外盒拆了扔进垃圾桶，里面是个小瓶子，刚好可以装在工装口袋里。仔细研究了用法后，姜妍把它放在了自己的工装口袋里，莫名觉得确实更有安全感了。

姜妍再次来到七号仓库，只见工人们正在把打包车间的成品一车车地往七号仓库集中，集中后再用叉车把它们按区域摆放好。七号仓库是所有仓库中最大的一个，区域分布多，四处都是各种成品摞起来的白墙。

一眼望去看不到头，视线总会被成品堆成的白墙阻隔，所以七号仓库内部是大而曲折的，进来就像进了迷宫一样。

仓库里工作的工人挺多，而且都是男的，姜妍出现在这里很扎眼，但大家都在忙，彼此之间都没有打招呼。

姜妍拿起入库记录本看了一下，上面只有粗略的记录。之后这个本子上记录的数据会交给像刘华这样负责仓库清点的工作人员，由他们校对并且点货，再次进行规范化记录。

姜妍隐约觉得这样不太好，似乎有漏洞，可是让这帮忙碌的老爷们边卸货码货边详细记录是一件很难的事。

姜妍忽然想到，问题有可能就出在这个亮堂堂的七号仓库。

可是七号仓库实在太乱了，所有的货物在七号仓库只停留一至两天，之后会被分批运送到其他各个对应的仓库，在这里点算是件相当困难的事。

她在七号仓库内部逛了好一会儿也没看出头绪，只是在货物堆成的高墙大垛中穿行而已，就好像行走在迷宫内。

姜妍从仓库回到宿舍，无意间往楼下看时，发现许重笙和姜燃在楼下，姜妍看了眼正在看书的李婉玉，心情忽然沉重起来。

自从李婉玉在姜家吃过饭后就和姜燃闹分手，姜燃这段时间没少想办法堵李婉玉，可是李婉玉每次见了他就躲，绝对不和他多说一句话，一副坚决要和他分手的样子。

楼下，姜燃深深地叹了口气，拿出一个装香水的盒子交给许重笙。

"替我把这个送给她。"姜燃说道。

许重笙默默地接下了这个盒子，咬着唇不说话。

"怎么了？不高兴？"姜燃问。

"燃太子，我觉得李师父根本就不喜欢你。"许重笙终于大胆地说出了这句话。

"我就喜欢她不喜欢我的那个劲儿，比那些成天觍着脸围着我转的女孩子强太多了。"

许重笙有些震惊："燃太子，你是这么想的？"

"嗯，不这么想应该怎么想呢？"

"燃太子，我觉得你应该和喜欢你的人在一起。不喜欢你的人，她不会去爱你，疼你，理解你。"

看她说得极为认真，姜燃忽然在她脑袋上打了个栗暴："就你这个小屁孩，懂什么喜欢不喜欢。"

许重笙摸着自己的脑袋，低语："再过几天，我就十八岁了。"

"是吗？"姜燃眸光微动，不经意地说，"快点儿上去。李婉玉今天在宿舍吧？我看到她进宿舍了没看到她出来，你赶紧进去把礼物给她，告诉她，燃太子在楼下等她。"

许重笙摸着自己被打疼的脑袋，有点儿委屈地上了楼。

推开门前，她把香水盒装在自己的口袋里，进去后，对李婉玉说了句："李师父，姜燃在楼下等您呢。"

李婉玉正在和别人打牌，听了这话只是抬头看了她一眼，没理会。

许重笙也不多说，直接坐在了姜妍的身边："姐，你今晚不回家吗？"

"今晚不想回，有点儿事，晚上夜班。"

"噢。"许重笙应了声，手却一直握着口袋里的香水盒子。

过了会儿，李婉玉走到窗边往楼下看，发现姜燃果然站在楼下吸烟，口中吐出的烟雾被灯光映照出光圈。

李婉玉也没心思打牌了，把牌一扔："你们玩吧，我不想玩了。"她回到自己的铺上，往枕头上一靠，不看书，也不吃牛肉干，就像是在和谁赌气一样。

姜妍也去窗边看了一眼，其实她这会儿想离开宿舍去库房看一眼，奈何姜燃守在门口，她完全出不去。

看到姜燃为了李婉玉像门神似的守在楼下，李婉玉却理都不理他，姜妍心里不由得感到好笑。这个不可一世的太子爷，居然也遇到了克星。她暗暗地给李婉玉竖了个大拇指。

李婉玉心情不好，整个宿舍的气压都低了下来。

许重笙一直握着那盒香水，很紧张，内心纠结，头上不由自主地出了一层细汗。

"小许，很热吗？"姜妍问。

"不，不热。"

忽然听一人说道："燃太子走了。"

李婉玉连忙去看，楼下已经没有了姜燃的身影，果然已经离开了。她咻地冷笑一声，心想，以为能等多久，也不过如此而已，幼稚！

一听姜燃走了，姜妍站起了身："各位师父，我还有点儿事，出去一下。"

李婉玉说："这么晚你去哪儿？"

"师父，我上班时遗留下一点儿问题需要处理。"

李婉玉嗯了声。

许重笙忽然说："姐，我和你一起去。"

姜妍愣了下，暗忖，自己这是要去上班，许重笙跟着做什么。不过又想到自己也不是真的要去上班，只是卡着点再去库房看一眼，让许重笙跟着也无妨，姐妹两个还方便说点儿私密话，便同意了。

出了门，许重笙不由自主地长吁了口气，在宿舍真是太压抑了，那盒香水压得她喘不过气来。

"小许，你到底怎么了？刚才为什么那么紧张？"

"姐，我没事，就是忽然觉得有点儿不舒服，现在好多了。"

她不说，姜妍也不好再问，二人往库房的方向走去。

姜妍的工作是不倒班的，所以她还没有晚上来过库房，今天之所以晚上来，是因为她已经确定库房的出货问题比较严重，却查不出来原因，就想着白天查不出来的也许晚上能查出来。

姜妍带着许重笙，先来到五号仓库，检查了记录本上的数据，还是和往常一样，看不出问题。又来到六号仓库检查，也没有异常。之后就到了七号仓库。

相较于其他仓库，七号仓库显得非常忙碌，甚至较白天有过之而无不及。只见一车车的货物从车间方向推过来，进入七号仓库，然后分垛分区码放。

让姜妍意外的是，此时此刻的记录工都躲在一边，手里虽拿着本子但并没有在记录，而是处于观望状态。

姜妍走过去问他们："为什么不当场记录呢？"

记录工们不知道她是谁，都懒得回答她的问题，她只好把自己的工作牌扬了扬，那几人这才正色道："原来是新来的姜出纳。这里入货时很危险，而且很乱，我们都是在搬运工们码好垛以后，再进行清点记录的。"

"那能点对吗?"姜妍眉头微皱。

其中一个记录工说:"这些搬运工很有经验,他们码的垛都是固定大小的,各包之间排列得非常整齐,等他们搬运完,实际上数字也已经出来了,我们只需要记下来就可以。"

姜妍点点头,她能理解他们所说的意思,其实这段时间在仓库工作,确实发现同类产品的每个垛,都会被码成固定大小,所以只要知道同类产品其中一个垛的数量,其他的垛基本可以按同量计算。

这么一来,数据的准确与否,是不是全在那些搬运工身上了呢?记录工形同摆设。

姜妍心头一惊。

姜妍把目光从记录工身上挪到了这群搬运工的身上,只见他们一个个干得非常起劲,把货物从车上卸下来,再码到规定区域的垛上。还有开叉车的,把一个个的包摆上去,整个过程是流水线操作,井然有序。

的确是一帮非常有经验的搬运工。

姜妍似乎找到了一点儿突破口,可这也只是个猜想。

就在这个时候,许重笙忽然说:"姐,有厕所吗?我想上厕所。"

"我带你去。"

说着就带着许重笙往厕所走去。

厕所还是之前看到的那样,只是莫名觉得哪里有风呼呼地刮进来,整个厕所很冷,许重笙被冻得直打寒战。

姜妍则感到奇怪,厕所在仓库的内部而且在最里面,仓库的大门开着，冬天是会冷，可为什么厕所这里格外冷呢？门外的风刮得再大也刮不到这里。

姜妍的目光开始四处搜索，然后顺着风刮来的方向，往厕所附近的几个垛走去。

就在这个时候，许重笙忽然惊叫一声："鬼呀!"接着就疯了似的往前冲，姜妍被吓了一跳本能地陪着许重笙往前冲了几步，忽然意识到不对，就停了下来，站住脚回过头，就看到一个戴着恶鬼面具的男人在她们身后。他的眸光邪恶冰冷，让人毛骨悚然。

姜妍在心里默念："这世上没鬼，是有人在装神弄鬼!"

这时候许重笙忽然又返了回来，一把扯住姜妍的手臂："姐，快跑!"

姜妍却没跑，她很欣慰许重笙在这么危险的情况下，依旧还记得回来扯她。

她看着那个戴面具的男子："你是谁？你在这里做什么？"

库房太大，纵使安装了很多灯也还是暗，在这种光线下，戴着面具的男子显得更恐怖。他不答话，只是一步步向姜妍走近，姜妍这才发现他手中居然还有一根棍子。那人甩了甩手中的棍子，明显要对姜妍和许重笙不利。

许重笙惊叫起来："救命呀!"

然而库房真的太大了，大部分工人都在进货口，也不知道听到许重笙的呼救声没有。

就在那人扬起棍子准备打向二人的时候，姜妍忽然拿出了李国华送给她的防狼喷雾。

"嗞……嗞……嗞……"

随着刺眼的雾气直冲进那人的眼睛，那人惨叫了一声，捂着眼睛弯下了腰。看着那人失去了伤害人的能力，姜妍这才对许重笙说："快去叫人。"

许重笙连忙跑走，很快那几个记录工来了。

而这时候，男子一把掀开了自己的面具，揉着通红的眼睛说："姜出纳，我知道是你，我是开玩笑的呀，你怎么就动真格了，你这是要废了我这双眼睛呀！"

这人身材较瘦，脸上有种阴冷之意。

听了他的话，姜妍只是冷笑了下："大半夜的，你持棍想要伤人，还说自己是开玩笑？"

"我只是吓唬你玩的。"

这时候许重笙忽然说了句："是你，你是那个赵广正！"

"你认识他？"姜妍很是意外。

许重笙蓦然想到自己与赵广正第一次见面是在"花都"，顿时不知道怎么说，只对姜妍说："姐，这个人确实是个坏人，应该把他抓起来！"许重笙说这句话的时候倒是非常坚定。

这时候周围已经围过来一批工人，本来人多了，姜妍应该感到安全，可她却感受到莫名的压迫感。

目光微微一扫，发现那些搬运工都神色不善，那几个记录工默默地后退，一副事不关己的样子。

许重笙又说："姐，这个人还冒充李主任……我们一定要报警！"

她的话音一落，就觉得姜妍悄悄地碰了下她的手臂，她心里疑惑，却也顿时住了嘴。

"你，叫赵广正是吧?"姜妍说道。

这时候的赵广正，眼睛还是火辣辣地疼，已经有搬运工及时送上了矿泉水，他打开瓶子狠冲自己的眼睛，直到觉得略微好一点儿了才说："我是赵广正，有何指教?"

虽然是他的问题，戴着面具，拿棍子想要打人，但此刻他居然一副姜妍在找他碴儿的样子，言语间毫不客气，甚至还用阴冷的目光盯着姜妍和许重笙，像一条随时会扑上来的恶狗。

姜妍故意扬了扬手中的防狼喷雾，说："是你忽然跳出来吓我一跳，我才用这东西喷你的，也不能怪我不是?"

赵广正不明白她的意思，只是沉默着。

姜妍又说："所以这件事，你也有错。"

赵广正说："你可以报警处理。"

"报警? 不用了吧，你吓到了我，我拿这个喷了你，我们算是扯平了。不过，你以后可不能再戴着面具吓人了，人吓人能吓死人的。"

赵广正听她说不报警，神色终于缓和了些，目光又落到许重笙的身上："小许，好久没见了。"

许重笙不明白姜妍为什么忽然说不报警，她咬着唇冷哼了声，扭过头不看赵广正。

也就在这时候，许重笙终于发现，自己和姜妍其实是被包围在这群搬运工中间的。一群靠力气吃饭的男人，围着两个瘦小纤弱的女孩子，这种情况确实让人极度没有安全感。

许重笙心里惊了下，顿时紧握住姜妍的手，才发现姜妍的手心里都是汗。

赵广正并不理会许重笙对他的态度，又看向姜妍："真的不报警？"

姜妍强行让自己看起来和颜悦色："报什么警呀！都是在这库房混口饭吃而已，不想惹那些麻烦。"

赵广正点点头："姜出纳果然聪明。"

姜妍说："那就这样吧，我和小许先回了。"

说完拉着许重笙要走，可是周围的工人并没有让路的意思。许重笙快要被吓哭了，姜妍也有点儿不镇定了，就在这时，忽然听到冷冷地一喝："你们围在一起做什么？没看到货全部都堆在门口？"

随着这人的说话声传来，人群很自然地让出一条道，姜妍赶紧拉着许重笙出了人圈，往那个熟悉的声音奔去。

到了那人面前，姜妍的眸子里已经盈满了泪水："李主任，他们……"

李国华冷冷地道："一边去。"

姜妍此时不但不因为他的冷漠生气，反而立刻听话地带着许重笙站到了边上，李国华向那群人道："上班时间不许聚众聊天，现在立刻开工。"

赵广正的眼睛像毒蛇一样，瞪了李国华一眼，才向众工人道："继续开工！"

李国华转身往库房门外走，看到姜妍和许重笙还在原地，他说："愣着做什么，走。"

二人这才紧紧地跟着李国华走出库房。

一直走出车间区，快要到女工宿舍楼下时，姜妍才忽然停下脚步问李国华："那些人到底是怎么回事？他们是工人还是流氓？我要报警！"

李国华看到她脸涨得通红，眸子里还浸着泪，显然是被吓到了，而且很愤怒。

"这件事我会向姜总反映的，报不报警由他决定。"

"可是……"姜妍话还没说完，李国华已经轻轻地拍了拍她的肩膀："没事了，你现在已经安全了，以后晚上尽量不要去库房。"

他的语气难得很温柔，就像哄小孩子似的。姜妍紧绷着的心在这一刻忽然就放松了下来，若不是许重笙还在场，她一定会忍不住扑到李国华的怀里，他今夜出现得实在太及时了。

"小许，你先回宿舍，我还有话要和李主任说。"姜妍对许重笙道。

"姐，那我先回去了。"许重笙也吓得够呛，现在只想回到宿舍钻到温暖的被子里。

月亮高挂中天，照着雪，泛着清冷。

二人都沉默着，最后还是姜妍先开了口："你出现得很及时，还有这个……"她拿出了防狼喷雾，"这个东西救了我们。"

说完她抬起充满疑惑的眸子："李主任，你是不是早就知道些什么?"

"小姜,你只是个小工人。"

"国家兴亡,匹夫有责嘛。"

姜妍说出这句话,两人不由自主地相视一笑。

在工厂即将要倒闭的时候,似乎只有他们二人明白,彼此有多拼命地想要拯救工厂。

当然,想要救工厂的肯定不止他们二人,可纵观周边,又只有他们二人。

姜妍又道:"李国华,都到这个时候了,你就告诉我嘛。"

李国华还是沉默着,好半晌才道:"我也不能肯定。"

姜妍一听有戏:"李主任,已经很晚了,我饿了,想必你也一样,你陪我去吃点儿东西吧。"

到了厂内二十四小时营业的一个小馆子,姜妍点了一壶玫瑰花茶,又点了几盘小点心,还有两杯奶茶。等暖暖的奶茶入胃,再吃上两块甜甜的小点心,今夜在库房里积存的惊惧总算平息了下去,姜妍长长地吁了口气,再次看向李国华的时候,脸上又是平日里常见的淡定倔强,还带点儿调皮的神情了。

"李主任,你是不是特意找到库房去的?你知道我们会遇到危险?你看到我和许重笙进入库房了?"姜妍目光灼灼地盯着他。

李国华倒也坦然,他不爱喝奶茶,把自己面前那杯奶茶也推到了姜妍面前,他则端起玫瑰花茶抿了一口,似乎还是喝不习惯,皱了下眉头,说:"你误会了,我并没有看到你和许重笙进入库房，这段时间，每晚我都会习惯性地去库房看一眼。"

"每天都去？为什么？"

"因为我晋升为车间主任了。"

姜妍没想到会是这个回答，压抑着难以置信的情绪，尽量平和地说："车间主任这个身份对你来说很重要吗？"

"车间丢了货，我来库房查查。"李国华平静地说。

"原来如此。"姜妍松了口气，她乍一听还以为李国华真的是个官迷，当个官就什么都要插一手，原来是车间丢了货。

"车间丢了什么货？"姜妍问。

"不是你告诉我的吗？车间产量和库房存货量不对等。"李国华如此道。

姜妍这才反应过来，原来她上次在食堂和李国华说的那番话，李国华放在心上了。之后两人不约而同地认为问题的根源在库房。

姜妍总觉得李国华知道的要比她知道的多，又说："李主任，你真是很负责任，厂子有你在，根本不会倒闭。"

听到"倒闭"二字，李国华的心还是沉了下来。

有些事情是大势所趋，即使尽力而为，也未必能够改变结局。

两人正说着话，服务员又端来一小碟水果糖，姜妍不怎么喜欢吃水果糖，反而是李国华看到糖，很自然地拿了一颗，剥开糖纸，放入口中，吮了下觉得很甜，顿时露出一点儿满意的神情。

"你喜欢吃糖？"姜妍像发现了新大陆。

李国华像被抓到什么把柄似的，露出几分尴尬神色："糖，很好吃。"惹得姜妍扑哧笑了出来。如果是其他人喜欢吃糖，姜妍都不会觉得意外，但是李国华……真的，实在想不到他这样一个刻板又沉默的男人，居然喜欢吃这种小孩子才会喜欢的水果糖。

姜妍有点儿好奇这个糖的味道了，于是也剥了一颗放入口中。

一种淡淡的水果味，糖果在口中渐渐溶化……

二人相视，莫名又是一笑。

一个喝奶茶，一个喝玫瑰花茶，嘴里都吃着糖，就这么面对面默默地坐在沙发上。

一时很静谧，但又不尴尬，反而有种描述不出来的放松和舒适。

过了好一会儿，音箱里传出缓缓的歌声："你问我爱你有多深，我爱你有几分，我的情也真，我的爱也真，月亮代表我的心……"

优美的歌声缓缓地渗入每一寸空间，加上柔和的灯光，整个小馆仿佛成了一个梦幻之境，每个人都成了梦中之人。

姜妍在库房里受到的惊吓，此刻完全驱散了。

李国华似乎在认真地听歌，眸子微垂。

"谢谢你，李主任，若不是你送给我的防狼喷雾，后果实在难以预料。"姜妍很真诚地再次道谢。

"防狼喷雾只能防得了一时。小姜，别再插手仓库里的事了。"李国华道。

"那你呢？对这些事，你也打算视而不见吗？"

"我是车间主任，我有护厂的责任。"

姜妍的眼睛有些酸涩，厂子到了这个地步，很多人已经开始准备散场了，甚至打算在散场之前好好捞一笔，哪里会管工厂的死活。

姜妍明白现状，于是说："李主任，虽然我只是个小工人，可是我愿意和你站在一起，为了同一个目标奋斗。"

李国华有些动容，欲言又止，可是姜妍的目光太坚持、太热切，她表达出来的意思是毋庸置疑的。

李国华终于点点头："谢谢。"

二人一个举奶茶杯，一个举茶杯，碰了下，各自喝了一口，又笑了起来。这一刻，他们忽然感到不再孤单，明白以后不再是一个人孤军奋战。

之后二人渐渐缓过神来，情绪平稳下来，才开始说库房问题。

按照李国华的说法，自从五六年前库房的运行模式改变后，外人就很难插手了。而这个变化不是程序方面的，而是搬运方面的。

五六年前，库房管理制度严格，但实际管理却很混乱，为什么呢？因为记录工和搬运工之间经常产生矛盾，主要原因就是搬运工把所有的货物都一股脑儿地堆放在一起，导致记录工记录起来非常困难，经常出现偏差。不但涉及工资问题，甚至有好几次，记录工和搬运工之间还打了起来，都是白子宣亲自出面调停的。而白子宣就是曾经和姜成峰好到穿一条裤子的拜把子兄弟，他在厂内有着显赫的地位，大权在握，厂内的事，姜成峰知道的他都知道，姜成峰不知道的他也知道。当时，姜成峰正在为搬运工问题而头疼时，白子宣及时献策，大包大揽地解决了这个问题。

就在这时候，赵广正出现了，和厂内签订了库房搬运外包的合同。

之后，以赵广正为首的外包搬运团队，在库房试运行了一个月，他们在搬运这方面特别有经验，也很认真，码货也有经验和心得。他们会把每垛货都码成一样的数量，且码得特别整齐，记录工只需要记录下来每垛货的数量就可以算出最后的数量，而且几乎没有偏差。这样一来，就解决了记录工和搬运工之间的矛盾，并且减少了出入货口的纠纷，很多问题都随之顺利解决。

从那时候开始，库房搬运其实是外包给赵广正的，原本厂内自备的搬运工在那一年进行了岗位重新分配。

库房搬运外包，说起来也是正常的操作。那问题出在哪里呢？那就是搬运工作，绝对不能和产品数量记录挂钩。或者说，记录工不能完全依赖搬运工码的垛子进行记录。

记录工依赖搬运工码的垛子做记录，绝对是个隐患。

听了李国华的话，再结合最近观察所得，姜妍似乎有点儿明白问题的症结了，可又不能确定，因为还有事情没搞清楚。

姜妍和李国华喝完茶已经是深夜一点多了，月光清冷，照在雪白大地上，二人的影子被拉得很长，很自然地并肩走着，身体并没有靠得很紧，可是不知道怎么回事，影子却在地上碰来碰去的，有连接和触动。

姜妍觉得有趣，目光就盯在二人的影子上。

李国华也注意到了，他忽然觉得脸有些烫。但二人的速度和距离都没有拉开，而是保持原样，任由二人的影子碰来碰去。

到了女工宿舍楼门口，李国华说："上楼去吧。"

姜妍点点头："你也回去休息吧。"又说："以后你晚上也别去库房那里了。"她语气里的担忧根本掩藏不住，李国华马上明白了她的意思，说："好，我不去。"

姜妍又向他点点头，道了声晚安，这才回到宿舍。

爬到床上躺下，她脑海里满是今天库房里的惊险一幕，还有和李国华喝茶的情景，莫名地，她忍不住唇角微弯笑了下，李国华这个人，还真像个天神，有他在，好像特别安全。

第二天上班后，姜妍特地又去了七号库房。白天的时候，人会比较多，也比较亮堂。

她刻意去了厕所附近观察。

昨晚那股子风，实在有些来路不明。

厕所附近有好几个垛子，而且贴得比较近，她走过去观察了一番，并没有发现异常。

垛子紧靠墙壁，一垛一垛整齐码放着。

她皱着眉头观察了好一阵子，还是没看出哪里不对。这时候，赵广正幽灵般走了过来："姜出纳，上班了？"

姜妍扭头看向他，只见他的双眼还红肿着，显然防狼喷雾对他的眼睛造成的损害还没有完全好。

"嗯。"姜妍应了声。"你白天也上班吗？"姜妍问。

"我上班不定时，必须得盯着这群搬运工，要不然他们不好好干活。"赵广正笑了笑。

二人如常谈话，好像昨天晚上的事情没发生过一样。

赵广正发现姜妍一直盯着垛子看，忽然招了招手："来几个人。"

马上就有五六个搬运工过来了，赵广正说："这个垛子码得有点儿问题，搬开重新码。"

搬运工们非常听他的话，什么也不说，立刻就开干了。

按照赵广正的要求，把垛子靠墙的那一部分挪开，把货都搬到了前面。没一会儿，靠墙的位置就空出了刚好能两个人并排走的空间。

姜妍这才有机会看清整个垛子，她走到垛子后面，摸了摸墙壁，没有发现任何异常。

看完后，姜妍又走到另外一个垛子前。

赵广正仿佛明白她的意思，又让人把另外一个垛子也如此这般操作。姜妍又去墙壁那边看了下，也没有问题。

连续看完了厕所附近的所有垛子，姜妍彻底蒙了，真的没有问题！可是昨晚那阵冷风是从哪里来的？而且赵广正为什么拿根棒子一副要杀人的样子？

"姜出纳，昨晚的事你是不是真的不放在心上了？"赵广正目光灼灼地盯着她问。

"昨晚什么事？我都忘了。"姜妍说。

"哈哈，好！姜出纳，你这个人不错，懂事理。"赵广正向她竖了个大拇指。

姜妍笑着和赵广正道别，出了七号仓库。

扭头看了看八号仓库的大门，还是锁着的。

姜妍心情很不好，当晚回到宿舍，李婉玉她们都在，许重笙却不在，姜妍感到奇怪，询问之下，李婉玉说："她可能谈恋爱了。"

另外一个舍友说："八成是，小脸红扑扑的，绝对是恋爱了。"

"长江后浪推前浪，前浪被拍死在沙滩上。亲爱的们，人家才十七岁，我都二十七了还没谈过恋爱。"一个舍友哀叹。

"你这就糊涂了吧？十七岁比二十七岁有市场多了，女人是年龄越大越没市场，所以，十七岁有恋爱谈很正常，二十七岁没恋爱谈也很正常。"又有一舍友大发感慨。

"李婉玉，你多大了？"有人忽然问道。

李婉玉丢给她一个大白眼："关你什么事！"

李婉玉从来都是宿舍里最有个性、最美的那个，她说这话没人觉得她凶，反而都笑了起来："是是是，美女的年龄是秘密，不能随便说的。不过你要和燃太子赌气到什么时候？马上元旦了哇！"

"是吗？又过一年了？"李婉玉如梦如醒似的，"我二十六了。"

姜妍仔细一算，李婉玉比姜燃还大一岁。

不过李婉玉五官精致，看起来也就二十二三岁的样子，比姜燃显得还要年轻很多。

姜妍听他们说了会儿话，心里始终还是焦躁，去窗户那边拿了暖水瓶倒水喝，无意间往窗外看了眼，就看到姜燃和许重笙面对面站在楼下说着话。姜燃一脸笑意地逗着许重笙，而许重笙则是一副很害羞的样子。

从两人的状态来看，关系已经很亲密了。

正好这时候李婉玉也要喝水，刚要下床，姜妍看到了忙问："师父您要喝水？"

"嗯。"

"我给您倒。"

说着很殷勤地拿了李婉玉的杯子给她倒了水，然后端到李婉玉的面前，递到她的手中。

其他人又开始起哄："有徒弟就是好哇！"

李婉玉反而很狐疑地看向姜妍："小姜，你没事吧，我怎么觉得你今天不对劲呢？"

姜妍嘿嘿一笑："哪有，师父，我没事。"

李婉玉倒也没有深究，坐在床上慢慢地喝水，姜妍犹豫了一下，问："师父，燃太子最近是不是不找您了？"

"爱找不找。"李婉玉一副无所谓的样子。

姜妍哦了声，完全摸不准他们现在什么情况。姜燃的口味变了？不喜欢李婉玉这种母老虎，转而喜欢许重笙这种小白兔了？

过了会儿，许重笙带着一身寒意回来了，手中照常抱着几本借来的书，有鼻子尖的人闻到了她身上的味道："小许，不错呀，这是刚刚吃了火锅呀，和谁吃的？有男朋友了？"

许重笙神色很不自然地看了眼李婉玉，最后含糊答道："只是一个朋友请客而已。"

"嘿，小许居然也有朋友了！说说，什么样的朋友?"大家继续逗她。

但她却再也不接腔了，而是走到姜妍身边，唤了声："姐。"

姜妍心情复杂地应了声。

许重笙爬上了自己的上铺，把书放好，脱了衣服，打开箱子把衣服放进箱子里。她没有立刻合上箱子，而是摸着衣服口袋里那个小小的盒子，今天姜燃又让她给李婉玉带礼物了。

为了让生产车间紧跟现代化进程，在姜妍的提议下，姜成峰还是让人进了一批气捻机械，目前需要有人试用。

丙班班长杜学唯说道："倒是有两个人选，一个是李婉玉，班子里的老员工了，技术精湛，测试常常稳居一二名。"

"另外一个是谁?"

"另外一个就是许重笙，这姑娘吃苦耐劳，技术也非常好，关键是很细心。我查过了，自从她定岗以后，一次纱疵都没有出过，错管更是没有。"

李国华想了想道："可以。"

得到消息的李婉玉，那张漂亮的脸上终于露出了笑容，当时就挪到了细纱特岗上，开始操作细纱。

至于空气捻接器，她用起来毫无压力，好似早就学过，虽然不是很熟练，但稳稳地操作一轮后，一点儿问题都没有。

许重笙当然也高兴，她的技术纯熟，一点儿不逊色于老工人，一段时间后，也算服众了。

关于仓库调查的事，还在继续。

深夜一点，李国华和姜妍在库房附近的小树林里见了面，月光穿过树枝投下斑驳的光影，二人的面色都很凝重，姜妍担心地问："李主任，真的行吗？或许我们可以想想别的办法，这样太危险了，万一你出了什么事怎么办？"

李国华说："不会出什么事，我会小心。"

姜妍的眼眶有点儿红了："李主任，为什么？你没有必要这么拼命。"

李国华眸子微垂，再抬起时，灼灼目光宛如皎月："我记得我父亲的尸体被发现的那一天，姜厂长几乎是和我同时赶到现场的，他大吼一声我父亲的名字，泪流满面，跪倒在地。

"之后的这些年里，是他一直暗中照顾我和我母亲，连我们母子住的房子，都是他自己出钱并且过户到我名下的。在我的心里，他就像我的父亲一样。"

这些事，其实姜妍之前听李国华的母亲说过。

但是此刻李国华说出来，带给姜妍的又是另外一番感觉。一时间她也有点儿激动，为有姜成峰这样的父亲而感到自豪，也为父亲帮助了李国华这样知恩图报的人而感到欣慰。

她含着热泪点点头，心里还是不放心："可是……"

"没有什么可是，试问父亲出了事，作为儿子又怎么能不管？对我来说，姜厂长这些年为我做的，如同一个父亲对儿子做的。如今工厂面临的情况很严峻，我又怎么能做缩头乌龟？"

姜妍理解了，这是李国华的一片赤子之心，他心里早就把姜成峰当成了自己的父亲，姜成峰此刻面临的处境他也明白，他想尽力去拯救姜成峰一生的心血，尽力做一些自己能做的。

她脑海里忽然出现了姜燃的影子。姜燃似乎根本没有意识到事情的严重性，还在那儿玩感情游戏。

李国华冷漠的外壳下，包裹着的是一颗恩怨分明、灼热纯净的心。

看着七号仓库已经如火如荼地开始搬运货物了，李国华说："小姜，你又为什么对厂里的事如此关注？你只是一个新工。"

姜妍想了想："可能我想升职吧。"说着她嘿嘿地笑了起来。

李国华眸子里闪过一丝疑惑，但此刻七号仓库的搬运工作正热闹地进行着，如果有什么猫腻，最有可能在这个时段出现，时间不等人，李国华说："我先进去了。"

姜妍很担忧，但她还是点点头："好。"

李国华今日穿着一身搬运工的工作服，到达七号仓库入货口的时候，恰好从车间运来了一批货，他直接扛起一包货就往里面送，混入了搬运工中间。

码货是从内往外面码的，就是会先从仓库的最里面开始码货，即厕所附近，然后渐渐地往外面推，这样更利于搬运的通道顺畅，所以李国华随着工人先码厕所附近的垛子。

李国华跟着众人将货物放下，连续两次都没有问题，到第三次的时候，忽然后面的人提醒他："错了！"

李国华连忙把货物搬起来，却不知道往哪儿放。

后面那人先把货物码好，然后把李国华手里的货物也接过去，一起码上去，位置确实和李国华之前放的位置不同。

李国华知道他们搬运工码垛子非常有讲究，但脑子里还是产生了一丝疑惑，因为他觉得这样码似乎有点儿问题，会产生空心……

那个帮他码货的人忽然说："生面孔，新来的？"

李国华戴着工帽，帽子压得很低，再加上刻意把衣领提高，让人看不清他的全脸，但这人盯着他看，他也只好勉强地笑笑："嗯，新来的。"

那名工人哦了声，说："新来的去后面，不能码厕所附近的垛子。"

李国华连忙道："好，知道了，谢谢指教。"

他不敢和这个搬运工再多说什么，连忙退出了厕所附近的垛子，去了出货口附近。

这一个小插曲总算没有产生太大的问题。

李国华一边继续码垛子，一边观察着厕所附近。他发现厕所附近有两个垛子，不断地有人往那边送货，但是那边的垛子似乎老码不完整，往那边送的货已经完全超出其他垛子所需要的量，然而那两个垛子并没有比其他垛子大。

那两个好像不是垛子，而是两张巨口，不断地吞吃着货物。

李国华发现，搬运队伍其实是分成三拨的，一拨在入货口，把货物从车子上卸下来，一拨在码其他的垛子，而另外一拨就码厕所附近那两个垛子，他们人数不多，但是速度极快，配合默契，人一闪搬着货物进去了，一会儿人出来了，货没了，垛子却没见增大。

李国华再次搬着货物，往厕所附近的两个垛子走去，混在其中，跟着前面的人走。先来到第一个垛子前。垛子原本应该是靠墙码的，但是这个垛子靠墙的地方却留出一个通道，刚好允许一个抱着货物的人通过。

这个垛子的位置设置得比较巧妙，人进入这个通道后，从外面看，人好像已经到了垛子的背后，但其实这个垛子只起了一个通道的作用，或者说是掩人耳目的作用。

经过这个通道，就到了下个垛子前，这次李国华终于看清了，这个垛子是个空心垛！

从外观看，这是一个已经码放完整的垛子，但它实际却像一个房子，在靠墙的地方留出了一个门，半个垛子是空心，而在空心垛里面靠墙壁的地方有扇门，这扇门此刻大开着，而搬运工正在把货物搬入这扇门内！

这个垛子的前面，还有两个垛子交错，所以如果不通过前面的垛子到达这里，绝对发现不了这里有个空心垛，而空心垛里有个通往另一个仓库的门。

这个仓库无疑正是一直门锁紧闭的八号仓库！

真相大白！

李国华心知自己是不能进入八号仓库的，仓库内必然有赵广正等人盯着。而八号仓库相当于被锁住的密闭空间，除了这个小门应该没有其他出路。

他转身就要往回走，然而后面的人忽然冷冷地说了句："货物到此，不能回头！"

好巧不巧的是，这人居然是之前帮李国华码垛的那个人，到了此刻，如果这人还反应不过来，那他就是傻了。

如果李国华此时还不跑，同样傻！

所以李国华猛地把货物砸向那人，开始往通道外面冲，而那人也大喊一声："有贼！拦住！"

这才是真正的贼喊捉贼！然而此刻也不可能去计较了，李国华拼了命地往垛子形成的通道外面闯。

通道本来就窄，再加上他如同逆行，后面的搬运工在听到前面那个搬运工大喊"有贼"的时候，就明白发生了什么事，马上都用手中的货物去挡着李国华，堵塞通道不让他出去。

这短短十几米的通道，竟像生死渡口，寸步难行。

听到身后有人阴森森地说："不要让他出去，把他带到八号来！"

搬运工们齐齐出手抓向李国华，李国华尽全力反抗，目标明确，一拳一拳地打向堵着他的人，居然被他打倒了两三个，他踩着他们的身体继续往通道外冲去。

这时候有人拿了根棍子，猛地打在李国华的肩头，他只觉得肩膀很痛，顿时一只手抬不起来了。

那根棍子还在继续打下来，他一闪，避过了头部要害，那棍子又打在他另一边的锁骨上。

这下两条胳膊都抬不起来了。情况危急之时，忽然七号仓库闯入了五六个保安："躲开躲开！有人报告这里面有人打架，我们要查看！"

李国华直接大喊一声："在这里！"

因为垛子和垛子交错，如果不出声，很难发现这个空心垛。听到李国华的喊声，和保卫科的人一起进来的姜妍知道问题很可能在厕所附近的垛子上，立刻对保卫科的人说："在那边，在那边！"

保卫科的五六个人一起往厕所边的垛子冲过去。搬运工见状，忽然都自发地围过来，想要拦着保卫科的人。

这时候姜妍忽然拿出防狼喷雾，往周围乱喷，硬生生喷出一条通道，保卫科的人继续往那边的垛子冲。

姜妍也跟着冲过去，但是到了垛子附近，却没有发现异常。

互相交错的垛子完美掩盖了空心垛。

就在这时候，姜妍忽然感受到那股凉风……

她没有犹豫，立刻迎风而上，风从哪里来，那么问题就在哪里，这就是她的判断！

在保卫科众人还无头苍蝇似的到处查看时，姜妍已经发现空心垛及通道。只见通道里数人围打成一片，李国华被压在最下面，为了不让他出声，搬运工捂住了他的嘴巴，数人狠狠地压在他的身上。

而空心垛里面的门还没来得及关上，赵广正就站在门口。

姜妍见状，不管不顾地先喷了几下防狼喷雾，这才扭头大喊："在这里！"

赵广正冷冷地说："今天你们谁也跑不了！"

姜妍说："你别乱来，快让他们放了李主任，我们已经报警了！"

赵广正完全不听她的，只说："伙计们，贼来了，把他们全部都撂倒！"

姜妍大喊："赵广正你疯了！"

看着通道里的搬运工们依旧把李国华压在地上，丝毫不给他喘息的机会，姜妍急了："赵广正，先让他们把人放开，会出人命的！"

赵广正眼神冷冷的，丝毫不为所动，似乎出人命对他来说根本就不算个事。

而此时，保卫科几人的声音传了过来。

"哎哟！你们干什么？想杀人吗？"

"我们是保卫科的！你们不要命了！"

保卫科的几人大声吼了几句就开始惨叫，显然已经被工人围殴了，姜妍一脸的不可思议："赵广正，今天到这儿的人可不少，你能把我们所有人都撂倒？你能把我们所有人都杀了？你赶紧停手，不要深陷迷途！"

然而赵广正却缓步走过来，一只脚踏在李国华的肩上，然后咬着牙，用力地踩下去。

李国华挣扎了两下，可惜身体被压着根本动不了，只闷哼了一声。

姜妍也失控了："赵广正！住手！"

赵广正却冷冷地笑了起来："就凭你们几个，也敢和赵爷我作对！今天就把你们全部弄死！"

见他面目狰狞、双眸冷酷无情，姜妍终于明白今夜这一行到底有多冒险了，也明白了为什么这个空心垛能存在五年之久。赵广正此人真的太狠，七号仓库分明就是龙潭虎穴，没人能闯得进来。

"赵广正，你这个疯子！"

姜妍又要喷防狼喷雾，可惜按动了几下，并没有雾气喷出来，此时有两个搬运工已经冷漠地站在了她的面前，两双手向她伸过来。

姜妍绝望了，心想："今夜难道要栽在这儿了吗？"

正在这时，忽然听到外面警铃大作，同时又重又凌乱的脚步声传来，很多人涌入了七号仓库。

姜妍大喊一声："我们在这里！"

赵广正这时候终于慌了，顾不得李国华，一转身钻进了八号仓库，同时把那道通往八号仓库的门关闭，从里面上了锁。

其他搬运工见状，都慌了，开始抱头鼠窜。

但已经晚了，警察冲了进来，把这些搬运工们团团围住。

姜妍冲进通道，把倒在地上的李国华半抱在怀中，焦急呼唤："李主任！李主任！你怎么样？"

李国华肩膀痛，锁骨痛，头痛……他吸了口气，表情痛苦，整个人微微地颤抖着。

姜妍焦急大喊："来人呀，救命呀！"

"妍妍！"

没想到第一个到达通道的居然是姜成峰，姜妍看到他就愣了："爸，您怎么来了？"

姜成峰道："出了这么大的事，我怎么可能不来！你这次真是冒险，如果不是保卫科主任通知了我，我都来不及赶来。"

说着话他来到李国华面前："国华，怎么样？"

此时，李国华整个人已经被疼痛席卷，头昏昏沉沉的，根本没法儿回答他。

"妍妍，放心，救护车已经赶来了。"

"谢谢爸爸！"姜妍抹了一把眼泪。

没一会儿，救护车来了，李国华被抬上救护车，姜妍非常想去八号仓库看看，但实在不放心李国华，便选择先上救护车陪着李国华去医院了。

姜成峰则亲自跟进了后面的事宜。

姜成峰等人先观察了一下空心垛。这个垛子做得非常精巧，从外观看它就是一个完整的垛包，可实际却是空心房子，形成屏障，掩人耳目，只为了掩盖那扇通往八号仓库的门。

开在墙壁上的门也是精心设置的，门和墙壁的颜色是一样的，而且刻意做旧，关上门，只能看到墙上隐约有两道细线而已，门和墙壁浑然一体。

但是为什么这么久这个空心垛都没有被发现呢？其实这都是搬运工的"功劳"。他们在码垛包的时候，首先码靠近厕所的这个垛子，并且利用自己的码垛技巧，迅速码出这个空心垛，然后开始利用空心垛往八号仓库运货。运完货后，关闭那扇门，再继续把空心垛码实。所以，那次赵广正当着姜妍的面把靠近厕所的两个垛子搬开，姜妍也没有发现什么异常情况。

姜成峰弄清楚空心垛的事后，让人强行打开了通往八号仓库的那扇门。进入仓库后，发现仓库内部已经码了不少货，不过仓库中除了货物并没有其他人。

赵广正等人，此刻早已经逃了。

仔细检查后，发现八号仓库除了常年被锁住的那扇大门，在另外一侧开了一个侧门，那里就是出货口。

因为八号仓库的位置在厂区最边上，一边的侧墙实际上和厂区围墙连接在一起，代替了一段围墙，所以这个门等于直接开在厂区的围墙上。

围墙外面是一片空旷地带，不远处就是铁路。

这里没有正儿八经的路，除了铁路工人，没有人来这片荒地。就算灯芯棉纺厂是姜成峰的，从建厂至今，他都没有到这片空地来看过，谁也想不到，会有人这么大胆，在这里掏出一个盗取货物的门来。

此刻姜成峰气愤地说了句："硕鼠！太可恶了！硕鼠！"

医院里，李国华的情况不太好，因为伤在锁骨和肩，他整个上半身几乎不能动，彻骨的疼痛让他一阵阵犯晕。

片子拍出来，肩胛骨骨裂，一侧锁骨也断裂。当晚不能安排手术，还要等两天。好在吃了止痛药之后，李国华总算在疼痛中昏昏睡去，然而也只睡了十几分钟，就因为疼痛再次醒来。

姜妍心痛得直掉眼泪……

李国华看到她哭，安慰她道："傻……哭什么？我不痛。"说着还想抬手给姜妍擦眼泪，结果连带到锁骨，顿时痛得倒吸一口气。姜妍此刻再也无暇顾及男女之别，主动握住他的手："好，我不哭，你别乱动，好好休息一下。"

当晚就在李国华持续的伤痛中过去了，姜妍一直不敢合眼地陪护在侧。

第二日，姜成峰匆匆赶来，和姜妍对视了一眼，父女二人很默契地选择了不相认，姜妍只是很尴尬地打了声招呼："姜总。"

姜成峰淡淡地瞄了她一眼，没和她说话，转而对李国华说："国华，你怎么样啊？"

"姜总，我没事。"李国华分明已经痛得面色发白，整个人的精神看起来非常委顿。

"国华，你这次立了大功，终于帮我们找到了工厂的大老鼠，这次堵了老鼠洞，厂里的情况会好不少。你是大功臣呀。"

李国华看向姜妍："小姜也……"

姜成峰却打断了他："国华，你好好养伤，剩余的事情你不用管，我会亲自出面处理好的，一定会还你一个公道。赵广正跑不了的。"

"谢谢姜总。"

"应该是我谢谢你。"

姜成峰又去了医生办公室，问了李国华的情况，然后叮嘱他们尽快安排手术，又让厂里的出纳过来交上了所有的费用。一切费用厂里出，用最好的治疗方案。

姜妍看着父亲如此安排，心里也是很欣慰。瞅了个机会，出了病房，姜成峰已经在楼道里等着她了，附近无人，姜妍走过去唤了声爸爸。

"妍妍，我会请专业的护理人员来照顾李国华，你回家休息几天吧。"姜成峰道。

"爸爸，我想亲自照顾他。"姜妍很认真地说。

姜成峰想到自己当时在垛包后面找到姜妍和李国华的情景，当时姜妍紧紧地抱着李国华……

姜成峰狠下心来说："不行，你一个黄花闺女，怎么能如此近身照顾他？"

"爸爸，你别这么老古董好吗？"

"不是我老古董，别以为我看不出来，你对李国华不一般，你喜欢上他了。告诉你，不行，你们两个不可以在一起，没结果的。"姜成峰神色严肃，一点儿没有开玩笑的样子。

"爸爸！"姜妍有点儿难以置信，也难以理解，这还是她那个向来很开明的父亲吗？

"您嫌弃他是个车间主任，配不上您的女儿？"姜妍如此问，语气中带着淡淡的嘲讽，"可是您别忘了，现在是工厂生死存亡期间，您的女儿再高贵，一旦工厂没了，就什么也不是了。而他，却是拼尽全力，弄得满身伤痕，只为了拯救您的工厂的人！"

姜妍真的很愤怒，李国华伤痕累累地躺在病床上，姜成峰却在这时候对姜妍说这种话。

"啪！"姜成峰受不了女儿的嘲讽，居然抬手打了姜妍一耳光。

姜妍捂着脸，只觉得脸上火辣辣地痛，然而脸上的痛，如何比得上心上的痛。

在她心目中，向来如神祇一样存在的父亲的形象，在这一刻，轰然破碎了。

她像不认识姜成峰似的盯着他看，紧抿双唇，忍着不哭，愤怒得说不出话来。

姜成峰看着自己的手，他似乎很难相信自己居然打了心爱的女儿一巴掌，在她刚刚经历了昨晚惊心动魄的事之后，他没有安慰她，竟打了她……

姜成峰心中懊悔，然而脸上神色依旧强硬："你不能和李国华在一起，除此之外，其他所有事我都能答应你。"

姜妍哧地冷笑了一声："若我只要李国华呢？"

"你——"

姜妍懒得再和姜成峰多说什么了，她愤然转身，回到病房，陪在李国华的身边。

李国华闭目躺在床上，因为伤痛而昏睡着，她看着这个男人憔悴的脸，情绪极为复杂，她喜欢他吗？无疑是喜欢的，可是不是男女之间的那种喜欢呢？她自己也不确定。

刚才说那句话，大抵是为了气自己的父亲姜成峰，因为他激起了她的逆反心理。

可是此刻，看着他就这么静静地睡在这里，脑海里想起她认识他以后的点点滴滴，这个沉默而又固执冷漠的男人，竟不知何时已经在她心目中占据了很重的分量，她觉得"若我只要李国华呢？"这句话，或许是自己的心声。

紧接着她又摇摇头……

李国华的手术安排在当天下午，进手术室之前，他是清醒的，对紧跟在他床前的姜妍说："我没事，你别紧张。"

姜妍点点头："你会没事的，我在外面等你。"

李国华被护士们推入手术室，手术室的门被紧紧关上。姜妍看着那门愣愣地站了一会儿，才找到椅子坐着等待。

其间来了好几拨人，都是厂里的同事，姜妍脑子很乱，也很疲惫，并没有去招呼。他们打听着来到手术室门口，因为李国华还在做手术，他们等了一会儿就又离开了。

几个小时后，李国华的手术终于结束了。

看着整个上半身都被包裹在纱布中，看起来像个可怜的布娃娃的李国华，姜妍的眼泪又忍不住流了出来。

事后，姜妍认真思考后总结出，七号仓库之所以出这么大的漏洞，一是有人处心积虑，就冲着偷货来的。比如这群搬运工。他们在进入工厂前，就已经在赵广正的带领下，练就了熟练的码垛包技术，在赵广正的重利下，他们和赵广正一条心，整支队伍有心实行偷窃，配合默契，防不胜防。二是从车间出货至七号仓库入库，这个关口存在很大的记录漏洞，这也给赵广正他们偷货提供了便利。而赵广正他们在发现这个漏洞后，才制定了这一系列偷货流程，利用码垛技巧，使记录工形同虚设，甚至成为他们的傀儡，配合他们掩人耳目。

这个问题并不难解决，那就是取消入货口记录这一环，车间产量记录这一环和出货口这一环形成产量记录的闭口。

如果货物从车间出来后，入仓储期间产生了数量上的差异，或者车间产量与出货口数量差异过大，就要问责仓库管理人员。

取消仓库入货口记录这一环后，入货口记录工的岗位也全部取消，整个流程变得更加简单和流畅。

同时取消外包搬运的环节。姜妍建议姜成峰为仓库买专门的码垛机，实现机械化码垛，减少人工，人工一少，仓库乱象也少，更容易责任到人。

但是资金紧张的姜成峰，一时并没有答应这个要求，而且码垛机买回来后，还得请专人教授操作方式，这也需要一个过程。

那么这期间，谁来码垛呢？

之前赵广正的队伍，自然随着真相大白被解雇。姜成峰没有放过他们，把他们全部都告上了法庭，等待他们的自然是法律的严惩。

工厂经此波折，传出了封停的消息。虽然工厂继续正常运转着，但是工人们开始担心能不能按时拿到工资。

好消息是，七号仓库和八号仓库的事总算解决了，以后应该不会出现货物莫名失踪的事了。

姜妍负责管理七号仓库搬运工，厂里临时自招的搬运工，码垛子不熟练，整个仓库变得乱七八糟，好在有姜妍现场指挥，倒也乱中有序。垛包不再像之前那么整齐好看，货物入仓后，往五号六号仓库转移的时候，记录工也不能像以前那样闭着眼睛抄数据了。

虽然场面变乱了，但是每天的数据终于前后一致，不再丢货了。

姜妍算是松了口气，但她对码垛机的执念很深，依旧在计划着这件事，最后提议由厂里出钱，送两名工人去厂外交流学习码垛机码垛技术，学成之后回到厂内，再培训第一批码垛机手。

这次姜成峰总算同意了，姜妍亲自挑选了两名码垛工，由人事处安排，送出去交流学习了。

这一番忙下来，已经过去了十几天。

姜妍每天都住在宿舍里，没有回家，闲时就去医院探望李国华。宿舍里的人，从姜妍为人处世的各方面，已经感觉出她的不一般了，毕竟短时间内，她已经从一个名不见经传的新工变成七号仓库的管理人了。

还有七号仓库发生的那惊心动魄的一幕，早被传得神乎其神的，如果这时候还有人认为姜妍只是一个普通的新工，那就是傻了。

宿舍里的氛围有了些许微妙的变化。

这一日，姜妍刚回到宿舍，许重笙正要出门，二人就在门口遇上了。许重笙愣了下："姐，你回来了？"

姜妍嗯了一声："你要出去？"

"我去还书。"许重笙道。

姜妍闻到许重笙身上有股很浓的香水味。"小许，你也会用香水了。"姜妍笑着说，"不过这个味道有点儿不适合你，有点儿太浓烈了。"

"不是她的，当然不适合她！"一个冷冷的声音传过来。正是带着一身寒意走过来的李婉玉，她看到姜妍和许重笙都茫然地看着她，说："你们两个进来，我有话说。"

虽然李婉玉平时就比较严肃，经常冷着脸，可是像现在这样沉着脸的情况还是比较少见的。

姜妍赶紧应了声："是，师父。"

说着就随李婉玉一起进了宿舍，而许重笙却依然立在门口，似乎犹豫不决。

李婉玉冷眼看着她，说："小许，你喜欢在过道里说话吗？如果你喜欢，我不介意，让所有人都知道，原来你真的是小偷！"

李婉玉的话让宿舍里的其他人都大吃一惊。

而许重笙也赶紧进了宿舍，同时把门死死关上，惊慌失措地说："李师父，不是你想的那样，我不是小偷！"

"是啊，李婉玉，你说话要讲证据呢，小许在宿舍里也有好几个月了，并没有发现她有偷东西的毛病，你可不要听信外面人的谣传。"

"就是啊，我不信小许是小偷。"

"李婉玉，你可不能像别人那样欺负小许呀！"

姜妍错愕地问道："师父，你怎么了？"

"你问我怎么了？你应该问许重笙！你问问她，姜燃拜托她带给我的那些礼物，都去了哪儿？"

"都在，都在啊！"许重笙连忙爬上自己的铺，把自己的箱子拎下来，放在地上，当着众人的面把箱子打开，只见箱子里头竟放着五六个包装精美的礼盒，每个盒子的包装都没有拆开，整整齐齐地摆在箱底。

"小许，这是怎么回事？"姜妍纳闷了。

"是……是燃太子托我把这些礼物送给李师父的，不过李师父说了，如果我再替燃太子送礼物给她，她就把我从宿舍里赶出去，所以我……"

许重笙说着泪流满面，悔恨到不能自已："我既不能拒绝燃太子，也不能把礼物给李师父，所以我就……我就自己替李师父保存起来了……"

听了二人的对话，宿舍里的人也都知道怎么回事了。

一时间议论纷纷："小许啊，这就是你不对了，你怎么能把别人送给李师父的礼物私藏起来呢？"

"对啊，这容易造成误会。"

"是啊，小许，李师父明明没有收到礼物，可是对方以为李师父收了礼物，心里指不定怎么想李师父呢。"

"可不是，小许这事你做得不厚道。"

不过也有人说："小许也是被李师父吓住了，害怕被赶出宿舍，迫不得已，大家不要把事情想得太严重了。"

"小许确实也很可怜……"

许重笙听到别人说她可怜，眸底忽然寒了下，但脸上却依旧哭得楚楚可怜。李婉玉因为和她离得近，把她的神情尽收眼底，内心突然非常厌恶许重笙。

"只怕也没有这么简单……"李婉玉直接打断了众人的议论，毫不留情地质问许重笙，"你跟着燃太子去吃过饭吧？而且经常去，你还坐了他的车，你还让他陪你一起还书，你们俩经常在小树林里约会聊天吧？"

李婉玉的问题，像一个个耻辱架，狠狠地砸下来，钉在许重笙的身上，她只觉得眼前发黑，心紧揪着，却说不出话来。

偏偏李婉玉又说了一句："只怕你是借着这个事，故意接近燃太子，一次次答应帮他忙，也只是因为想要接近他，陪他吃饭聊天。"

这时候一个舍友实在听不下去了："小许，你这事做得有点儿不厚道了，你不知道燃太子是李师父的男朋友吗？"

"确实，你要保持距离，人家两个还没分手呢！"

"你这是不道德的行为，年纪轻轻不学好，学人做破坏别人感情的小三……"

这些话一句句砸在许重笙的脑子里、心里，像一枚炸弹，在她脑海里、心里爆炸，她眼里一片灰败，面色苍白，嘴唇哆嗦着看向姜妍："姐，我……"

姜妍一把抱住了她："小许，没事的，误会。"

然而许重笙已经眼前一黑，蓦然就失去了意识，晕倒过去。幸好姜妍及时抱住了她，才没有让她直接摔倒在地，没有受伤，但整个人精神委顿，完全站不起来。最后还是另外几个舍友搭手，才把她抬到床上休息。

众人看到许重笙脸上挂着泪，小脸苍白，即使晕倒也皱着眉，不由得又可怜起她来，完全不知道该怎么对待这个小姑娘。

"怎么整，这……"

"李婉玉，你看，礼物都在，一个没少，你就别说她是小偷了……"

"是啊，唉，小许胆子小，没主见。"

有人这么劝说李婉玉，可也有人说："你们别小看了小许，燃太子何许人也，厂里多少女工的梦中情人，但是没几个人真能攀上他。你看人家小许，借着李师父的便利，能坐上燃太子的车，和燃太子吃饭。小姑娘不简单啊。"

"可不是，小许的心思重着呢，一般人可看不透。"

姜妍听着她们讨论了好一会儿，终于开口了："其实都是燃太子的错。"

众人并不服："燃太子人家有钱有势，长得又帅又年轻，谈恋爱什么的很正常，吸引到小姑娘也是情理之中的事，哪个男人能拒绝送上门的？"

"小姜，知道小许是你的姐妹，可这件事她做得厚道不？

如果李师父没有揭穿她，她打算隐瞒多久？"

"就是啊，不过小许也是可怜，她是怕被赶出宿舍……"

"怕是装可怜而已……"

许重笙只是一时晕厥，其实这时候已经醒了，睫毛微颤，听着众人的议论，她只能闭目假装还在晕迷中，听见姜妍又说："小许年龄这么小，刚从学校出来的小孩子而已，遇到姜燃这种花花公子上当受骗，受他摆布是很正常的事。"

又有人说："都十八岁了，已经是大姑娘了。"

"小许平时为人怎么样，大家都很清楚。她老实、单纯、爱看书、话很少，任劳任怨，她会为大家整理床铺，会为整个宿舍打开水，会在你们心情不好的时候默默地递上纸巾……"

姜妍依旧尝试说服大家接受许重笙，李婉玉忽然说："小姜，知道你和小许走得近，但愿你之后不会受伤吧。"

李婉玉很少用这种语气说话，透着悲伤和担忧。

姜妍内心有些许感动，但更多的却是忽然涌起的复杂情绪。半晌，她很郑重地对李婉玉说："师父，我相信小许。"

听到这句话，许重笙忽然流下一串眼泪……

本来以为这件事情是关起门说的，影响不会太大，但是很快，关于许重笙私藏燃太子送给李婉玉的礼物的事情，就已经传遍整栋宿舍楼，甚至连整个车间都知道了。

与许重笙面对面走过去的人，都回头窃笑于她，更别说在大食堂、洗澡堂等这类人员聚集的场所。

许重笙似乎成了过街老鼠，人人喊打。许重笙刚刚冒了点儿火花和光亮的人生，一下子又黯淡了下去。

……………

元旦后下了一场大雪，外面一片银白。

姜妍吃完饭又去了医院，李国华今日出院。

李国华行动起来还是像机器人，比如扭头的时候，整个上半身要一起转，锁骨处依旧疼痛，吃饭什么的依旧不方便。不过姜妍进入病房的时候，他已经穿戴整齐，安静地坐在床上，似乎就是在等她。

姜妍看着他乖乖坐着等她的样子，不由得笑起来："不好意思，我来晚了呢。"

"时间刚好，而且你来接我，我很开心。"李国华忽然说了这么一句，姜妍愣了下，毕竟这位钢铁直男很少会说这种表达自己情绪的话。

姜妍扶着李国华走出病房，出了大门，李国华不由得深吸了一口气，凉飕飕的空气吸入胸腔里，不但不觉得冷，反而倍感舒服。

"真好。"李国华说。

"在病房里这些日子，是不是有种坐牢的感觉？"

"差不多吧。"李国华转身看着医院，看着自己住过的楼层，情绪复杂地说，"但是，一定也会让我很怀念的。"

"怎么，还想多住几天呀？"姜妍笑着问。

"因为住院的时候，你会每天来看我。"李国华没有看姜妍，这话好似不是对她说的。姜妍往四周瞅了下，除了他俩，周围并没有别人，她轻咳了一声："李主任，你今天说话怪怪的。"

李国华看向她,如海的深眸里,是姜妍看不懂的情绪,然后他露出一个笑容:"走吧。"

姜妍:"哦,好。"

李国华不愿回家,想直接回厂里。姜妍不同意,强硬要求他先回家,至于厂里的事会给他细细道来。

李国华只好听姜妍的话,先回了家。

李母已经做好了饭菜等着,炖了骨头汤,包了饺子,还拌了几个小凉菜,很丰盛的一桌。

三人坐定,李母不断地给姜妍夹菜,她碗里的菜堆了很高,姜妍直说够了,李母还是不断夹给她。最后,李国华主动从姜妍的碗里夹走了一些菜放在自己的碗里,对母亲说:"妈,小姜饭量小,吃不了那么多。"

李母很高兴,说:"那你帮她吃。"说着还是往姜妍的碗里夹菜。

两个年轻人也没法儿了,结果饭桌上就出现了这样的情景:李母把菜夹到姜妍的碗里,然后李国华再从姜妍的碗里夹走一部分。他几乎没机会从菜盘里夹菜,不过两个人似乎都不介意。

在李国华住院期间,只要姜妍在,又恰好到饭点,都是她喂李国华吃饭,所以吃饭夹菜这样的小事,两个人似乎都习以为常了。

李母看到这情景倒是心里乐滋滋的。

姜妍直夸:"阿姨,您菜做得真好吃。"

李母说："别看我双腿残疾了，只能坐轮椅，可是不影响生活的，我做家务都没问题。"

姜妍连忙说："阿姨，您棒着呢。"

李母确实把房间打扫得很干净，一应事务都处理得井井有条，饭菜也做得非常美味，姜妍确实是真心夸赞。

李母更高兴了，说："妍妍，以后有空常来，阿姨经常做好吃的给你吃，或者你喜欢吃什么告诉我，我做给你吃。"

"嗯，好的，谢谢阿姨。"

李母满目慈爱地看着姜妍，好像看着一件珍宝，姜妍自己倒没感觉到什么，反而是李国华提醒了一句："妈，您也吃。"

李母应了一声，开始吃饭，但还是边吃边看着姜妍："妍妍，今年多大了？"

姜妍答："按年算，二十三岁了。"

"大姑娘了呢。"

"嗯，是的呢。"姜妍吃了一口饺子，"我确实已经长大了。"

"该——"李母的话还没说完，李国华连忙端了碗汤给她："妈，喝汤。"

被打断的李母刚要继续说，李国华又说："妈，咱们别继续这个话题了，换个话题，小姜不喜欢这样的话题。"

李母这才噢了一声，但觉得意犹未尽，可看到自己的儿子似乎真的很尴尬，她只能硬生生地忍住，继续给姜妍夹菜："妍妍，多吃点儿，你太瘦了……"

吃完饭，李母把想要帮忙收拾碗筷的姜妍推出厨房门，说李国华刚刚回来，让她陪着李国华聊天。

姜妍确实不好吃过饭就直接走人，只能进到李国华的屋里。李国华坐在写字台前，向姜妍示意，让她坐在床上。

屋里没有其他的椅子，姜妍只好坐在床边上。

李国华打开写字台抽屉，拿出一件东西，说："给你玩。"

姜妍笑说："我又不是小孩子，还玩玩具。"但她还是接了过来，仔细看了看，原来是个自制的机械小人，小人的五官刻得栩栩如生，竟隐约有点儿自己的影子。

姜妍一下子上了心，仔细观察："这个小人长得好像我呀！"

李国华声音稳稳地说，"就是按照你的模样做的。你生日快要到了，这是送给你的生日礼物。"

"生日礼物？"姜妍很意外，"你怎么知道我的生日？"

"我看过你的档案。"

"李主任，你心也太细了。"姜妍摆弄着手中的机械小人，扯扯它的胳膊，它就发出咯咯的笑声，扯扯腿它就说"弄痛我了"，摸摸脸蛋它就说"人家害羞了哦"，动动耳朵它就说"讨厌"。

姜妍越发觉得有趣，还要继续玩，却听李国华说："这是它的包装盒，你带回去再玩。"说着将一个漂亮的盒子递给她，"你不是要说厂里的事给我听吗？"

姜妍只好将这个机械小人收入盒中，然后给李国华讲最近厂里发生的事，但凡她知道的，基本没有隐瞒。

听完姜妍的话，李国华久久未出声，陷入了思考。

姜妍倒是挺喜欢看他沉思的样子，脑子里忽然冒出来一句话：认真思考的男人真的很有魅力。

她被自己的想法吓了一跳，脸红了，有些慌乱地说："李主任，我还要上班，先走了。"

"好。再见。"

姜妍匆匆给李母打了声招呼，就逃也似的跑出了李国华家。

当天下午，她没有心思上班，一个人坐在五号仓库的桌子前胡思乱想，无聊了就拿出那个机械小人玩。当她摸到那个机械小人的胸口时，忽然听到小人说："我爱你。"

她愣了下，顿时明白为什么在李国华的家里，当她想要继续把玩小人的时候，李国华会阻止她。

姜妍的脸再次红了，心跳加速，最后扑哧一声笑了出来，这个李国华……还真是很有趣呀！

之后的几天，姜妍并没有回家。

因为车间整改还在继续，在姜成峰和李国华的支持下，姜妍把以前关闭的一个小车间重新开放修整，作为气捻试行车间，并且在李国华同意的情况下，将许重笙设为小车间的主任。

姜妍做出这个决定有三个原因。一是，许重笙自从上次的小偷事件后，生活可谓是黯淡无光。如果当初张敏宿舍丢钱事件只是莫须有的污辱，使她总被人怀疑是小偷，那么李婉玉事件就直接将她定性为小偷，并且更复杂，这个小偷不但偷了礼物，还偷了人，成了大家口中不要脸的小三。姜妍看着她一日日消沉，觉得这个姑娘要毁了，所以给她安排了小车间主任一职，希望她能在这个岗位上发挥自己所长，重新获得小范围内的尊重。

二是，李婉玉和许重笙不对付，偏偏二人都是气捻方面的行家，这次主要也是为了把两人的岗位调开，免得相见两厌。

三是，车间里的许多年轻人都想辞职，因为工资很低且没有职位晋升和发挥才能的平台，这时候需要一个年轻人作为表率，让他们意识到拼搏是有意义的，还有上升空间，可以让他们安心在厂里工作。

综合这些方面的考量，最终确定由许重笙担任小车间主任。这个消息确实有爆炸性效果，引起了很多人的讨论，也确实稳住了一批本来打算离开工厂的年轻人。

许重笙荣升小车间主任的事，早在宿舍里炸了锅，她一进门，就被大家七嘴八舌地恭喜："小许，不错呀，居然遇上了这么好的事，刚刚定岗就荣升主任啦！"

"是啊，小许，不简单！"有人给她竖起了拇指。

"小许，厉害哦！你这是攀上什么大人物了吧？"

"是啊，小许，有点儿不厚道呀，认识大人物不告诉我们呀！"

这时候李婉玉忽然来了句："她还能认识什么大人物！"冷冷的语气一下子就把气氛降到了冰点。

自从许重笙私藏李婉玉的礼物被发现后，李婉玉就一直看不惯许重笙，但也仅表现在对她比较冷淡，像这样直接用语言讽刺还是第一次。

众人一下子想起来了，许重笙和燃太子之间可是有交集的。

"小许，不会是燃太子帮你的吧？"

"是啊，小许，你是不是接受了燃太子的帮助？"马上就有人这样问了，许重笙只淡淡地说了句不知道就爬上了自己的床铺，拿了本书看。

她确实感受到了李婉玉那句话的伤害性，但她也没有真的放在心上，甚至还有些窃喜。

如果这件事真的是燃太子帮她，那燃太子对她还是……

想着想着心里就甜蜜起来。

许重笙看了会书，去窗口处喝水，习惯性往楼下看了一眼，发现姜燃就在楼下。根据以前的经验，谁都知道他是在等李婉玉，可李婉玉已经盖上被子睡了。

许重笙换了衣裳，下了床，出了门。

来到楼下，她主动和姜燃打招呼："燃太子！"

姜燃眼睛一亮："妞，很久没见了。"

"嗯。"许重笙笑得有些羞涩。

姜燃说："婉玉呢，在干什么？她今天怎么不出来？"

"李师父可能有点儿累，已经睡着了。"

"睡着了呀？"姜燃有点儿失望，本来还打算让许重笙上楼去把李婉玉叫下来，但听说她已经睡着了，姜燃便打消了这个念头，转而对许重笙说："既然睡了，就让她睡吧，妞，我带你去吃饭。"

许重笙说:"这次我请你吧。"

"嗬,妞有钱了?"

看到许重笙羞涩地低下了头,姜燃大方地说:"好,你请客。不过我的要求可是很高的,我要吃好的。"

"燃太子想吃什么,我都请你吃。"

"走!"姜燃爽快地说。

许重笙没想到,姜燃把她带到了一个非常高档的酒楼。许重笙有点儿紧张地捏捏自己的口袋,不知道今天请客的钱够不够。

姜燃随便点了几个菜已经五六百块了,完全超出了许重笙的预算。关键是她钱没带够。她尴尬地看着姜燃:"燃……燃太子,我……我那个……"

"钱不够是吧?让你再说请客。"

许重笙窘得不知道还能说什么,只低头咬唇,双颊发红。

姜燃说:"以后在我面前,不许说你请客!放心,这顿我出钱,我请你吃。妞,来,给本太子笑一个。"

许重笙终于抬起头,对着姜燃露出一个有点儿僵硬的笑容。

好半晌,气氛又好了些,许重笙才说:"燃太子,我升职了,成了小车间的主任了,他们都说是你帮我的,是真的吗?"

姜燃愣了下,小车间主任?他听都没听过,也不知道曾经那个被关闭的小车间再次启用了,但是看着许重笙那双单纯的眸子，他挑挑眉："姐，不错啊，升职了。只要升职就行了，是不是我帮忙的重要吗？"

"重要！"许重笙很认真地看着他的眼睛，"燃太子，自从进入工厂，我遇到了很多事，只有你是真正帮我的。"

姜燃点点头，笑了起来："是不是要感动哭了？"

"嗯，很感动，谢谢你，燃太子。"

"没事了，小事情。你和婉玉不同，我本来要把婉玉安排去坐办公室，不用当操作工，去办公室喝喝茶、看看报纸，不用倒班，日子多舒服，可是她拒绝了。"

"李师父可能有自己的想法，"许重笙说，"而且她现在在细纱气捻特岗上，工资可比我这个小车间主任还要高呢，坐办公室未必有那么高的工资。"

"办公室的工资是不高，但是舒服啊。再说，她有我养啊，不知道那么拼命做什么。"

许重笙心里又泛起了酸水："燃太子，你养李师父？"

"她是我未来的老婆，我不养她养谁！"

"未来老婆？"许重笙的眸子里忽然浮起一层雾气，赶紧低下了头，"燃太子一定会娶她？"

"那是自然的，必须娶她。"姜燃很肯定地说。

面对这么坚决的姜燃，许重笙无话可说了，人家坚持自己所爱，根本就没错。

菜上来了，一分价钱一分货，每道菜都很精致、很美味，不过许重笙吃得有点儿没滋没味，其间她又问了一次："燃太子，为什么你要帮我？还要请我吃饭？"

"你帮我给婉玉带过礼物嘛，我自然帮你了。"

"就这样？"许重笙说，"李师父没跟你说吗？礼物的事。"

"那件事啊，她说了，但没什么不对吧。你最后不还是全部都交给她了，她也很喜欢，一下子收到那么多礼物，很开心呢。"

"你真的觉得没什么？你没觉得我这个人有点儿……"

"妞，想多了哦，过去的事别想了。"姜燃打断了她的话头。

许重笙没有说完的话终究还是没说出来，向着姜燃一笑："好，燃太子，听你的，我不想那么多了。"

许重笙在这瞬间居然真的放下了那件事带来的心理阴影，甚至露出很天真的笑容。

在许重笙低头吃饭的时候，姜燃用疑惑的目光审视着许重笙，一个小小的新工忽然成了小车间主任，背后到底是谁在帮她呢？

当天晚上，姜燃回到自己的办公室后，懒洋洋地叫来了自己的秘书："去问一问，许重笙那个小车间主任是怎么当上的？"

平时没有什么耐心的姜燃，在办公室里边打游戏边抽烟，直到秘书送来消息，他顿时变了脸色，愤怒地把办公桌上的东西都推到了地上！

"可恶！那个不知天高地厚的丫头居然敢插手厂里的事！"

他发泄了一通，忽然想明白了，姜妍在厂里工作，必然是姜成峰同意的。顷刻间，他如同泄了气的皮球，跌坐在椅子上，脑子里纷乱不已。

就在这时，厂里忽然宣布：放假两个月！

工人们一下子炸锅了，先不说这放假两个月是什么意思，只说这马上过年了，工资还没有发，明明再上几天班就到发工资的时候了，厂子这是要耍赖吗？不想发工人的工资，就这么把所有的工人都打发走？

姜妍从别的工人那里听说后，立刻来到公示栏前，看到厂里的通知，白纸黑字，放假两个月，而且也没有注明具体的开工日期。

姜妍一下子慌了，急急忙忙赶回家。

姜成峰不在，倒是撞上了姜燃，他看到姜妍直接说："爸爸怎么回事，怎么可以宣布放假两个月？这不就是等于停工吗？这么大的事都没有和我商量！"

姜妍真是懒得说他。姜燃一直沉浸在自己的三角恋中不能自拔，根本没把厂里的事放心上，姜成峰找他商量什么?！

姜燃说完后还不解气，又说："你倒是说说，爸爸这弄的叫什么事？"

姜妍懒得理他，只对苏佳说："妈，这两天我爸回来过吗？"

苏佳担忧地说："昨晚很晚才回来，今早天蒙蒙亮就出去了。"

姜妍眉头锁得更深了，沉吟片刻对苏佳说："妈，你随时准备着点儿饭菜，我爸这几天这么忙，肯定顾不上吃饭，他回来后先让他吃饭。"

苏佳忙点头："好，妍妍，听你的。"

姜燃说："都这时候了，还吃什么吃！"

姜妍忍不了了："闭嘴！又不做给你吃。"

姜燃听了这话，直接气得咬牙切齿："姜妍，你……你……这是我的家！这是我的房子！这里的一切原本都属于我！是我先出生的，我是儿子，你算个什么东西，居然还想赶我走！"

姜妍直接冲到他的面前，啪地打了他一记耳光！

这一记耳光非常响亮，姜燃的半边脸直接被打红了。他盛怒地看向姜妍："你敢打我！"

啪！姜妍又打了他一记耳光，她的眸子里是固执的冰冷，是毫不顾忌的偏执，是"你敢动，我就和你拼命"的狠劲。

这是姜燃从来没有见过的姜妍，但他怎么可能让自己吃亏呢，也一记耳光向姜妍打来。姜妍没躲避，反而狠狠地推了他一把，姜燃站立不稳摔倒在地，耳光也没落在姜妍的脸上，从她的额头掠过。

姜燃整个人都蒙了，指着姜妍的手剧烈颤抖，说不出话来……

就在这时，苏佳再也支撑不住，眼前一黑，歪倒在地上。

"妈！"姜妍惊呼一声。

…………

姜成峰来到医院，看到躺在病床上的苏佳，忧心忡忡地问了句："妍妍，你妈——"

"我妈没事，医生说休养两天就好。"

姜成峰这才松了口气，先去床边看了看苏佳，这才坐在椅子上休息了一会儿。姜妍担忧地看着他："爸爸，你还好吧？"

"爸爸没事。"说完却又叹了一口气。

姜妍走过去，给他按摩肩膀："爸爸，你辛苦了。"

姜成峰终于长舒了口气，似乎放松了下来："还好。妍妍，厂里工人的情况怎么样？"

"大家都很疑惑，工人们都没有离开工厂，都在观望等待。因为按照惯例，再有三四天就发工资了，大家拿了工资可以好好过年，可是这时候工厂忽然停工，工人是接受不了的。"

"卡在这个时间点停工，确实就是因为工资发不出来了。"姜成峰说道。

姜妍其实已经预料到这个答案了："爸，就再没有办法了吗？"

"八号仓库的事已经调查得差不多了，行政楼这边涉及非法洗钱和倒卖棉花的情况，现在司法部门已经介入调查，开始清点资产。负债已经到了我们无法负担的地步，妍妍，我们破产了，棉纺厂，没了。"姜成峰说出这句话的时候，眼里的绝望让他霎时老了十岁。

姜妍知道事情的严重性，但没想到会严重到这个程度，一时间也完全蒙住了，不知道该说什么。

"那……工人的工资……"

"只能将来慢慢还了。"姜成峰说。

姜妍心酸难过，眼泪盈满眼眶，却不敢哭出来。

父女二人就这样僵在那里很久很久，仿佛变成了一幅晦涩难懂的画。

第二天，姜妍还是来到了工厂。

大食堂里属于工厂的档口已经停止营业，偌大的餐厅进去后冷冷清清，没了平日里热闹的烟火气息。而那些私营档口还是经营得红红火火，毕竟工人们都没走，还是要吃要喝的。

因为停工的原因，工人们全部都在休息，导致路上、凉亭下、长廊里反而要比平时人还多。大家三三两两聚在一起谈论着什么，偶尔传出嬉笑打闹的声音，似乎工厂的停产并没有让大家感受到压力。

姜妍把这一切看在眼里，却如同看到一朵原本盛放的花，已经到了枯萎的尽头。

那种难过，无法言喻。

回到宿舍，包括李婉玉在内的所有人都在，只不过今天没人打牌，也没人吃牛肉干。

大家都懒洋洋的，许重笙也是满脸愁容。

"姐，你来了。"看到姜妍进来，许重笙第一个打招呼。

"小许，吃饭了吗?"姜妍问。

"吃了。"

姜妍又看向李婉玉，李婉玉似乎刻意避开她的目光，低垂着头不说话，其他人则说："小姜，你向来最能闹腾，和李国华也熟，你去问问到底怎么了，为什么要停工?我们的工资是不是不打算发了？"

姜妍实在无言以对。

这时候，李婉玉终于抬起眼皮看了一眼姜妍，姜妍面色尴尬地扭过头去。李婉玉的目光扫向宿舍里其他人："小姜只是个新工，她能知道什么，你们想知道的都在工厂的公示栏里，自己不会看吗？"

众人被李婉玉怼，顿时不敢多说什么了，宿舍里一时间很安静，间或有长长的叹息声。

姜妍实在受不了宿舍里的气氛，坐了一会儿又出了门，李婉玉紧跟着她也出来了。

师徒二人走在小路上。姜妍知道，李婉玉跟出来绝对有话说，但是半天也没听见她说什么，只好自己先开口："师父，姜燃还好。"

李婉玉哦了一声，问道："叔叔阿姨也都好吗？"

"都好。"

李婉玉到底还是知道了姜妍的身份，但一切已经不重要了，她甚至没有问李婉玉是如何知道的。

李婉玉这般聪明，姜燃又是个藏不住话的，最近厂里整改动静这么大，姜燃怎么可能没听到一点儿风声。

姜燃就是因为知道了，才那么气急败坏要打姜妍。

姜燃对李婉玉从来不隐瞒什么，姜燃知道的，李婉玉自然也都知道了。但在宿舍里，李婉玉还是没有揭穿姜妍，配合她，让她继续扮演新工。

李婉玉听了姜妍的回答点点头，又问："我们是不是要全部失业了？"

姜妍不知道怎么回答这个问题，沉默了好半晌才说："师父，如果真的失业，你接下来想做什么？"

"……可能，会嫁人吧。"

"不准备再去做点儿别的什么？比如创业，或者学个新的技术，找个新的工作？"

"我只是一个普通的纺织工人，十八九岁就进了厂，这么多年，我只学会了怎么络纱。离开纺织厂，我不知道能干什么。"

"你还可以去别的纺织厂。"

李婉玉很认真地看着姜妍的眼睛问："小姜，你不会没发现吧，咱们沙市只有灯芯棉纺厂一个纺织厂。我不可能为了当一个纺织工人去别的城市，所以嫁人是最好的选择。"

"师父，你和姜燃要结婚了吗？"

李婉玉忽然停住了脚步，满目茫然和忧郁地看着姜妍，好一会儿才说："你希望我嫁给他吗？是不是除了嫁给他，我已经没有别的出路？可是，我能嫁给他吗？"

"师父，其实我特别想让你做我的嫂子，但是，你不一定非要嫁给他……"

李婉玉面色依旧冷冷的。

"师父，你每天都在学英语，即使离开工厂，你也会有好的前途。"

"小姜，你太天真。"

"师父，我说的是真的，你要相信自己呀！我早看出来师父是不甘于现状的，虽然你只是个小工人，却从来没有放弃学习。学习就是为了挖掘自己的潜力，让自己的人生有更多可能性嘛！"

"可是，梦想终究照不进现实。"李婉玉说得很肯定，"小姜，不用劝我，我有自己的打算。"

姜妍又问道："那如果工厂继续正常运行，你有什么打算？"

"那我可能会继续当一个工人。"李婉玉老实答道。

"师父，你为什么只想着当工人呢？难道离开工厂，真的没有别的事做吗？"

"虽然我不一定真没事可做，但大多数工人是依赖工厂生活的，离开工厂，他们真的不知道自己能干什么。"李婉玉说得很诚恳。

"师父，工厂只是停产两个月，并非要关停。宿舍可以照常居住，你就继续住在宿舍里，私人档口食堂依旧开放，你可以继续在这里好好生活，等待工厂复工。"

李婉玉忽然笑了起来："小姜，你这话给人带来了希望和期待，工厂起死回生是我们每个工人乐于见到的结果。"

"我会想尽一切办法让工厂起死回生的！"

二人渐渐沉默了。李婉玉的脸上写满了落寞，她感觉自己的事业和爱情前景都不乐观。

因为停产的原因，车间区门禁处无人守岗，一个大锁子挂在低矮的门禁处，其实根本没有起到作用，姜妍一抬腿就跨过去了。

这时候有没有人守岗不重要，因为没人来车间。

机器轰鸣声也完全听不到了，整个车间区静悄悄的，间或看到几只麻雀飞在半空，落在房子顶上或者路边的铁栅栏上。

才停产没几天，车间区似乎一下子沧桑了很多，路边的野草似乎一下子多了、高了、杂乱了。水泥地上落了些灰尘，门柱子上更加斑驳了。

姜妍走进一纺络筒车间，车间的大门并没有完全闭合。她推开门走了进去，总是明亮的车间此时很晦暗，可在电闸关闭的情况下，车间里应该是全黑的才对，但是车间里却有光。

姜妍的心一下子提到了嗓子眼，暗忖："不会有贼进来了吧?"

她找了一把扫帚拿在手里，朝着亮光走去。渐渐地到达亮光处，看到那熟悉的身影在车床前弯腰低头摆弄着什么，她的眼眶一下子湿了："李主任……"

听到她的呼唤，李国华转过身来，手上都是油，脸上也有一些油污。

"小姜，你怎么来了?"

"我……我来看看。你怎么在这儿?"

"检修机器。"李国华低头继续查看，边看边说，"咱们这些机器和其他东西不同，机器如果停了反而容易出毛病，所以要经常检修才行，不检修的话，两个月后，肯定会有一批机器不能直接使用了。"

"那怎么不安排检修工，怎么你亲自来检修呢？"

"小姜，他们都放假了。"李国华很自然地回答。

其实姜妍知道，工厂不发工资了，再傻的人都不会继续干活。

李国华这个车间主任成光杆司令了，谁也指挥不动。

如果换个别人做车间主任，也不会在这时候还想着检修机器。

姜妍的眼眶有点儿发红："李主任，你也可以好好休息一下嘛，每天把自己弄得这么累。"

"休息做什么呢？看电视、跳舞、吃瓜子？"

他的话把姜妍逗笑了，又道："我来这儿一点儿不奇怪，我在这里工作十年了，我对这儿有感情，对这些机器也有感情，但是小姜，你出现在这儿就有点儿奇怪了，你一个小新工，放假了不回家去，跑来车间做什么？"

"虽然放假了，但是没人回家呀，都在等着拿工资。"

李国华的手微微一顿："大概一时半会儿发不出来工资了。"

"李主任，你什么都明白，为什么还留在这里？"

"我相信姜厂长，问题会解决的。我们只需要做好随时复工的准备就可以。"

"你真这么认为？"

"真的。"

"那你这个看法也太盲目了吧？"

"盲目吗？我怎么没觉得。"

李国华的手放在一个锭子上，打算把这个锭子卸下来，却忽然嘶了一声。原来是因为用力过猛牵动了身上的伤，他面色瞬间非常难看，用一只手捂着自己的锁骨处，整个人痛得直不起腰来。

姜妍紧张地问："怎么了？很痛吗？"

她想帮帮他，可不知道怎么帮，甚至不敢动他，总觉得他痛成这样，再动他会更痛，刹那间就急出了眼泪。"很痛吗？"她哽咽地再次问道。

痛劲过去后，李国华才发现姜妍在哭，心头顿时像被一只小手抓了一把，又酸又甜。

"小姜，别哭呀。"他抬手给姜妍擦眼泪。

但姜妍的眼泪像是开了闸，怎么都止不住，这些日子内心的苦闷忽然全部爆发，她越哭越厉害。

无法控制的哽咽声让她呼吸都有点儿困难，李国华再也顾不得其他，将她轻轻地扯过来揽在自己的怀中，紧紧地搂住："小姜，别哭，没事的，一切都会好的。我的伤不痛了。"

这样柔声安慰了好一阵子，姜妍才渐渐地止住哭声，但二人却没有分开。姜妍觉得他的怀抱既安全又温暖，令人很想依靠，感到很舒服。

她轻轻地环住了他的腰，李国华有所察觉，身体微僵，一双如海般的眸子里满是怜惜，把姜妍搂得更紧了。

两个人就这样，在空荡荡的、略显昏暗的车间里拥抱了很久很久。

…………

李国华对工厂复工的事一直抱着积极的心态，因为他特别相信姜成峰，觉得有他在，工厂不可能真的倒闭。

这对姜妍内心的触动非常大。

李国华每天还是像往常一样到车间检修机床，姜妍给他送饭，时间在这样充满希望又无望的日子里过了一个多月。

忽然有一天，李国华没有出现在车间。姜妍心想，是不是连他都放弃了。其实能够理解，工厂成了这样，谁能把未来都赌在工厂上呢？

可是姜妍看着空荡荡的车间仔细想了一会儿，觉得李国华不是这样的人。他这一个多月不分日夜地检修，把全厂的检修工作独揽在自己一个人的身上，这种态度绝不是装出来的，他怎么忽然不来了？不会是病了吧？

已经三天了……

饭后，她犹豫再三，还是来到了男工宿舍楼下。宿舍管理员还在，厂子虽然不能复工，但很多人依旧住在宿舍，方便生活。有些人即使找到了别的工作，暂时也还是住在宿舍内。

姜妍拦住一个男工友："劳驾，帮我找一下二〇一宿舍的李国华。"

男工友对着姜妍笑得意味深长："男朋友？"

姜妍脸一红："我有正事找他。"

男工友被漂亮女孩子求助，哪里会不答应，马上去二〇一找李国华。姜妍等了好一会儿，出来的却依旧是那位男工友："李国华好像病了，起不来了。"

"什么？"姜妍大吃一惊，就往宿舍里冲。

男工宿舍楼的宿舍管理员对进男工宿舍的女孩子并不会严格管制，所以姜妍很顺利地进入了二〇一宿舍。

李国华住的是单间宿舍，很小，一张床，一张桌子，但是比八人宿舍还是好一点儿。

此时他躺在床上，不省人事。

隔壁宿舍的人推门进来，说："你是他女朋友吗？他病了好几天了，幸好今天早上给他带饭，要了他的钥匙，要不然他连门都打不开。刚才有个人找他，我替他把门打开，就看到他这样躺着，他是不是要死了呀？"

"他不会死的！"姜妍觉得自己的声音都在颤抖，对那人说，"快叫救护车呀！"

这时，李国华却缓缓睁开了眼睛，虚弱地说："不用……只是感冒……"

姜妍连忙问他："李主任，你现在怎么样？我现在就带你去医院。"

李国华看起来很虚弱，而且有点儿迷糊，并没有回答姜妍的话，似乎又睡着了。

最终，姜妍还是去宿管那里打电话叫了救护车。

被送到医院的李国华，经过医生检查后确认是感冒，比较严重，但并不是单纯的感冒，而是旧伤引起感染，又叠加了感冒，所以才突然病成了这样。

姜妍很心疼，自从她认识这个男人，他似乎就一直在生病受伤……

好在救治得还算比较及时，当晚李国华就醒了过来，烧也退了，整个人还算精神。

姜妍给他削了一个苹果："李主任，你改名吧。"

"改名？改什么名？"

"改成拼命三郎吧。"

一句话惹得李国华笑了笑："没有那么夸张。"

姜妍叹了声："我都说了，你不可以那么劳累。现在好了……"

李国华见她愁眉不展的样子，内心突然很愧疚，不由自主地握住了她的手："小姜，不用担心，很快就会好的。我现在已经没事了。"

姜妍的脸一下子羞红了，但她并没有立刻把手从他的手中抽出来。

就在这时候，病房门被推开了，姜成峰走了进来。看到二人的手握在一起，姜成峰的脸色很难看。二人的手立刻松开了，姜成峰装作不在意的样子，问李国华："你小子，今年我来医院看你几次了？你自己说！"

"姜总，是我不好。"李国华道。

姜成峰道："怎么会是你不好，是我这个做厂长的不好，让自己的员工三番两次冒险、整日整夜劳累，半条命都搭上了。"

"我拿着厂里发的工资，应该的。"

"好了，小子，不用跟我说客气话。如果工厂能救过来，你是大功臣。"

姜成峰和李国华说了几句，就看向自己的女儿："小姜，你跟我出来一下。"

姜妍答应了一声，和姜成峰一起出了门。

二月份了，真正的春天马上就要到了。

父女二人坐在一条长椅上，姜成峰说："看样子，我说什么都不起作用了，你是一定要和他在一起？"

"爸，李国华不错，但我和他之间并不是你想的那样。"

"那是哪样？"

"我也形容不出来，可能更像是战友吧。他坚强、睿智、沉稳，是个非常好的男人，但是我和他之间并没有恋人之间的那种关系……总之，爸爸您别担心，我与他是走不到一起的。"

姜成峰却敏感地捕捉到了一些关键词：睿智、沉稳、坚强……非常好的男人……

一个女孩子对男人有了这样的评价，证明她心里认可这个男人，甚至是喜欢或者爱……

姜成峰心头发涩，又说了句："既然如此，何必要走得那么近呢？不能在一起，就不要耽误彼此的时间嘛。而且我的立场是不会变的，你和他是不可以在一起的。"

"爸爸，我有点儿好奇，为什么您要坚持这一点呢？如果这次工厂不能复工，恐怕您不但不再是咱们沙市的知名企业家，而且还会有高额的负债，我们一家人将重债压身。这样的话，甚至还没一个普通家庭的经济宽裕呢。在这样的情况下，您还是看不起李国华的家世吗？"

"不是家世问题。"

"那是什么问题？"

"总之，你们就是不可以在一起。"

父女二人为这事已经争执好几次了。

姜成峰这句话一出口，姜妍也不说话了，父女二人都把目光投向远处那片草地。草地上的雪已经不那么白了，有些地方的雪已经开始融化，露出灰扑扑的草皮，万物即将复苏，一切将会换上新颜。

父女二人皆没有看到，在他们身后不远的地方，李国华站在树后，面色苍白，双拳紧握。

好一会儿，他慢慢地往病房走去。

一进病房，就有护士说："你这个病人真是不听话！不知道自己生病吗？居然穿得这么少去外面！"

李国华只说："上了个卫生间而已。"

姜妍回来的时候带了饭，热腾腾的骨头汤，还有两个小青菜和软软的白馒头。

李国华笑着说："都是我喜欢吃的。"

姜妍说："知道你的口味。"

她说着话就舀了一勺汤，很自然地送到李国华的唇边，然而李国华却躲开了，很自然地抬手接过了姜妍手中的勺子："我自己来。"

之前李国华住院的时候，姜妍也会给他喂饭，此刻这一举动明显生分了。

姜妍心头滑过一丝异样的感觉，但也没有深究，只说：

"好吃就多吃点儿，你现在就得喝骨头汤。"

李国华说："谢谢。"

李国华吃着饭，姜妍则从口袋里掏出李国华送给她的机械小人，有一下没一下地逗着玩，她故意避开小人的胸口，免得它把那句"我爱你"说出口。

李国华忽然说："这个小人还有不完善的地方，等会还给我，我拿回去修一修。"

"是吗？"姜妍愣了下，"还需要完善什么呀？"

"到时候你就知道了。"

姜妍不知道他葫芦里卖的什么药，但还是很听话地把那个机械小人递到他的手中："好，看你会修成什么更好玩的样子。"

李国华接过机械小人装在自己的衣袋，对姜妍说："其实这个小人也没什么意思。"

"你今天说话怪怪的。"姜妍还是觉得哪里不对。

"我吃好了。"李国华放下筷子，"我这里不用照顾，你回去吧。"

"我陪你吧，你一个人着急。"

"我正好趁住院的机会好好休息一下，想睡觉。"

李国华都这样说了，姜妍如果执意留下就不太礼貌了。她只好说："好，我先回去了，你好好休息。"

李国华点点头："好。"

姜妍转身走到门口，忽然听到李国华又说了句："小姜，谢谢！"

姜妍扭头笑道："不客气。"

李国华点点头："再见。"

"再见。"

等姜妍关上门，李国华沮丧地靠在床头，似乎一下子泄气了，很久都不能从低落无奈的情绪中走出来。

原来，姜妍竟是姜成峰的女儿！

而姜成峰，根本不同意他和姜妍来往！

原来……

李国华的脑海里回忆起和姜妍相识至今的点点滴滴，终于明白姜妍为什么那么拼命，那么大胆，为什么把厂子当成自己的家一样打理，为什么她的岗位频频调换，每次去的都是必须整改的关键岗位……

原来她是姜成峰的女儿！

李国华苦笑一下，真是一场天大的误会呀！

李国华很快就出院了，姜妍第二天来医院的时候，他已经自己办完出院手续回家了。

姜妍只好去李国华家里探望。然而李国华的卧室门紧闭，从里面锁上了，李母说李国华需要休息，所以锁门睡觉，他已经好了。李母非常感激姜妍来看李国华。

因为李母说李国华在睡觉，姜妍也不好再说什么，坐了一会儿就离开了。可心里隐约觉得李国华似乎不太愿意见她。

此后几天，她还是每天去车间看看，看李国华有没有在检修机械，直到一周后，姜妍才看到李国华熟悉的身影。灯光下，他依旧聚精会神地检修机械，姜妍走近他都没有发觉。

姜妍也没有打扰他，自己坐在旁边的挡车椅上。

李国华瘦了很多，原本有些黑的脸，现在看起来还是苍白的。

李国华偶一抬头，看到姜妍："你来了。"

姜妍嗯了一声，问道："李主任，你身体好了吗？"

"让你费心了，已经完全好了。"

"好了就好。不过下次不能这么劳累了，还是要劳逸结合。"

"好。"

李国华说着话，从衣袋里掏出那个机械小人递给姜妍："还给你。"

姜妍笑眯眯地接过来："真的重新完善了？"

"嗯。"

"那我试试。"

"回家后再试吧。"

姜妍挑挑眉，没有勉强，把小人装在自己的衣袋里。

李国华看了看时间："到点了，我去食堂吃饭了。"

"我和你一起！"

"不用了，免得惹人闲话。"李国华冷冰冰地拒绝了。

"闲话？"姜妍郁闷了，"李主任，这是什么意思？"

"没什么意思，只是男女授受不亲，你一个女孩子要好好爱护自己的名誉，别和其他男人走得太近了。"

李国华说完不再解释，大踏步往前走了。

姜妍愣了好一会儿，再抬头时，李国华已走出很远了。

姜妍没有去食堂吃饭，心情抑郁地回到宿舍，舍友们都不在宿舍，姜妍正好可以玩一下那个机械小人。摆弄了好半天，她终于知道李国华怎么完善了这个小人。

他取消了抚摸小人胸口位置，小人就会说"我爱你"的这个功能。除此之外，小人没有其他任何改变。

姜妍的心顿时沉了下去，心里如同下了场雨，阴郁潮湿。

世界莫名变得很灰暗，似乎也与这段时间一直是阴天有关。

已经等了两个多月，工人们渐渐按捺不住了。

宿舍楼里的工友们开始聚在一起，站在宿舍楼的楼道里，窃窃私语商量着什么。姜妍一走进宿舍楼就感受到了这种气氛，她知道，工人们的耐心已经被耗光了。

这时，韩玉仙忽然从人群中冲到姜妍的身边，把她扯到一边："我问你，你到底安不安排我当小车间主任。"

"韩玉仙，都停产了，你为什么还执着于这件事？小车间主任是许重笙，已经是不能更改的事！"

"都怪你，为什么是她，不是我？我那时候好歹光明正大地支持过李主任，为什么你这么偏心许重笙？"

"现在说这个还有意义吗？"

"有意义。我要你明天在厂子公示栏里贴出布告，告诉大家，许重笙这个小车间主任被废，韩玉仙被任命为新的小车间主任。"

姜妍无奈地笑了笑："韩玉仙，为什么非要这样？"

"就是要这样，主任而已，李国华是主任，我也是！"

"韩玉仙，你真是疯子。"

"你居然这样说我！"韩玉仙后退了一步，一双眸子偏执地盯着姜妍，"你从一开始就针对我，对不对？你也喜欢李主任！"

"韩玉仙，你冷静点儿。"

"我冷静？我凭什么冷静！姜妍，我不会让你好过的！"

韩玉仙忽然转身，向楼道里聚着的工人大喊："你们不是要工资吗？看看这位，姜妍，姜厂长的亲生女儿！姜燃的亲妹妹！她就在这里，你们冲她要啊！"

韩玉仙的声音很大，顿时众人的目光被吸引，齐齐向她们看来。

韩玉仙继续说："我说的可是大实话、真话，这个姜妍，她就是个卧底，她明明是姜厂长的女儿，可她非要当个小工人，目的就是为了时刻掌握我们工人的动向，好损害我们的利益。真是最卑鄙无耻的人了！"

姜妍已经阻止不了韩玉仙了，便只能站在那里冷眼旁观，既不反驳，也不解释。

有人问她："韩玉仙说的是真的吗？"

"对啊，她说的是不是真的？"

"你是资本家的女儿？"

"呵呵，还混在这里当小工人，现实版谍战吗？"

"资本家好可怕！"

…………

种种的讨论和质疑声如同海浪一样，刹那间淹没了整个楼道，连一楼、二楼和四楼的工人也纷纷聚集到了三楼楼道里，整个楼道里站满了人。

　　而姜妍的身边如同有金钟罩一样，空开了一小块地方，众人都好奇地打量着她，并且加以嘲讽。

　　"你真是姜厂长的女儿？我问问你，你爸为什么不给我们发工资？"

　　"是啊，发工资的前几天停产，这明显是要要赖呀！"

　　"你为什么要假扮成小工人？"

　　"你爸现在在哪儿？让他出来，别当缩头乌龟！"

　　"你还敢来宿舍楼！"

　　"你身上有没有钱？给大伙多少发一点儿呗！"

　　…………

　　姜妍看着昔日的工友在短短几分钟里就变了一副嘴脸，陌生得让她都认不出来了。她只觉得自己的心忽然被丢在了南极的冰峰上，周围洌洌冷风，让她瑟瑟发抖。

　　韩玉仙看到这种情况，得意得不得了，继续大肆宣扬："她真的是姜成峰的女儿，资本家的女儿！"

　　"你们快问她要钱啊！她肯定有钱！"

　　姜妍知道，此刻自己已经走不出去了，再走两步就是自己宿舍的门，她却回不去。

　　已经有人开始出言谩骂了："什么玩意儿，资本家小把戏，居然想要黑掉我们的工资！"

　　"今天你爸必须出现，不出现你休想离开！"

"对对对，休想离开！"

就在这时候，忽然有人硬生生从外面挤了进来："让一让，让一让，让我过去！好狗不挡道，让我过去！"

这声音冷冷的，姜妍转目，看到师父李婉玉那纤细的身影，正努力地穿过人群向她走来，一张俏脸上满是冰霜，倒把周围的人吓得自动给她让出了路。

到了姜妍的面前，她并没有搭理姜妍，而是直接往前走两步，用力推开堵在宿舍门口的几个工友，打开门，这才回身看着姜妍："愣着做什么，被人当猴子看吗？还不进来！"

姜妍刚动了一步，就直接被人扯住了衣服："别走，话还没说完呢！"

"就是，你想躲到屋子里，没那么容易。"

"不给我们一个交代你休想这么轻松地离开！"

李婉玉又从门口走了过来，直接拍开那几只扯着姜妍衣服的手："干什么？干什么？你们放尊重点儿！扯小姑娘的衣服你们要脸吗？滚！"

李婉玉天生带着一股冰冷的压迫感，大部分工友也都认得她，这时候就有人不服气了："李婉玉，我们知道，她是你徒弟，可这是什么时候？你不要站错队了，你要和资本家站在一队吗？"

"是啊，李婉玉，这时候你可不能犯糊涂！"

李婉玉听了他们的话冷笑一声："你们一口一个资本家，请问资本家三个字在她身上刻着吗？"

"还有，厂里欠工人的钱是事实，可厂里也在想办法复工，这个工厂不是谁一个人的，是大家的，工厂倒闭了，大家一起遭殃！"

"不就欠了一个月的工资，和小姜有什么关系？你把她撕了，她也拿不出钱来！"

李婉玉几句话出来，现场安静了一点儿。

韩玉仙见状，又说道："你们别听她的，她和姜妍就是穿一条裤子的，她是姜燃的女朋友，将来就是姜妍的嫂子，她是替姜妍说话的，你们别听她的！"

韩玉仙一席话，使得工人们再次议论纷纷起来……

许重笙这时候也进了楼道，但她没有挤进来，只是看了下现场情况，立刻就掉头下了楼，然后往保卫科跑去，进了保卫科大喊："坏了坏了，女工宿舍楼里出事了，她们把姜妍和李师父堵在里面，看起来大家伙儿要打人了！"

保卫科的人还在正常上班，虽然工厂已经停产，但是工厂生活区的一切还在运行，保卫科是必须存在的。

但这时候人并不多，也就三四个人，听了许重笙的话，立刻赶往女工宿舍楼。

许重笙咬了咬牙，又往办公楼跑去，最后顺利找到了姜燃的办公室。她猛地推开门，只见姜燃怀里正坐着一个漂亮的姑娘，打扮得非常时髦，手里端着杯酒，往姜燃的嘴里灌，姜燃喝了口酒正要亲这个姑娘……二人之间的暧昧气息弥漫在整个办公室。

许重笙顿觉一股强烈的窒息感包裹着她，她猛地关上了门，站在门外大口地喘息着。

姜燃倒是看到了她，推开那个姑娘走了出来，发现许重笙站在那里发呆，面色苍白得不像人样。

"妞，你不舒服吗？怎么了？"姜燃带着关心的语气问。

"我，我——"许重笙的眼眸里含满眼泪，但她始终说不出心里的那句话。

她只是瞪大眼睛看着姜燃，一颗心像破了个洞似的在汩汩流血……

姜燃也有点儿紧张了，一把将她扯进怀里，紧抱着她，在她耳边轻声道："妞，出什么事了？别怕，有我呢。"

门没有关紧，许重笙眼角余光看到刚才坐在姜燃腿上的女孩，此时正坐在沙发上抽烟，对于姜燃和许重笙的拥抱，她半点儿反应也没有。

"李……李师父被围在楼道里，似乎要被打了……"

"什么?!"姜燃大惊，一把推开许重笙，疯了似的往外面冲去。

许重笙怔了怔，又回头看了眼那个抽烟的女孩，实在搞不清楚她和姜燃之间到底是什么关系。眼泪终于落了下来，她抹了一把，跟在姜燃的身后跑了出去。

姜燃来到楼道里的时候，保卫科的人已经到了一会儿了，但是根本无法控制局面。他们只有四五个人，而楼道里已经聚集了至少上千人。不只是三楼楼道，楼梯上、一楼、二楼、四楼楼道里也都站满了人。

保卫科的小王手里举着根警棍："你们都别乱来，听到了没？别乱来，打人是犯法的!"

显然刚才已经发生过一次冲突了，姜妍和李婉玉的头发都有点儿凌乱，可见已经被撕扯过了。此时她俩被保卫科的几个人护在身后，韩玉仙还故意带人堵住了三〇五宿舍的门，让姜妍和李婉玉没处躲。

　　保卫科的人继续说："有什么话好好说，别动手，你们再这样，真的要报警了，把你们全部都抓去拘留起来！"

　　有人嘲讽地说："我们这么多人，拘留室够用不？"

　　"对啊，你们倒是让警察来啊，把我们全部都抓起来算你们有本事呀！"

　　"有本事把我们抓起来，我们就不逼着你们要工资了！"

　　"对对对！"

　　此时的各种讨论声中满是讥讽，大家如同疯了似的，什么话难听说什么话。姜妍知道，今日的事态恐怕控制不住了。

　　有人大喊："叫姜成峰出来！要不然你们别想离开！"

　　"让姜成峰出来给我们钱！"

　　"快点儿让他出来！"

　　李婉玉冷冷地说了声："你们都疯了吧！"

　　韩玉仙早就看李婉玉不顺眼，本来她和自己一样都是个小工人，可她就凭着自己的行事风格，搞得自己多牛一样，好像她说一句话大家都必须听。

　　韩玉仙咬着牙，一下子冲上去，一头撞在李婉玉的怀里，双手向她抓去："李婉玉，你该打！"

　　李婉玉的脖子上被她狠狠抓了一把，不由得痛呼了一声。

　　姜妍见状，二话不说从后面抱住韩玉仙，三人顿时摔倒在地，周围人见状，纷纷上前，眼见着一场双方人数悬殊的大战就要开始，只听得一声大吼："姜成峰来不了，他的儿子姜燃来了！有事找我！"

姜燃这一声大喊，吸引了所有人的目光。

"让开！"他一声大喝！

众人给他让出一条道，他满身煞气地大踏步走到了李婉玉跟前，韩玉仙此时正骑在李婉玉的身上，依旧不撒手。

姜燃一脚把韩玉仙踢到一边，把李婉玉扶了起来，看到她脖子上的抓痕，他眼里充满了红血丝："疼吗？"

李婉玉看了看姜妍，姜妍也才从地上爬起来："师父，我没事。"

这时候又有人说话了："好，总算来了个正主，倒是说说工资的事怎么办？"

姜燃轻抚了下李婉玉脖子上的伤，这次李婉玉没有躲，只是眼睛有点儿发红，委屈地看着姜燃。

姜燃抓了抓头发，转身向众人说道："事情可以解决，但是接下来的这三分钟是我的，但凡有谁阻止我，工资全扣，一分没有！"

众人不知道他想干什么，都没有应声。

姜燃一把提起刚才被踢倒在地上的韩玉仙，抬手就打了她一个耳光，咬牙切齿地说："你个泼妇！你居然敢打我的女人！"

韩玉仙被打得开始尖叫："姜燃，你牛什么？！你比起李主任差远了！我已经知道真相了，姜妍是你妹！你们一家上演谍战片，都是间谍，是工人们的敌人！"

姜燃又狠狠地打了她两拳："敌人是吧？不知好歹的东西，吃我们的，喝我们的，说我们是敌人！"

韩玉仙惨叫着想反抗，但奈何从力气上来说，女人和男人完全不能比。

接下来的三分钟，真的有三分钟之久，众人看着姜燃辱骂和殴打韩玉仙，没有一个人上前劝阻。韩玉仙被打得鼻血直流，向众人伸手求助："救我……我和你们是一块的……我们是一伙的……资本家欺负人了……"

可现场根本没有一个人劝阻，保卫科的小王只象征性地说了句："燃太子，差不多行了，毕竟是个女人……"

"她像个女人吗？居然敢打我的女人！我打死你！"

他把韩玉仙扔在地上，一阵拳打脚踢，最后还是姜妍上前拉住了他："别打了，会坐牢的！"

姜燃看了眼姜妍，呵呵冷笑："我坐牢不是正好？"

姜燃总算是停手了。

韩玉仙躺在地上哼哼，已是鼻青脸肿，狼狈极了。

姜燃终于解气了，长吁一口气，向李婉玉说："婉玉，你和妍妍回宿舍去。"

李婉玉终于问了句："你呢？"

"我留下来，和他们处理工资的事情。"

李婉玉不知道他怎么处理，担心地说："我们还是一起等……"

"我让你们先进去。"

说着话，不由分说把姜妍和李婉玉推到三〇五宿舍的门内，说："把门从里面闩上。"

其实三〇五宿舍一直有人，她们也知道外面发生的事，但不敢出头。这时候两个工友赶紧把李婉玉和姜妍扯进来，然后把门关上，上了闩，拍了拍胸口说："不是不想出去救你们，出去了也会被围，几个人都没用呀！"

舍友愧疚地道歉，姜妍和李婉玉同时说："没有关系。"

二人也懒得听那两位舍友多说，把耳朵贴在门上，听外面的动静。

姜燃甩了甩头发，他的发型很漂亮，任何时候，发型都没乱过。

"钱没有，命一条，想要，来拿！"他云淡风轻地说。

工人们的怒火被点燃，这一下如同捅了马蜂窝，众人冲上来就开打，保卫科的人奋力护住姜燃："别打，别打，住手，住手！"

李婉玉和姜妍怎么能无动于衷。

二人打开了门，加入混战的人群中。李婉玉冲到姜燃的面前，姜燃一把将她护在怀里，任由愤怒的工人们将拳头砸向他，他却不觉得疼似的，在她耳边说："你傻了吗？出来做什么？是不是还是舍不得我？"

"你才是傻瓜！你明知道今天来了就不可能全身而退……"

"可是你在这里，我怎么可能不来……"

姜妍看见姜燃被围在中间打，而无人能阻止疯狂的工人，她终于撕心裂肺地喊了声："哥！师父！"

许重笙也满脸都是泪，但她并没有冲进来，她数次尝试，都被挤在圈外。

她被挤在一个墙角，眼睛一直盯着姜燃的方向，不断地低泣："你们别打了……燃太子……燃太子……"

最后这场闹剧到底是怎么收场的呢？似乎在场的所有人都没有什么印象了，因为实在太混乱了，混乱得让人的记忆都是纷乱而模糊的，只记得参与或目睹了一场混乱，中间和后来发生了什么，竟无人能描述出来。

最后警察来了，鸣了枪，众人才从疯狂的状态中清醒，停止动作。

姜燃被送到了医院……

韩玉仙也被送到了医院……

姜妍和李婉玉都被送到了医院，不过她俩只是轻微擦伤。

还有几个工人也在医院，闹剧发生的时候，发生了踩踏事件，他们都受了伤，其中有两个还比较严重，住进了重症监护室。

总之，这次的事情闹得很大，媒体也进行了报道，被全城人当成了谈资。出了这么大的事，政府不可能不管。很快，灯芯棉纺厂被勒令整改，工人不得滞留厂内，全面封停。

一夕之间，这个存在了接近三十年的大厂，在一场惊心动魄的闹剧中，完全沉寂。

事发时，李国华在车间里检修机械，完全不知道女工宿舍楼发生了何事。等他从车间出来后，事情已经结束。

他听说后匆匆忙忙赶到医院。

病房里，姜妍正抬着自己的胳膊给护士看。她的情况还算不错，至少没有被抓花脸，也没有被打得头破血流，头发已经整理过了，干干净净地坐在床上，让护士给她处理胳膊上的抓伤。

李国华的心一下子踏实了，脚步也沉稳了，姜妍闻声扭头，略有些尴尬地道："李主任，你来了。"

李国华嗯了声，问她："还好吗？"

"还好啦，没事，请坐。"

之后，他们一个坐在床上，一个坐在床边的椅子上，默默地看着护士处理伤口。胳膊上的抓伤挺严重的，一看就是对方下了狠手，抓出几道长长的血口子，而且还有一些瘀伤，看着像胳膊差点儿被弄断的样子。

李国华情不自禁地问了句："疼吗？"

不知道为什么，姜妍的眼眶忽然发热，有点儿想哭。

她以为李国华要和她划清界限呢，但此时她分明感觉到，他是关心自己的。

"没多疼。"她答。

护士处理完伤口就离开了，剩下李国华和姜妍，二人都不知道怎么开口，最后还是姜妍先说道："李主任，事情你都听说了吧？"

李国华默默地点点头："嗯。"

"那你已经知道我……"

李国华又点点头："知道。"

"你怎么想?"姜妍问。

姜妍并不知道李国华其实早就知道了她的身份,该想的,他在家里休息的那一个星期里都想清楚了,但此时姜妍这么一问,他突然有点儿混乱。他把目光转向窗外,看到外面天已经黑透……

"很好。"

"什么很好?"姜妍疑惑地问。

"姜厂长的女儿,就该是你这样的。"

"仅此而已吗? 没有别的想说的吗?"姜妍有点儿不死心,继续问。

"没有。"李国华答。

姜妍内心莫名有些失望,但也只能笑着打趣一句:"李主任,有时候你真笨。"

李国华露出一个包容又温柔的笑:"一直都很笨。"

姜妍转移了话题:"事情闹到现在这样,厂子可能真的没救了。"

李国华沉默了片刻:"或许还有其他办法。"

然后又是一阵很长时间的沉默……

姜妍太累了,本来还想和李国华说几句什么,却睡了过去,眼角还流下了泪水。

李国华见状,只觉得整颗心揪着疼。

他拿出自己的手帕为姜妍轻轻地拭去了眼泪,扶着她躺平,为她盖好被子。

姜妍被这么一折腾又醒了,但只是默默地看着李国华。

李国华柔声说："别想太多，快睡吧。"

姜妍听话地闭上了眼睛，几秒钟的时间里就进入了梦乡。

韩玉仙被打得很惨，不只被姜燃狠狠揍了一顿，在后来发生混乱的时候，她因为躺在地上，还被人踩踏，所以此刻她几乎被绷带裹成了木乃伊，好在医生说她的情况还行，就是必须得住院十几天。

姜妍担心自己的父母，第二天早早就出院了，临走前对李婉玉说："师父，厂子出了这么大的事，恐怕是……不管怎么样，你永远都是我师父，我们不要断了联系。"

"好。"李婉玉郑重地点点头。

姜燃因为殴打韩玉仙，依法应被拘留，可因为他自己伤得也比较严重，其实一直住在医院里。韩玉仙愿意私了，最后姜燃出了一笔高额的赔偿款，了结了这件事。

虽然姜燃与工人互殴情节恶劣，可他也是受害者，最终并没有受罚。工厂把以韩玉仙为首的几个煽动混乱的人列入了起诉名单。韩玉仙虽然拿到了姜燃赔付的高额赔偿款，但同时有可能面临牢狱之灾。

韩玉仙伤好了后，依旧赖在医院不走，害怕一出院就要进牢房了。

至于工厂，姜成峰还在努力……

三月下旬，大地转暖，冰雪消融。

工厂虽然已经封停，但还有大部分的库存没有清理掉，而这也是现在厂里唯一可以流通的资产了。这一日，姜妍在李国华的建议下，开始挨家寻找以前厂里的合作对象。用李国华的话说，必须前进，直到无路可走的时候才能停止。

他说，工厂仍然有救。

姜妍精神一振，连续奋战几夜翻阅了过往的合作对象资料，终于找到了一个有可能会帮他们的人——傅青。

姜妍郑重地告诉李国华："这位傅叔叔我有印象，以前常来沙市进行纺织业的交流学习，曾经是我父亲的座上宾，也是我父亲的好朋友。不过后来却因为一次业务纠纷和我父亲闹翻了，傅叔叔说我父亲坑他，从此以后再无往来。"

"你觉得他会帮我们？"

"我不确定，我只是觉得他说我父亲坑他这件事有点儿蹊跷。其实那次业务纠纷我父亲一直没有好好解决。"

第二天，姜妍和李国华坐上了去乌市的大巴车，摇晃了几个小时，又被接待人员安排在大厅等待了大半天，总算见到了傅青。

傅青看着两个风尘仆仆的年轻人，最后将目光落在姜妍的身上："你爸出事了？你们厂也出事了？"

"是出了一点儿问题，但并没有宣布关停，只是停产整顿。"

傅青点了点头："那你们这次来……"

"是这样的，我们厂停产整顿后，仓库却是满的，我们想把这些货物清仓处理……"

傅青抬手阻止她继续说下去："明白了。"

姜妍尴尬地问："傅总，您明白什么了？"

"你们这是把我们屯河针织厂当成大型垃圾站了。"

"不，不是……"姜妍讷讷地说。

"不是？上次从你们厂拿的那批货，给我厂造成了非常大的麻烦和后患，我们不但没有因为那批货获得一分钱的利，反而赔了不少钱。那批货的货款是你们厂当时的救命钱吧，被工人讨薪……你父亲姜成峰可是承诺过，价格低，但是货品质量不会差，结果呢？"

这时候，李国华插了句："傅总，到底出了什么事？"

"那批货根本就不能用，是废品。"

李国华想了想，笃定地摇了摇头："不可能，我们厂的仓库一直有专人管理，货品有瑕疵是有可能的，但是您说是废品就夸张了。"

"我夸张？"傅青的怒意已经压不住了。

李国华继续说："那批货现在还在吗？"

"还真在，你要亲自去看看吗？"

李国华点点头："我们需要看一下那批货。"

姜妍已经明白，这批货的事情不解决，傅总绝对不会继续下订单，所以她同意李国华的说法。并且她也认为，厂里的产品在车间大整改之前，或许质量上的问题确实比较大，但绝不至于成了废品。

傅青对身边的人说："沐秘书，安排人带他们去。"

姜妍和李国华被沐秘书和仓库管理员带到一个小仓库，一开门就闻到一股严重的发霉的味道。

仓库内码着好几个垛子，都用帆布盖着。

带着他们进来的管理员让人把帆布揭开，只见里面的纱筒大部分已经变了颜色，表面布满了霉菌。

李国华把纱筒拿出来，用力扳开，只见纱筒内部也已经发霉，所有的纱线都成了灰绿色甚至是黑色。

姜妍心头疑惑不已："当时出货的时候，你们公司一定派了检验人员的，没检查出来吗？"

李国华道："纱筒一旦发霉，必须进行返工，而这种程度的霉变的话，返工也是无用了，这些垛子里的货都是这样吗？"

傅青冷笑："要不然呢？"

姜妍又说："你们拿到这批货有半年多的时间了吧，这个霉变有可能是你们自己的仓库没有管理好而形成的，怎么能怪到我们头上？"

她话音刚落，李国华就说："小姜，这些货是到达这里之前就出的问题。我观察了，他们这个仓库的通风和湿度都没有问题。正是因为仓储条件好，这些发霉的纱筒才能保存半年之久，否则的话，烂得更多。"

傅青忽然笑了起来："这位年轻人不错，你叫什么名字？"

姜妍连忙介绍："这位是李国华，是灯芯棉纺厂的车间主任。"

"管生产的？"傅总很意外，"怎么管生产的也开始跑销售了？"

姜妍这时候忽然意识到，自己刚才那番话其实是在推卸责任，这在生意场上是一个大忌。这不但会给合作方留下非常不好的印象，也是一种负不起责任的表现。而李国华的及时出言，阻止了她的错误。

这时她老老实实地回答："厂里其他部门都封停了，工作人员都散了，现在只有我和李国华，我们两个人……"

"你父亲呢？"

"他有些其他事缠身，分不出身来。"

傅青点点头："你们厂出了那么大的事，他忙到分不出身是正常的。"

傅青又看向李国华："国华啊，你不错，肯承担责任，又在危急关头愿意挺身而出和小姜一起跑销售，很了不起。"

李国华被称赞得有些诧然，他不会说什么客气话，只道："傅总谬赞了，我只是实事求是地说出自己判断的结果。"

"只是这一点已经很难得了。"傅青很欣赏李国华。

李国华继续看着那些纱筒。虽然因为霉菌而毁损严重，但他还是看出了一些蛛丝马迹。

"傅总，这些纱筒之所以变成这样，可能是因为储藏环境比较潮湿，同时管理不善导致的。我们厂的八个仓库，从建立开始就有很专业的通风系统，一直由专业的仓储人员打理，要说发霉，其实有点儿不大可能。"

一般人很容易认为，李国华和刚才的姜妍一样，在找借口推诿。然而傅青却很认真地问："那么，你认为这批货到底是怎么回事呢？"

"我可以很肯定地说，这批货不是我们厂的货。"

"什么？不是你们厂的货？"这下连傅青都很意外，"可是这批货确实是从你们厂运出来，直运至我厂的。"

"傅总，您看……"李国华把其中一个纱筒递到傅青的面前，"为了给工人计件，每个纱筒上其实都有标号，比如二十五岗生产的纱筒，在纱筒的大头端就有一个标号'二十五'，被纱线缠住，固定在纱筒上。"

傅青仔细地看着这标号："没错呀，这确实有个'二十五'的数字。"虽然纱筒已经发霉了，但标号还是依稀可见。

"这个标号是蓝色的。"

"什么意思？"

"大约六年前，我们厂所有的标号都已经统一换成了红色。就算六年前，我们厂也没有用过蓝色标号，蓝色标号早在十年前就已经弃用了。"

"你是说这批货很有可能是十年前的货？"傅青怒从心底起。

李国华又摇摇头："这批货不像十年前的货。"

他又弄开两个纱筒仔细检查着，扯出一些稍微好点儿的纱线，仔细地将一根线抽出来，弄了好久之后，他说："我确定这批货不是我们厂的货。"

"李国华，刚才我还觉得你不一样，是个挺负责任的人，怎么才一会儿工夫就变卦了？说来说去你和小姜说的是一个原因呀，就是不承认这批货是你们厂的呗！"

傅青显得很失望。

李国华又说："我有证据。我们厂虽然也有气捻打结器，但这个岗位只有一个试行岗，而且只纺特细纱。这批纱筒都是三二纱和二八纱吧？这批纱都是用空气捻接器纺的，没有机械打结器纺出来的那种十字花接头。您可以让员工仔细检查一下就明白了。"

听李国华这么一说，傅青也将信将疑起来。因为傅青知道灯芯棉纺厂生产车间的情况，他在入货前去参观过，确如李国华所说，他们用的还是传统的机械打结器，而非气捻打结器。

李国华接着说出自己的推断："而且这批货应该是一年以内的新货，确实是因为仓库管理不善导致的发霉。所以这批纱筒不可能出自我们厂。"

"可是，确实是从你们厂入的货……"

这时候三人想到了同一个问题，但是姜妍和李国华都没有说话。傅青面色渐渐暗沉，好半晌才说："好，这件事我姑且相信你们，我会仔细查一下到底哪里出了问题。"

因为这些突发情况，订单肯定是没法儿谈了，三人各怀心事地出了库房，傅青忽然对二人客气地说："为表对二位的隆重欢迎，今晚七点我在大城门酒店设宴，还请准时到场。"

姜妍点点头："谢谢傅总的安排，我们一定准时到。"

二人离开了厂区，天气很好，阳光明媚，万里无云，微风习习，姜妍有点儿蒙："李主任，今天这事，我们是成功了还是失败了？我怎么反应不过来了，傅总到底是怎么回事呢？"

李国华面色有些沉重："我猜，如果不是我们这边仓库转运方面的问题，就是他自己的入货团队出了问题。"

姜妍的心还是紧绷着："当时工人讨薪，是傅总在关键时候出手入了我们厂一批货，才把工人工资给发了，那时候应该是我爸爸亲自出的货。"

"所以，我判断是傅总他们自己的入货团队有点儿问题。"

话虽如此，二人却依然心情沉重。

这批货如果不是傅青他们团队的问题，一定就是灯芯棉纺厂的问题。如果是厂内问题，那问题就很大了。

这样的话，傅青绝对不会再续订单了。

姜妍由衷地感叹道："李主任，今天幸好有你，如果不是你凭着对纱线的了解，分辨出这批货并非我厂的货，凭我一个人，一定是要吃个哑巴亏，不认也得认了。"

李国华微微一笑："我在生产车间十年，自然对纱线很了解，特别是对我们厂的纱筒，都不用仔细分辨，一眼就能看出来是不是我们厂出品。"

他略显骄傲的神情，惹得姜妍笑出满眼星星。

当天晚上，傅青果然在大城门酒店等着他们。进了雅间，除了傅青，还有另外几个人，看到二人进来，他们也都站起来笑着欢迎，一阵热情招呼之后，各自落座。

姜妍对傅青忽然这么大张旗鼓地欢迎他们倒有点儿不适应，心里已然怯场，频频看向李国华。

李国华倒是显得很镇定。

傅青单刀直入地说："李主任，我已经找人查过了，这批货的确有问题。货呢，并不是你们厂的货，而是在运输途中被调包了。"

这个答案算是预料之中，但同时也是预料之外，因为运输途中货被调包这种事一般很难瞒住，到底是有多大的疏漏才能发生这种事？

傅青这么大个厂，看着经营得也极好，实在不该出现这种情况。

李国华道："那我们厂的那批货去了哪里？"

傅青笑道："那批货自然是找不回来了，但是我不会放过应属于我的东西，我会把损失追回来。而且因为你今天在仓库的仔细检查，帮我揪出了厂里的大老鼠，也算是我们厂的功臣了。"

姜妍忍不住笑出声来。傅青问道："小丫头，你笑什么？"

"傅总，您别说，李主任还真是抓大老鼠的一把好手。"

傅青马上感兴趣地问："如何说？"

其他几个人也说："有故事呀，愿听详情。"

姜妍也不知道此时此刻，把七号仓库的事说出来是否合适，便看向李国华，李国华则向她点了点头。

于是姜妍一五一十、绘声绘色地把七号仓库赵广正的事，一股脑儿地说了出来。

在场诸人一边吃喝一边听故事，听完后一个个感慨颇深："怪不得三千人的大厂一夕关停，原来出了这样的事。"

"确实啊，其实这件事挺轰动的，当时还上了新闻。"

"那姜厂长是挺冤的，赵广正确实是大老鼠，如我们今天抓到的那只吃里爬外的大老鼠一样。"

有人说："这样的大老鼠后面肯定有配合者，否则不会如此明目张胆。"

一句话让姜妍又沉默了许久。

在其他几人议论纷纷的时候，傅青倒一直沉默着，最后他忽然说："祸兮福之所倚，福兮祸之所伏，如果不是这时候发现了七号仓库的事，这个厂更没救。"

姜妍一听，眼睛微微一亮："傅总，您是说我们厂还有救？"

"其实你爸爸这个人在业内的名气很大，虽然厂部设在比较偏僻的沙市，但是你们厂在整个西北棉业都很有名气，关于他的事我以前就听过不少，是个狠人，特别精明。"

姜妍听到他夸姜成峰，眼睛格外亮，极认真地听着。

"你们那个厂可是经过了不少风浪。我刚才听你说了七号仓库的整个事件，我认为这几件事看起来都是大事，但仔细一想，其实都能处理。你爸爸这个老江湖一定会完美解决，只要他不放弃，工厂一定有救。"

这席话给姜妍带来了莫大的鼓励，甚至让她有点儿热泪盈眶了："傅总，感谢您对我父亲的认可。"

傅青笑笑："小丫头就是小丫头，这就眼睛红了？"

同桌人都笑了起来，姜妍觉得自己失态了，顿时俏脸通红。转目间，看到李国华也正微笑地看着她，眸底竟是满满的宠溺。

姜妍的脸更红了，低下头，用纸巾慢慢地拭去眼角的泪。

傅青又对李国华说："李主任，人们都说，人往高处走，水往低处流，良禽择木而栖，你与其留在那个不知死活的厂里，为什么不重新寻找出路呢？如果你肯来我这里，我一定会给你更好的待遇和职位。"

姜妍直接傻眼了，结结巴巴地说："傅……傅总，您不厚道，刚刚还说相信我父亲可以东山再起，这……这就直接挖他的墙脚了。"

"生意场上，感情归感情，生意归生意，人才有最大的选择权，我可不会因为佩服姜成峰，就不挖他身边的人才了。"

"这，这……"姜妍张大嘴不知道该说什么了。

李国华则淡然地说："感谢傅总的赏识，不过我是不会离开灯芯棉纺厂的，特别是在厂子生死存亡的关头。我会坚持到最后。"

傅青再次表示赞赏，给李国华竖了一个大拇指。

这顿饭吃得相当好，氛围好，菜也好，话也是挑开了说，坦诚相见，对于一个老江湖，傅青能做到这一点，简直让人意外。直到走出酒店，姜妍还是一头雾水："李主任，傅总这是怎么了？"

"这大概就是他为人处世的风格——坦诚。"李国华如此下结论。

"他说要考察我们厂，是真的假的？"

"是真的，不过他一定不是单纯地考察，傅总这种人不可能做无功之事，想必是有什么新的想法。不过不管他有什么想法，目前只要是能与我们厂合作，只要他一伸手，棉纺厂必然有救。"

姜妍说："我感觉自己像做了一场梦似的。"

李国华不由自主地揉揉她的头。在她这样的年龄，能做到这样已经很难得了，她胆大心细，是她从一众客户中选出了傅总。

"那我们运过来的样品怎么办？"

"自然还是要给他看看的。"

之后的两天，他们把样品送到屯河针织厂，傅青亲自查看了这批样品，并且送至检测岗检测，之后对他们说："这两三年间，我们厂从你们那里拿货也有五六次了，只有这一次的质量确实是很好，至少在中上水平了。"

傅青疑惑地问："质量是如何提高的？"

于是，姜妍又讲述了一些有关李国华对车间提出大整改的事。傅青痛心疾首，说这样的人才居然落在姜成峰的手里，实在是老天无眼！

他对李国华的欣赏已经丝毫不加掩饰了，时刻在找机会游说李国华来他的针织厂。虽然李国华每次都委婉拒绝，但是姜妍还是决定尽快离开回沙市，怕滞留的时间久了，傅青真的把李国华拐跑了。

李国华倒是安慰她："根本不用担心，我不是那种立场不坚定的人。"

姜妍当然相信他的话，但还有句老话说："只要功夫深，铁杵磨成针。"

在离开之前，李国华应傅青之邀，在傅青的生产车间好好地逛了半天。只这半天，李国华居然发现了他们针织车间的一个弊端，就是关于他们分块操作这方面的问题。

屯河针织厂的业务和灯芯棉纺厂针织车间的业务差不多，

同时他们也备有织布车间，只不过他们的产品更加纷繁复杂，包括各类有色布匹和成衣，还有秋衣秋裤等。

所谓分块操作，就比如生产秋衣，会有一个组专门处理躯干部分，而另外一个组则专门拼接袖子，之后有专门负责成衣的组，完全处理完后再传至熨烫组，统一熨烫之后再传至检测组，检查是否有瑕疵。

基本流程和灯芯棉纺厂的流程大体上差不多，李国华认为，屯河针织厂在传输过程中存在问题，而且通过改变机械的排列，完全可以解决这个问题。

如何改变呢？就是把每一组的机械进行重新排列，比如第一组处理躯干部分的缝纫与第二组处理袖子的机械并排排列，第三组乃至熨烫组也是一样的，这样排列可直接省掉中间传输转送环节，形成了一个流水线式的操作流程。

一语惊醒梦中人，傅青当天即安排工人停工三日，对各组机械进行重新排列，同时又对李国华高看了几眼。

然而李国华再好，终究是姜成峰的人，傅青只能暗中嗟叹。

经过这一系列的事，姜妍终于在第五天顺利拿到了傅青的订单。这个订单量极大，而且是长期订单，傅青愿意在半年内分三次从灯芯棉纺厂拿大批量的货。厂里一半的仓储货有着落了。姜妍内心感激不已，却不知道说什么。傅青很肯定地说："如果姜总能在两个月内重启工厂，届时我一定会去参观考察。"

姜妍重重地点头："好，一言为定。"

傅青又看向李国华："李主任，我很看好你，我们一定会有合作的机会的。"

李国华微笑着说："好。"

李国华和姜妍拿着订单，回到沙市。

二人不约而同先去了车间，查看检修工们的工作。有些检修工已经提前回来了，当然是在姜妍的遥控指挥下。

看到检修工们对机械检修得很仔细，姜妍很开心，当天中午就订了大盆的红烧排骨和红烧鹅请他们吃，工人们也很开心。有了这个订单，工人们的工资自然也就有着落了。

检修工从姜妍的语气中感觉到，工厂重开的日子不远了，一个个顿时精神焕发，吃得好，干得也起劲了。

关于出入货问题，这次由姜妍和李国华亲自把关，傅青对这次的出货没有任何意见，给予了很高的评价。

原本满满当当的仓库，一下子就空了。

姜妍一个人在仓库中默默地走了很久，李国华才找了过来："小姜，仓库里太凉，还是出去吧。"

姜妍说："李主任，我觉得仓库清空是件好事。"

"是啊，挺好。"

"我觉得清空仓库是个新的开始，不久之后，仓库又会被充实起来。"

"小姜，你说得没错。"李国华赞同地说。

姜妍认真地盯着李国华的脸："李主任，谢谢你，在工厂最困难的时候，只有你陪着我一起坚持，连我那哥哥都放弃了，这几个月都不见他的踪影。全程只有你，只有你一个人。"

李国华说："不用这么客气，都是我应该做的，因为我是车间主任嘛。"

他的话又把姜妍逗笑了，车间主任并不是什么大官，只是生产车间的主任而已，可是每次李国华都用这个头衔，说得好像是个天大的官，必须为工厂的命运负责任一样。

李国华似乎也觉得有点儿尴尬，补了一句："家国兴旺，人人有责，工厂亦如是。"

姜妍补了句："家国兴旺，女子亦有责。"

二人说到兴头上，一起哈哈大笑起来，算是这些日子来为数不多的开心时刻。

姜妍终于回家了，恰逢姜成峰和姜燃都在。

姜燃正在给姜成峰告状："爸爸，姜妍那个小丫头把仓库清空了，现在钱可都在小丫头手里捏着呢，您到底管还是不管？"

姜成峰脸上一点儿表情都没有："货是妍妍卖的，钱就该她拿。货一直在仓库压着，也没见你去卖，你的职责是什么忘了吗？销售部和财务部都由你负责吧？"

"那不是因为工资发不出来，人都跑光了。"

"所以人跑光了，货没人管了，就应该烂在仓库里？"

"爸爸，我不是正在想办法嘛，只是被姜妍那小丫头抢先了。"

"那是人家有本事，你也可以抢先！"

"我——"姜燃语结，接着又说，"我不管，现在就仓库那点儿货值钱，既然卖了钱，大家都得分一点儿，可不能被任何一个人独吞了。"

"这钱是给工人发工资的。"姜妍实在听不下去了。

"只不过清个仓，你以为真能起死回生？还发什么工资！"姜燃气不打一处来，"你脑子是不是有病？上赶着给工人发工资。"

"工人还会回来。"姜妍说。

"对啊，你说一声要发工资，保管他们像疯狗一样闻风而来。"姜燃嘲讽地说。

"疯狗是你吧？如今闻风而来的也是你，他们若来，也只是拿回自己劳动所得。"

"你——"姜燃被气得说不出话来。

姜成峰说："好了，别吵了。这件事，就按照妍妍说的办，马上安排财务室的人上班，同时通知工人，于这月底领工资。"

"那就二十八号发工资吧。"姜妍说。

姜成峰点点头："可以。"

父女二人几句话确定了这件事，姜燃完全没有反应过来，半晌才说："那我的钱呢？我也是公司的重要人物，难道我没权力分？"

姜成峰说："你一个月工资是多少？不会少你的。"

"工资？只有工资？"姜燃表示不解。

姜成峰这下真的生气了："那你还想要什么？打算拆了厂子卖了废铁，给你分钱，然后和你老子一拍两散吗？！"

"我——"姜燃灰头土脸的，半晌憋出来一句，"爸，我要结婚，结婚的钱您总该出一点儿吧？"

"结婚？"姜成峰和姜妍都很意外。

姜妍问："哥，你打算和谁结婚？"

"还能有谁，李婉玉呗。"姜燃回答。

"你和我师父还没分手呀？"姜妍不知是喜是悲。

"你怎么说话呢！你是不是盼着我和婉玉分手呢？我说姜妍，你小小年纪，怎么就这么恶毒！人家说，宁拆十座庙，不破一门婚，你这到底是什么意思？"

姜妍连忙赔笑："我可没这个意思，要是被我师父听着了，还以为我不欢迎她做我嫂子呢。"

"你说都说了，还怕她知道？"姜燃不依不饶。

"我说的可不是你理解的那个意思。"姜妍继续解释。

姜成峰打断了兄妹二人的争执，问姜燃："你们真打算现在结婚？人家姑娘同意了？"

姜燃苦恼地说："就是因为她不同意，才需要一大笔钱啊。我要重新买房子，作为我和婉玉的婚房，我就不相信她不同意。"

姜成峰脸一黑："你这不是胡闹吗？"

"我哪里胡闹了，是您说的，男人娶妻就得娶自己喜欢的，我想和婉玉把证领了，然后旅游结婚，所以我们还需要一笔旅游经费，这两样加起来，最少也得一百万左右吧。我会好好工作的，为了爱她我也会加油努力的。"

姜成峰已经被气到了极点，像暴怒的野兽压抑着自己的怒火："滚!"

两天后，工厂大门上的封条在姜成峰的努力下，在相关部门走完所有手续后，终于去掉了，灯芯棉纺厂的大门又开了。

有一些提前得到消息的工人也都三三两两地回来了，来到宿舍楼前，只见宿舍楼的大门也是开着的，一下子觉得亲切无比。

有两个女工还当众哭了起来，哽咽着说："以前觉得宿舍一点儿也不好，八个人挤在一个房间里，可是现在觉得真好。"

"是啊，能回来真好。"

旁边就有工友道破现实："我们只是来领工资的，工厂是否重开还说不好吧，这次回来是要收拾一下铺盖的，还有一些东西，总不能就这样扔在宿舍里。"

其他人也都点点头，能领到工资很好，可还是得接受工厂要倒闭的现实。上次出事，大家伙儿都被迫离开，没来得及收拾东西，这次是要好好收拾一下再离开。

一时间气氛又莫名凝重起来。

姜妍也回到了三〇五宿舍，只见舍友基本来齐了，不过大家都没有像以前那样，回到宿舍即换上睡衣，自在地躺在床上，而是一个个衣冠整齐地坐在床上，淡淡地聊着什么，看到姜妍进来，也只是望了她一眼。

"好久不见了，各位师父还好吗?"姜妍主动打招呼。

可是大家似乎都没有兴趣客套，有人问："小姜，厂子真要倒闭了？”

“工厂已经解封，马上就会恢复正常生产的。”姜妍很有信心地回答。

“真的？”宿舍里的氛围稍微活跃了一点儿，几个人纷纷围过来，“小姜，是不是你爸爸告诉你的？姜总真这么说？”

“能重新恢复生产？就像以前一样？”

“不是不信你，只是你太年轻，你说的不算。”

众人依旧面目凝重，忧心忡忡地坐着。

实际上，工厂能解封已经不易，这是姜成峰几个月不眠不休、马不停蹄、竭尽全力的结果。不管怎么样，工厂重启就已经是最好的局面了，也是所有工人共同期盼的结果。

但是工厂重启后并不会全面开工，而是先开启二纺车间，只有二纺车间的工人可以先行回厂继续工作。一纺车间的工人还在翘首以盼。不过这已经很好了，至少有希望了。

大食堂各个档口重开了，“明月夜”重开了……开水房那里又排起了长队。“花都”也更热闹了。

那七八个书店也开了，“蓝月亮”也重开了，连那些本来看着要枯萎的树也忽然充满了生机，重新活过来了一样。

小路上不再有杂七杂八的断枝和残尘，漂亮的小鸟在路边跳来跳去……

一切都显得新鲜而富有活力。

不久，厂里出了一个爆炸性新闻，在姜成峰的任命下，李国华一跃成为副厂长，同时继续兼任车间主任，而姜燃被任命为工会常务副会长。

等于李国华直接顶替了姜燃原来的位置。

但没有股份及其他支持，这也只是个虚名，而姜成峰如今也只能给李国华虚名。他只是想告诉所有人，能与工厂共患难者，必奖励之。

李国华本人对这件事似乎毫无感觉，对他来说，车间主任才是他真正的身份。开工后，他继续带领检修工检修机器，多亏他一直没有停下检修工作，使得工人一回厂就可以投入生产，一夜之间就恢复了正常。

大家能回厂工作，继续拥有一份稳定的工作和收入，已经是莫大的幸运了。

至于姜妍，正式进入了办公楼，任销售部经理和综合办公室主任，这两个职位上以前都是白子宣的人，随着白子宣的倒台和离开，有些职员也跟着离开了，还有些因犯了错被姜成峰开除了。

办公楼里实际上也进行了一次大换血。

更让人意外的是，一直在生产车间的刘同，这次居然被安排在了办公楼，当起了数据室监督员，主要就是仓库和办公室两头跑，监督核对好两方数据即可。比以前三班倒可强多了，责任重大，工资也高了。刘同高兴得不得了。

姜成峰的目光落在了刘同身上，把新的劳务合约递给他："老刘，以前你在车间工作辛苦了，为工厂付出的所有，我姜成峰都记在心里。现在我们把车间这个阵地交给年轻人吧，我们这批老伙计也该退居二线了，但是待遇方面，厂里绝对不会亏待你。"

刘同接过合约，激动得眼眶发红："姜厂长，以前是我不懂事、糊涂，差点儿毁了厂子，这次厂子被关停，我从未如此恐慌过，我错了，以后我再也不会犯错了。"

姜成峰笑道："我没有看错人，在关键时刻，你依然站在我的身边，这就是给我的最好答案。谢谢你一如既往地支持我，支持厂子的发展。"

刘同顿时一脸骄傲："那是自然的，无论何时，我只能是姜总的兵，不可能帮着别人害姜总。"

姜成峰再次笑了起来，对刘同说："约上咱们几个老哥们，这次要好好聚聚。"

"好，马上安排！"

刘同觉得自己走路时脚步都轻了，整个人意气风发，仿佛年轻了十几岁。

工厂看似恢复了部分生产，实际上问题仍然不少。因为给工人发工资，处理之前那些杂七杂八的事，解决工厂的负债，厂内资金早就被掏空。

姜成峰个人的卡上也没剩几个钱，表面风光，实际上什么都没有了，他甚至开始考虑卖房子的事。可实际上，沙市的房子并不值钱，卖了也顶不上什么事。

工厂其实还处在重重的困境中。

也就在这时候，傅青忽然来访，要参观工厂生产。

原来这段时间，姜妍一直和傅青保持着联系，也向他报告了灯芯棉纺厂的复工情况，让傅青可以第一时间得知厂子的整体情况。对于姜妍的这份认真和执着，傅青很赞赏。

他想看看李国华亲自管理的生产车间到底是什么样，也想和姜成峰这个生意场上的"大魔头"好好切磋一下。

所以他来了。

当天，姜成峰亲自率领自己的新班底，在工厂办公楼前迎接傅青。

傅青被这大阵仗感动到了，二人含笑握手，一场合作即将拉开序幕。

接待傅青的只有姜成峰和李国华。傅青知道李国华如今是灯芯棉纺厂的副厂长，当下就说姜成峰是个老狐狸，但也赞叹他的眼光和不守成规的做法。毕竟从一个小小的车间主任，直接升任副厂长这种情况非常少见。

当晚，姜成峰、傅青、李国华三人到底聊了什么，没人知道，只知道他们下午五点进了雅间，夜里一点钟才出来。

酒足饭饱，三人脸上皆带着满意的笑容。

第二天，傅青果然如约来到生产车间察看生产情况，虽然只有二纺重启，但是运行情况良好。在李国华的带领下，各个生产环节把控严格且流畅，工人们认真负责，工作氛围空前热情高涨，令人心潮澎湃。

傅青除了竖大拇指，别无他言。

三天后，傅青的屯河针织厂和姜成峰的灯芯棉纺厂迅速达成了前期项目的合作，一笔足够前期运营的资金稳稳当当地打入灯芯棉纺厂的账户。

什么叫置之死地而后生？大概这就是吧。

姜妍站在办公楼最高层的窗边，看向车间区，久久回不过神来。本来以为工厂到了最低谷，真的不行了，却又奇迹般复活了，一切似乎恢复了正常。她回头想，自己到底干了什么。其实也没有什么，她只是尽力做了自己能做的事，但就是这一件件小事，渐渐地扭转了已经确定的败局。

　　当然，还有赖于她有一个神奇的父亲。

　　想到父亲，她的脸上出现了骄傲的神情。姜成峰果然是西部棉业的奇迹，他这三十年的创业经历惊心动魄。还有李国华……

　　姜妍的唇角微微上扬，李国华和姜成峰看起来并不是一类人，可他们骨子里却很相似，似乎有着相同的品格，让人不由自主地对他们充满信赖，他们也能给人安定和踏实的感觉。

　　其实这时，李国华也站在顶层楼梯口。他现在是副厂长，虽然是个虚职，但还是会被请到办公楼开会。一个小会议刚结束，他上来透透气，结果就看到了姜妍。

　　只见她的脑袋微微上仰，阳光轻柔地照在她的脸上，她一脸纯洁的微笑，静静地看着车间区的方向……

　　李国华内心受到震动，姜妍这一刻的美竟让他无法形容。

　　站了片刻，李国华转身准备下楼，姜妍却恰好看到了他，唤了声："李主任！"

　　李国华只好转过身，看着她："小姜。"

　　姜妍走到他面前，笑着逗他："现在人人都叫我小姜总了，你怎么还叫我小姜？"

李国华神色不动，目光如海："叫习惯了，一下子改不了。"

"谁要你改！"姜妍嗔怪地笑，"倒是我，不能老叫你李主任，你现在是副厂长了。"

"我还是更喜欢别人叫我李主任。"

"是吗？"姜妍真想问他，叫他国华可不可以，可是最终她也没问出来，而李国华似乎透过她脸上那一抹羞涩看到了她的内心，他的脸也不由得红了，扭头往窗外看去，神色有点儿不自然。

姜妍说："你不约我吃饭吗？"

"嗯。"李国华点点头。

"嗯是什么意思？"姜妍继续笑问。

"'明月夜'好像出了新的菜品，我们去吃吧。"李国华终于如此说道。

"好啊，我也好久没去'明月夜'了，几点钟？"

"就下班后吧。"李国华道。

"好。"

二人就这样约好了饭。

李国华回到车间后，脑子里老闪出姜妍的样子。忽然有人拍了一下他的肩膀，他扭过头就看到了姜燃。姜燃戴着头盔，只露出一双眼睛，不过他那一身花花公子的打扮，还是让李国华一眼就确定了是他。

"有事吗？"李国华问。

姜燃笑道："我来参观一下，我们的副厂长到底是啥样。

天啊，一个小小的车间主任直接晋升为副厂长了呀!"

姜燃越说越生气，怒意渐渐充满胸腔:"一个不知道从哪里来的穷小子、小检修工，居然就成了副厂长!"姜燃实在不能理解父亲姜成峰的决定，况且这个小子还公然和他打过架。

李国华此刻已经知道姜燃是来找麻烦的了，他并不打算理他，转身往办公室走去，姜燃紧随其后:"李国华，你把话说清楚，你是不是想吃软饭？呵呵，没看出来，就你这一张面无表情的黑脸，居然还能吃软饭!"

这话让李国华蓦然顿住脚步，冷冷地问:"你在说什么?"

"我在说什么你听不懂吗？我说，你是靠着我妹妹那个傻女人上位的，你难道不觉得自己丢人吗?"

"你别乱说，不是你说的那回事。"

"那你说，是怎么回事？李国华，你真精明呀，你知道拿下了我妹妹那个傻瓜，就拿下了我厂的半壁江山，你别做白日梦了!我不会让你得逞的。"

因为他们说话的声音很大，即使是在轰鸣的车间里，还是被很多人听到了。工人们一个个伸长脖子，往他们这边看过来。

姜燃不但不收敛，反而更大声地说:"大家快来看看你们的软饭王!你们这群人被一个软饭王领导是什么感觉？不恶心吗？靠着女人上位的男人，真是让人唾弃!"

李国华面色如铁，沉声喝道:"住口!"

姜燃冷嘲道:"怎么，现在害怕别人说了？你不想让别人说，就别做恶心事呀!我妹妹年纪小，没见过世面，才会被你这样的男人骗。不过，你不用做白日梦了，我姜燃不能娶小工人，她自然也不能嫁给小工人，你懂不？"

姜燃刚说完，忽然有人唤了声："燃太子！"

原来是许重笙，不知道她什么时候来到了二人的身后，许重笙听到了姜燃说的那句"我姜燃不能娶小工人"的话。

同样听到这句话的还有李婉玉，她就站在一个机器后面。她本来是要把自己的纱筒拿到打包车间去的，恰好遇到姜燃和李国华说话，她便躲在了机器后面。她什么都听到了。

姜燃并不在乎许重笙有没有听到，不耐烦地说："我们说话，你插什么嘴？"

许重笙伸出指头指了指李婉玉藏身的地方。姜燃看过去，发现机器后露出抱着纱筒的一只手，手腕上戴着他送给她的手镯。

姜燃的心一揪，顾不得理会李国华了，几步走到机器后面，只见躲在那里的果然就是李婉玉。从来不怎么哭的她，此时眼圈红肿，早已泪流满面。二人的目光相触，姜燃顿时感觉到了李婉玉眸底的失望。

"婉玉，你怎么哭了？不是你想的那样！不是！"姜燃慌了，一边给李婉玉擦眼泪，一边颤声解释。

李婉玉红着眼睛瞪着他，始终没说一句话，谁都能感觉到她的伤心欲绝。

许重笙看着这一幕，竟莫名有些羡慕。看得出来，姜燃是真心爱李婉玉的，看到李婉玉这样他也快要哭了。而李婉玉之所以这么伤心，也是因为爱着姜燃。两个相爱的人拥有让人羡慕的爱情。

李婉玉向杜学唯请了假，她心里难受，身体也不舒服，一路没有理会姜燃，径直回到宿舍躺下。

姜燃则一直守在女工宿舍楼下。

许重笙下班后回宿舍时遇到了姜燃，二人对视了一眼，姜燃苦着脸低下了头。若是平时，他肯定会唤一声"妞"，可是今天他实在没有什么心情。

倒是许重笙主动说话了："燃太子，李师父今天肯定不想见你，你守在这里也没用呀。"

姜燃吸了口烟："不用你管。"

许重笙笑眯眯地说："我哪能管到你？我就是觉得，你这么守着真是太笨了。"

"那你说怎么办？"姜燃神情颓然地问了句。

"你可以直接求婚呀。"许重笙眨着眼睛笑道，"今天不就是因为你说不能娶小工人，李师父才伤心难过的嘛。你只要向她求婚，那么你之前的话就跟没说过一样了。"

姜燃眼睛一亮："是这么个理儿。"

可看看三楼的窗口，他又低下了头。他知道，有些事想想是挺简单，可做起来是真的难。

最终他叹了口气："妞，陪我逛逛去吧。"

许重笙的脸上还有棉尘，但她丝毫不介意，笑着应了声："好。"

二人一前一后走出了工厂。

再说姜妍，因为约好和李国华一起在"明月夜"吃饭，所以下班后就来到"明月夜"，要了一个雅间，点了几个好菜等待着李国华。

然而下班都一个多小时了，李国华还是没有来，姜妍渐渐有点儿着急了，干脆走出雅间在吧台那里等，又等了半个多小时，李国华还是没来。姜妍猜测，他是不是在加班？这个工作狂……

于是她来到主任办公室寻找，一推门，推不开，敲门也无人应，这时候有人恰巧经过，问："找李主任吗？"

"是啊。"

"他早就下班了呀。"

姜妍愣了下，沮丧地从车间区出来，将"明月夜"的饭菜都打包回了宿舍，分给同宿舍的人吃，但大家似乎都没有什么胃口。

姜妍自己趴在床上，久久都没说话。

李婉玉一觉睡起来，看到姜妍在床上发呆："小姜，你现在不是在办公楼那边上班，怎么还回宿舍住？"

姜妍坐起身来看着李婉玉："师父，你眼睛好肿，你哭了？"

李婉玉连忙低下头掩饰着自己的情绪："没有。"

姜妍说："肯定又是姜燃让你难过了。"

想到自己刚才去找李国华，而姜燃总是站在宿舍楼下等李婉玉，他们兄妹二人怎么都是一样的命运呢？

她不由得叹口气："师父，其实姜燃吧，虽然不是什么好人，但是他确实很爱你，连我都能感觉到。"

此时宿舍里其他人都已经睡着了，姜妍才敢说起这个话题。

李婉玉的眼睛又红了："爱又如何？爱是需要很多条件的，不是只要相爱就能在一起的。"

姜妍点点头："师父，你的话，高深。"

第二天，姜妍想去主任办公室堵李国华，问问他昨天为什么失约，或者去看看他有没有正常上班。难道李国华是因为病了才失约的？

李国华自从前两次受伤后，身体似乎一直不大好……

正当她这么想时，就看到李国华从姜成峰的小会议室里走了出来，身子板正，一点儿也没生病的迹象。

李国华也看到了姜妍，二人目光对视，李国华面无表情地说了句："早。"

姜妍也僵硬地说了声："早。"

李国华朝她点点头，就准备离开了。

姜妍不由自主地在后面追了两步，想问问他为什么失约，但最终只是怔怔地停住，看着李国华的身影消失在楼道口。

姜妍心情极度郁闷，却没有丝毫办法，李国华就像一座永远不会融化的冰山。

接下来的这段日子里，姜燃和李婉玉像分手了似的，没有约会，也没有打电话，倒是李婉玉经常若有所思地把玩着手里的移动电话。姜妍呢，虽然时不时与李国华在办公楼相遇，但是基本不说话了。

姜妍很少去车间了，就怕遇到李国华尴尬，可是心里又非常想念他。

她常常想起当初在昏暗的车间里，二人拥抱的那个场景……

细算日子，没过去几个月，怎么那记忆像是上辈子的经历似的。

七月中旬，一场全体职工大会隆重召开。众人于骄阳之下主动按班次排队，分块站在办公楼前的空地上。姜成峰和李国华，还有另外几个工厂的元老股东都作为代表发了言。

最后一个上台的是姜妍。

看着黑压压的人群，一双双热忱的眼眸，她本来准备了很多话，却在这一刻卡在嗓子里说不出来。她僵立在台上足有两分钟，但是奇怪的是，台下的工友们竟然都安静地等待着，无人嘲笑，也无人催促。

李国华看到这一幕，眼圈有些发红，他扭过头去，掩饰自己的失态。姜成峰则咳了两声，提醒女儿不要再发呆了。

好一会儿，姜妍才哑着嗓子说了句："工厂活过来了，大家又可以正常上班了，真好。"

一句话说完，两行眼泪已经落下，她一边慌乱地用袖子抹泪，一边尴尬地笑了出来。

台下掌声雷动……

"是啊，工厂活过来了，真好……"

"真好啊！谢谢小姜总！"

"谢谢小姜总的不放弃！"

"谢谢李主任！"

"谢谢姜厂长和副厂长！"

各种感谢声此起彼伏，姜妍笑得越发开心了，眼泪也控制不住了。在场的其他几位领导被这种场景感染，一个个转身彼此拥抱，这一路走到这一刻，都太不容易了。

见过不少大场面的姜成峰也不由得动容。当初发不出工资、宣布停产的时候，谁能想到还能再见到大家齐聚一堂的场景呢。

李国华神情恢复了正常，目光不由自主地紧跟着姜妍的身影。

姜妍的眼泪止不住，从台子上走下来，抬眼间恰好与李国华的目光撞上，她没有躲避，反而含笑流泪，走到他身边很真诚地向他说了句："李主任，谢谢你的一路陪伴。"

李国华点点头："我也代表所有工人，感谢小姜总的不放弃，不抛弃。"

一句话让姜妍的眼泪更多了，她咬着唇流着泪点点头："我是不是特别丢人，大庭广众之下哭成这副模样。"

"不，这样的你，很可爱。"李国华柔声说。

姜妍愣住了，从来不会说软话的李国华，从来都那么僵硬冷漠的李国华，居然用如此柔和的声音告诉她，她很可爱。

姜妍忍不住捂着嘴巴笑了起来……

台下的工人大多都眼睛发红，很多女工更是忍不住哭了起来。

再次的相聚太难得，经历了这几个月的离厂生活后，他们体会到了工厂的稳定与安全，或者说他们已经习惯了工厂的节奏和生活。

总之他们一致认为姜妍说得对：工厂活过来了，真好！

这次大会，最终在众人的哭哭笑笑中结束。而这次大会给众人带来的情感上的波动，注定是很多人一生最难忘的记忆之一。

三〇五宿舍内，许重笙忽然情绪有些激动地说："我想把这一天写下来，不，是把这段日子发生的事都写下来。"

其他人都没有关注许重笙这句话，姜妍却关注到了，抬头一看，许重笙正是对着她在说话。

"小许，你是说要把这一天写进你的日记里吗？"

"不，我要把它写成一个文学作品，发表出来。"

这句话逗笑了其他舍友，大家都忍不住笑出了声。许重笙顿时有点儿尴尬，或许她经历过的尴尬太多了，竟很快就调整好了情绪，认真地对姜妍说："我想当个作家。"

其他人笑得更厉害了。姜妍直接下了床，走到许重笙的铺前，直视着她的眼睛："小许，我支持你，我觉得你能做到。"

许重笙眨着亮亮的眼睛问："真的吗？"

"真的。你能做到。"姜妍再次认真重申。

许重笙顿时松了口气，笑得如春光般灿烂温暖："姐，我就知道你会支持我。"

姜妍也是这天才知道许重笙对写作感兴趣。这在预料之中，毕竟她那么喜欢看书，从她进入工厂到现在，从来没有见她停下来过，只要有空闲的时间，她一定在抱着书看。

她看书特别快，看的类型也多。有一次她对姜妍说书店的书太少了，没什么可看的了。

灯芯棉纺厂周边和内部加起来有七八个书店，而且每个书店的书架上都是满满当当的书，许重笙居然说没什么可看的书了。可见她在这九个多月的时间里，看了多少本书。

姜妍回家后，从书架上找出不少文学杂志，整理了厚厚的一摞，带到宿舍给许重笙。

这一天恰好是个白班，宿舍里的其他人下午下班后都不约而同回家去了，只剩许重笙和姜妍两个人。

姜妍翻开几本杂志，指着杂志的首页或尾页对许重笙说："看，这里都有征稿的类型，还有杂志社的地址及邮编。"

许重笙极认真地看着，感觉这一刻自己的世界像是打开了一扇无限延伸的门，五彩缤纷的未来正在等着她。

姜妍很耐心地把各类杂志的风格，还有征稿要求，和许重笙一起研究了一遍，然后告诉许重笙："我上大学的时候，我们学校里就有喜欢写作的同学，还没毕业就出版了属于自己的书，还有一些同学经常给各类杂志写稿子，赚到了不少零花钱。"

这让许重笙更加感兴趣了："姐，写作真的能赚钱？"

"自然能赚钱的，要不然哪有这么多人去搞创作。当然，单纯为了爱好而坚持的创作者也不少，但只要认真努力，最后都会获得一定的经济收益。"

这让许重笙更加坚定了写作的想法。

许重笙忽然有了灵感："姐，我喜欢看古龙的武侠小说，我想写那样的文章，可是那些武功招式太难了，我不会武功，这可咋办？"

姜妍忍不住笑了起来："那古大侠未必就会武功。"

姜妍又说："写作可以涵盖很多学科。比如创作小说的话，故事固然很重要，可是如果你对自己所写的内容比较了解，那么你写出来的文章肯定就不一样，至少不是胡编乱造的，而是有根据的。所以我觉得，你平时应该多写作，多看书，多学习，这对你有益无害。"

"确实是的。姐，你真认为我能当得了作家？我还喜欢宋词元曲呢，其中的诗句好美，我都可以自己编曲唱呢。"

"真的？你唱唱，我听一下。"

"姐，我不好意思，平时都是自己哼……"

"你唱一下吧，我听听，我又不是外人。"

架不住姜妍的缠磨，许重笙还是唱了一小段："我住长江头，君住长江尾。日日思君不见君，共饮长江水。此水几时休，此恨何时已。只愿君心似我心，定不负相思意。"

许重笙的嗓音很好，她轻轻柔柔地把这些词唱出来，虽然不是专业的音乐人，唱的也只是很简单的曲调，可仍然很动人。

姜妍开心地将她搂在怀里："小许，你可真是个人才，我看好你，期待你成为大作家。"

许重笙笑得眼睛都眯起来了，二人谈到深夜两三点，还是毫无睡意，干脆就不睡了，又继续研究那些杂志。

姜妍虽然不懂写作，但是杂志看了不少，分类什么的可比许重笙懂得多，她指着一本时尚杂志说："这本杂志里都是小资故事，还有穿衣打扮方面的内容，对你来说这本杂志读起来比较难，因为你还没有接触到那些时尚类的东西。"

"倒是这一本，主要刊载武侠小说，你可以试一下。还有这一本，你也可以试一下，不过想写出感觉，还是需要好好积累和磨炼的……"

二人就这样一直谈到了天完全大亮，一起结伴去大食堂吃了包子，之后又回到宿舍，这才心满意足地睡下。

许重笙很开心，梦里都梦到自己成了大作家，手里拿着自己已经出版的书，开心地翻看书里的内容，只觉得书里满是铅字，但是模模糊糊的就是看不清，她一着急就醒了过来。

这种对未来的美好设想，冲淡了她在姜燃那里所受的情感上的伤。她醒来的时候，发现姜妍不知道什么时候已经出门去了，被子叠得整整齐齐，人早就不见了。

那些杂志还放在许重笙的床头，她轻抚着那些杂志，内心已经渐渐染上了明媚的颜色。

这一日姜妍下班刚到家，苏佳的饭菜也恰好做好了，姜成峰也在，姜妍和二老打了声招呼就坐下来吃饭。姜成峰拿着筷子却不夹菜，只是很慈爱地看着自己的女儿，姜妍被看得不自在了："爸，你干吗这样看我？我脸上有花吗？"

姜成峰听了呵呵地笑了两声："我女儿脸上就是有花，怎么看怎么好看。"

苏佳也笑了起来："老姜，是有什么开心的事吧？"

姜成峰点点头："是有好事。"

苏佳忙问："什么好事？"

姜成峰对苏佳说："我本来一直担心我们妍妍找对象的问题，觉得她这样的女孩子找个好男朋友太难了，结果人家早就有好的人选了，只是瞒着你我二人。"

姜妍愣了下："爸，您说什么呢？"

"妍妍，你那个大学同学，也是我以前老伙计的儿子，你们佳偶天成，郎才女貌，很般配啊，我看今年年内就可以把婚事办了。"

姜妍愣住了："爸，你……你这有点儿专权了啊，你知道的，那个只是我同学，我喜欢的是李国华。"

"我不是早就说过，你不能嫁给他！说到死，也不能嫁给他。"

姜妍再也忍不住，眼泪涌了出来，起身冲上了楼，回到了自己的房间，砰地把门紧紧关上。

苏佳有点儿责怪姜成峰："老姜，你今天是怎么了？你把女儿叫回来，就是为了让她难过伤心吗？"

姜成峰觉得自己很委屈："我没错啊，作为她的父亲，她的婚姻我肯定要帮忙把关的呀。我看好的这个小子是留学生，有实力有想法，而且他父亲是大地雷，我们沙市响当当的人物，妍妍如果嫁给他，不会吃亏呀。"

"你这是嫁女儿吗？你是想要卖女儿。老姜啊，妍妍可是你姜成峰的女儿，作为你的女儿本应比别的女孩子更有条件去选择自己所爱的人才对。她不缺钱，不需要找个有钱的人家。"

"女人家家的，格局就是小，跟你说不通。"姜成峰如此说道。

苏佳眼圈也红了："是，我只是个家庭主妇，没你见识广，什么都不懂，可是我只要我女儿选择自己爱着的男人。"

姜成峰深深地叹了口气："可她现在喜欢李国华。"

"李国华又怎么了？当年，我和你认识的时候，你各方面条件还不如李国华呢。"

"你——"姜成峰被堵得哑口无言了。

半晌，姜成峰又说："总之，就是不能嫁给李国华。"

第二日上班后，姜妍一直忙自己业务上的事，直到快要下班时，收到了综合部门发过来的皮棉储存量表格，她才不得不拿着表格去姜成峰的办公室找他。

姜成峰的办公室不锁门，因为厂里所有人进入他的办公室都会敲门的，没人敢不敲门就进入。

但是姜妍是他的女儿，就直接进去了。

姜成峰的办公室是里外三间，最外面一间是秘书接洽处，里面一间才是姜成峰的办公室，带着间休息室，姜成峰有时候也会住在办公室。

秘书室并没有人，而里面有人说话，听声音似乎是姜成峰和李国华的声音。

姜妍马上停下脚步，坐在秘书室靠门的椅子上，侧耳倾听。

姜成峰正在以郑重的语气说："国华，我认真地问你一个问题，你——是不是喜欢妍妍？"

姜妍只觉得有点儿窒息。

她空前紧张，双手紧握着手中的报表，用力到手指骨节都发白了。

在沉默中，每一秒都像一个世纪那么长，就在姜妍忍耐不住要打破这个僵局的时候，忽然听到李国华的声音，低沉却坚定地回答："是，我喜欢她，我爱她。"

姜成峰也愣住了，大约没想到这个向来很内敛的小伙子，忽然说出这么露骨的情话，而且他是很认真地看着他姜成峰的眼睛说的。

姜妍这时候觉得一颗心落地了，踏实了。

只要知道答案，那么一切都好办了。

她掩饰不住脸上的微笑和幸福，才发现原来自己如此期待这个答案，而且已经期待很久了。

她听到姜成峰在里面说："李国华，妍妍是不会嫁给你的，我不会允许她嫁给你。所以你不用在她身上费心思，你是我们厂的副厂长，你想得到的都已经得到了，做人不要太贪心了。"

姜妍手抚额头，她完全没想到姜成峰居然说出这种话来。

李国华似乎和她有一样的疑惑，他说："姜厂长，为什么您不允许小姜嫁给我？是因为我的身份低微？没钱？还是说我的人品不过关，您根本瞧不上眼？"

姜成峰摇摇头："不是，都不是，我姜成峰也是从一个泥腿子变成企业家的，我不会瞧不起任何人，也不会因为你没钱而做出这个决定。"

"那是为什么?"李国华似乎固执地想要知道答案。

"因为——"姜成峰欲言又止,眼眸转了几转,慢悠悠地说,"因为你和妍妍个性不合,你不会带给她幸福的。我的女儿我清楚,妍妍是一个需要很多宠爱的女孩子,她需要对方幽默,能逗她笑,随时给她浪漫。对方虽然不需要太有钱,可是她想出去旅游的时候就可以出去旅游,她想不上班的时候就可以不上班,而不是像现在这样,为了工厂的命运而努力拼搏!"

姜成峰这番话说出来后,李国华半晌没应声,姜妍此时泪水已经盈满了眼眶。以李国华的个性,姜成峰的这番话必然会让李国华退缩,他会离开她,彻底离开她!

这不是姜妍想要看到的!

李国华此时的情绪很不好,因为姜成峰句句都说到他的缺点,他的确不幽默,不能逗姜妍开心,也无法给她浪漫,没有足够多的钱满足她想休息就休息、想旅游就旅游的生活……

然而,姜妍这样的千金大小姐本该过这样的生活呀。

姜妍已经控制不住自己的眼泪,捂着嘴巴无声痛哭着。她不知道,此刻她应该怎么做才能结束这一刻的残忍。

姜成峰见李国华不说话,知道已经把李国华说服了,接着说:"而且妍妍已经有男朋友了,年内就会结婚。"

说着,姜成峰从桌上拿了一个影集递到他手中:"你自己看看吧,她男朋友名叫雷玉津,他们两个人在一起多开心,多般配。他们有很多美好的回忆,你和妍妍之间有什么呢?

你们之间什么都没有!"

李国华默默地翻看着这些照片。照片上,姜妍笑得好开心,出现最多的背景是校园,还有一些旅游景区。

她与一个英俊的男孩在一起,男孩的手有时候搭在她的肩上,她仰着小脸看着男孩笑……那时候的姜妍看起来天真烂漫、青春洋溢,美得不可方物。

影集上慢慢湿了一块……

竟是李国华掉落的眼泪浸湿了那一块。这一幕让姜成峰都不忍心看了,他把头扭向一边,目光落在窗外的远山上。

姜妍此时已经进入房间,李国华那一滴滴泪,像火山岩浆,在她心上烫了一个洞,撕心裂肺般疼痛。

李国华看到姜妍后,狼狈地抹了下眼泪,然后合起了影集,呆呆地站在那里不知所措。

姜妍走到他的面前,轻唤了声:"国华。"

这是她第一次直接唤他的名字。

李国华抬起眼皮,看着她,想说什么又没说出来。

姜妍的眼睛有些红,明显也是哭过的,但此刻她微笑着,笑容平和而美丽。她把那个影集从他手中拿过来,很不在意地扔在桌上,直视着李国华的眼睛说:"我和影集中的这个男孩是大学校友,但我们只是普通朋友,只不过作为同乡比别人亲密些而已,况且,我早就不和他联系了,我心里只有你。"

她的话让李国华一时反应不过来,双手还保持着捧着影集的状态。姜妍伸手握住了他的手:"傻瓜,我爱的是你呀。"

李国华的眸光一下子有了神采，他想把自己的手从姜妍的手中抽出来，但姜妍紧握着他的手，他抽了两下没抽出来，便由她握着了。

姜妍这才扭头，看向既震惊又失望的姜成峰。

"爸爸，我要和李国华在一起，你不同意我们也会在一起，我的人生我做主！"

姜妍的一席话，让姜成峰的脸红了又红。他的目光在李国华和姜妍身上扫了扫，然后狠拍桌子："放肆！不像话！谁教你这么和自己的父亲说话的？"

姜妍被吓得抖了一下，却依然倔强地说："现在您是我的上司，员工有权利在上司面前发表自己的意见，这叫死谏！"

"你还敢说什么死字！你——"姜成峰的巴掌扬起来，想打姜妍，姜妍不但不躲，反而把小脸一仰："打，你打！"

姜成峰愣了半晌还是把手缓缓地放下，泄了气一般，沮丧地往椅子上一坐，最后他看向李国华："娶我女儿也不是不可以，但请你自己赚钱，自己创业，用自己的实力来娶她，别以为踩在我的肩膀上就可以娶我的女儿。"

姜妍还想说什么，但觉得自己的父亲此刻已经不可理喻了，说什么都没用，便扯着李国华出了办公室。

她的手一直牵着李国华的手，李国华似乎是被她拽着走。他情绪复杂地看着前面的姜妍，一时间不知道自己除了跟着她走，还能做什么。

姜妍一直扯着他走出大楼，走出院子，走到马路上，到了一个僻静处才停了下来。恰好一棵树的树冠遮在头顶，挡住了骄阳，姜妍把自己凌乱的头发理了理，说："你刚才说，你爱我，是真的不？"姜妍直视着他的眼睛，要和他吵架似的。

李国华看着她嘟着嘴，一副很愤怒、很委屈，同时又忍着不哭的样子，感到非常心痛。他没有再躲闪，看到一片树叶落在姜妍的头发上，便伸手将它拿掉，然后捏捏她的脸说："要哭了哦。"

姜妍扭开脸，继续直视着他："回答我的问题。"

"傻瓜，我说的当然是真的，我爱你。"

姜妍的眼泪哗地落下来，先是捶了他胸口两下，然后才扑到他的怀里，整个人已经泣不成声。

想起这几个月，二人都很克制，很多个夜里无法入眠……

李国华紧紧地搂住了姜妍，在她的耳边说："妍妍，你要等我。"

姜妍扑哧笑了出来，眼泪鼻涕都擦在他胸膛前的衣服上："干吗？搞得像是道别一样，我当然会等你了。"

李国华之所以如此坦然，是因为当他拿着那个影集，被姜成峰明确告知不能和姜妍在一起时，那种痛彻心扉的绝望，让他知道自己不能失去姜妍。

既然如此，何不一起努力一下呢？

这就是李国华的想法。

二人再次双目相视时，都看清了彼此心底的情意，顿时又会心地笑了起来，这一刻的幸福无与伦比。

之后，屯河针织厂的傅青又来访了几次。姜成峰对这位在最艰难时刻帮助了灯芯棉纺厂的恩人充满感激和敬意，每次都会热情招待，也会带着傅青进入生产车间视察。

两厂之间开展了更多更加紧密的项目合作，傅青甚至有了入股灯芯棉纺厂的打算。对这件事，姜成峰有自己的考虑，暂时没有答应，回复说等棉业接洽大会结束后再商议。

姜妍预感到，此次棉业接洽会对灯芯棉纺厂甚至整个西部棉业都具有里程碑式的意义。

她开始期盼着那一刻早点儿到来。

灯芯棉纺厂从濒临破产至起死回生，又到如今的欣欣向荣，到处都洋溢着鲜活的生命力。

厂内生活区的工人过着平静的生活，厂办公楼内正在召开的会议上，争吵已经白热化。

"你要举报谁？"姜成峰在会议上问姜燃。

"我要举报姜妍！她利用自己的职权，把与她同宿舍的以姐妹相称的许重笙，安排在了小车间主任的岗位上。许重笙今年不过十八岁，入厂不到两年，根本就是个新工，什么都不懂，居然管理着咱们最重要的气捻车间，大家觉得合理吗？没问题吗？"

听了他的话，姜妍错愕抬头，李国华不由得心里一沉。果然，姜燃接着说："而且这事，她一个人也办不了，没有李国华的支持，一个十八岁的小新工怎么能爬到小车间主任的位置？所以我举报李国华和姜妍两个人。他们一个肩负生产车间的重担，担任生产车间重要职位，一个在办公楼里作威作福，已经把厂子弄得乌烟瘴气了。任命许重笙只是他们违规的十分之一或百分之一而已!"

姜妍震怒,站了起来:"你含血喷人!"

李国华却只是看着,没有反驳。

姜成峰冷冷地说了句:"姜燃,你又在闹什么?"

"不是我闹,我有切实的证据。"他环视周围那几个股东和办公室工作人员,"我说的都是真的,关于许重笙这个小姑娘被任命为小车间主任的事,大家可以自己问人事部门。"说着立刻转身对人事部门负责人说:"麻烦您当场查一下。"

人事部门负责人很快用电脑调出了许重笙的资料,说:"这个小姑娘是前年十月份入厂的,到现在还不到两年。作为一个新人,成为小车间主任,确实让人有点儿惊讶。"

众人一听,便把疑惑的目光纷纷投向姜妍和李国华。

"这是怎么回事?咱们厂里工作十年以上的老工人比比皆是,为什么让一个年纪这么小的新工成为小车间主任?"

"这个确实有点儿太胡闹了。李主任,你必须给我们一个说法。"

"小姜总,这事确实不太对,您不会真的与许重笙是一个宿舍的吧?"

大家纷纷议论起来,姜燃顺势说:"她们不但是一个宿舍的,而且还以姐妹相称。事实上,这个小新工真的只是一个新工而已,没有丝毫过人之处,姜妍完全是凭着个人感情安排的。"

正在大家议论纷纷、姜妍无言以对的时候,李国华忽然说:"这件事,我可以解释。"

众人顿时安静了下来，想听听向来严肃、从不徇私的李国华要如何解释这件事。

"第一，小车间主任的事与姜妍无关。当时确定小车间主任职位的时候，姜妍还只是仓库那边的普通小工而已，她根本没有权力做出所谓的'安排'职位的事。"

姜妍在厂里做普通小工人，一步步拯救工厂于危难的事，在场的负责人都听说过一些，但因为不是亲眼所见，对厂长女儿做小工这事也只是当个新奇的故事来听。有些人甚至认为，她能做到这些，还不是仗着自己是厂长女儿。但至少姜妍当小工人的这件事，他们是知道的，于是暗自点头。

姜燃马上反驳道："她当时虽然是小工人，可是只需要告诉你这位李主任就可以了呀。别人指挥不动你，但她可以，因为你当时就知道她的身份。"

众人再次点头，如果知道姜妍是厂长的女儿，任何人都会给她三分薄面的。

李国华此刻仍然很平静，他继续阐述自己的观点："第二，许重笙虽然年龄小，确实也是个新工，但是她是在岗一个月内唯一一个没有产生任何纱疵和错管的工人，近十年也没有出现过这样的人。她对质量方面的把控无人能及，这取决于她的细心和耐心，而且她技术好，遵守规则。当时小车间并不是如今这样，而是启用了一批已经淘汰的旧机械，用的也是新工，质量把控更是重中之重，否则生产出来的只能是废品。在这种情况下，起用一个能把质量关的人有什么错？"

大部分股东和办公楼里的人，其实对车间生产只是一知半解，听李国华这样说倒也赞同。可是马上又有人说："再怎么说，小姑娘只有十八岁，那么多老工人就没有比得上她的？"

　　"年龄不是判定一个人是否合适、是否有能力的标准。这世界上有很多年轻有为的人。老工人之所以干了这么多年还是老工人，是因为他们的确比较适合他们干了十几年的那个岗位。"姜妍忽然说。

　　姜燃一听，马上想到了李婉玉，暗忖，李婉玉做小车间主任是绝对没有问题的！她就是优秀的老工人！

　　可他明白这句话不能当着众人的面说出来，于是又说："现在你们当然这样说，除了夸她好，还能怎么样呢？不好也会说好。"

　　姜妍怒了："那时候，李国华根本就不知道我的身份，也不会卖给我面子！"

　　"可你年轻漂亮，说不定他癞蛤蟆想吃天鹅肉，早就对你动了不该有的心思，所以你提出什么要求他也会答应的呀。毕竟，如果能和姜总的女儿来一场风花雪月，万一再能娶进门，他可赚大了！"

　　姜妍气得满脸通红，一下子把手中的文件资料甩向姜燃："你闭嘴！满口胡言乱语！"

　　姜成峰再转头看李国华，只见他神情并没有什么变化，只是面色有些发白，垂在桌子下面的手微微地颤抖着。

　　姜成峰本来想要阻止姜燃的，可是看到这里，他却忽然低下了头，做出无奈的样子。

姜燃见姜妍快被自己气疯了，反而更加得意起来："被我说到痛处了吧？我们厂才刚刚翻身，我绝对不允许这种上下勾结，暗箱操作，为了私人感情，随意在重要岗位安插人员的行为。许重笙必须从小车间主任的位置上下来！"

姜妍看向姜成峰："姜总，咱先不提许重笙是如何成为小车间主任的，只说她成为小车间主任后，咱们小车间的产量和质量到底怎么样？这件事是有目共睹的吧，没人比她更努力，更想干好这件事！她自担任小车间主任一职以来，做得很好，这是事实吧。上次您不是亲自去小车间视察了吗？还有傅总也当场夸奖了小车间的运行情况，对小车间的运作及纱线质量给予了高度评价。许重笙那个姑娘您一定有印象，她对工作认真负责，是一个合格的小车间主任！"

姜燃冷笑："小车间全部上的新机械，纺特细纱，配的工人都是熟练的挡车工，自然不会出什么岔子，这也不是小车间主任的功劳吧，而是小车间全体员工的功劳。这样的情况下，谁做这个小车间主任也不会出岔子。"

"你——强词夺理！"姜妍气得双目通红，然而面对这种无中生有的质疑，她竟无法反驳。

姜燃说："大家表个态吧，这件事怎么办？"

人事部门负责人说："目前这个岗位的平均工资是三千五左右，相对大部分工人还是一千四五百的情况，这个工资确实很高，这个岗位也是值得竞争的。"

刘同忽然说："许重笙这丫头确实还不错，只是这个事的影响不好。她如果真是我们小姜总的好朋友，又以十八岁新工身份当上小车间主任，确实容易惹人非议，所以许重笙的小车间主任的职位确实得撤。"

姜成峰听到这里，当即拍板："好，撤了，这个岗位重新选一个合适的人吧。"

姜妍愣住了，震惊地说："爸，您糊涂了？"

"我没糊涂，老刘说得对，这事影响不好，我们要杜绝这种情况再次发生，撤了她已经是最轻的惩罚。"

姜燃皮笑肉不笑地说："爸，您说得对。大家都知道我和李婉玉好，李婉玉就是我未来媳妇，她的技术也很好，人也优秀，可到现在还不是好好地在原本的岗位上做着自己的事。许重笙算哪根葱，居然凭着和小姜总的关系，直接成了小车间主任，她一个小丫头，技术又不好，何以服众？不惹人非议才怪。"

这时候，李国华对姜成峰说："姜总，我作为副厂长，又是车间主任，我连安排一个有能力的员工在合适岗位上工作的权力都没有吗？"

姜成峰脸色陡变。

李国华的权力是他给的，虽然是虚名，可明面上，他确实有权力安排车间里的所有人事变动。

"李国华，这件事到底是怎么回事，你心里最清楚。别较劲了，就这样吧，许重笙只不过是个小工人而已，让她去做普通小工人就可以了。她满意三千五的工资，也应该会满意一千五的工资，不满意就让她滚蛋。"

刘同自以为正义地说了这么一段话，众人也纷纷点头，毕竟姜成峰都说话了，李国华还有什么权力不同意呢。

刘同之所以说这些话，也是对当初他和李国华的车间主任之争耿耿于怀，这次正好找到了报复的机会，他怎能放过。

对刘同这种人，姜妍真是恨得牙痒痒。可眼下的局面似乎已经无法改变了，她只是很失望地盯着自己的父亲姜成峰。她知道父亲不糊涂，他在这一刻做出这样的决定，一定有别的原因。

就在众人以为这件事尘埃落定的时候，李国华忽然说："我申请辞职。"

会议室里一片哗然……

姜妍震惊地看着他，然而李国华并没有看她，他直视着姜成峰，不给他回避的机会，再次重申："我申请辞职。"

姜成峰苦笑："就因为许重笙这么一个本不该在小车间主任岗位上的小工人？"

李国华摇头："什么原因已经不重要了。"

于是姜成峰问："你确定？"

"确定。"

姜成峰点点头："我同意。"

姜妍绝望地大喊一声："爸爸！"

会场忽然安静下来，好一会儿，姜燃拍着手："李国华，我敬你是条汉子，好样的。"

李国华起身，往门外走去。

姜妍恨恨地瞪了眼自己的父亲和哥哥，也随后出了门。

她追上李国华，伸出双臂挡在他的面前："李国华，你什么意思？我以为你会说话算数，这才多久，你就要反悔了？你不是说要陪我一起战斗，你现在退出，想干吗？"

李国华看着她激动的样子，心中顿时涌起一种难以自抑的难过。这个丫头，以后要一个人面对厂里的一切了。但是如果他在，反而会给她带来更多的麻烦吧。

李国华伸手理了理她微乱的头发，笑了笑："傻丫头，我没说不陪你一起战斗啊。只是我觉得，这个战场如果只有你一个人，反而更能心无旁骛。"

"不是这样的，李国华，你不能走。"

"我只是换个战场，你我之间的一切不会改变，我爱你，但我们不必同行，可以各自发展。"

"不可以这样！"姜妍依然反对。

"小姜！"李国华终是抑制不住声音的颤抖，其实今天真正伤到他的，不是那些类似于"李国华看上姜妍是因为姜妍是姜总的女儿"这种传言和认知。真正伤到他的，是因为他的身份导致姜妍背上"联手他人暗箱操作，安插亲信"的黑锅。如果他继续留在这里，无论是姜妍还是自己，今后都无法放开手脚去做真正应该做的事。长此以往，必然是一个难以收拾的局面。

所以他决定离开。

姜妍的眼泪含在眸子里，硬忍着不让它们落下来。"李国华！"姜妍固执地喊着他的名字，"我不允许你辞职！现在跟我回会议室，收回刚才的话！"

"小姜，你冷静点儿，不要这样。"李国华柔声劝道。

"我知道你的个性，今日你若走了，就再也不会回来了！你不是说以厂为家，这里就是你的家！你不能离家出走！立刻回会议室，收回刚才的决定。"姜妍依旧强硬要求。

她在李国华面前，第一次表现出这种强硬的态度。

"回不了头了。"李国华如此说。

说完后，他侧了身，从姜妍身边擦肩而过。

不知道为什么，这一刹那，在姜妍看来似是永远的分别。

她微张着嘴，震惊转身，眼泪再也忍不住地涌出来，看着李国华的背影越来越远。

"李国华！你今天要走，我们就立刻分手！"

李国华的身影一顿，停了几秒，没回头继续往前走去。

姜妍歇斯底里地大喊一声："分手！"

这次李国华没有停，径直下楼而去，他的身影消失在姜妍的视线中。

姜妍呆呆地站在原地，直到会议结束，会议室里的人陆续走出来，从姜妍的身边走过，也有人跟她说了几句什么，但她的脑子一直嗡嗡地响，根本没听见别人和她说的话。

姜燃看到姜妍失魂落魄地站着，得意而嘲讽地笑道："姜妍，你还是不行，这次你的爪牙走了，看你一个人怎么折腾……"

九月，上海棉业合作社的老总终于来到了沙市。

一切都按照姜妍的接洽会策划书进行着。

以姜成峰及各大棉业企业负责人为主，周边县市其他各类棉业延伸产业合作人为辅，举办了一场隆重而盛大的接洽会。这场接洽会持续了十天，每天都热闹而繁忙，各类有关棉业方面的合作接洽和谈判都在此期间展开，甚至有很多合作项目在接洽会还没有结束的时候就已经敲定。

看到姜成峰再次成为会议的中心人物，大家议论纷纷：之前还是小看他了，还有他那个出色的女儿……这场接洽会前期准备工作姜妍做得很充分，她去各地面见业内同行，共同签署了这份接洽书，所有老总都依照接洽书分块接洽、分块谈判，才使得接洽会举办得如此成功。

众人不由得感叹，若是这样的年轻人多一点儿该有多好。

傅青也参加了这次接洽会，并且通过姜成峰的关系拿到了两个非常好的合作项目。他大方地拿出项目利润的百分之三十，与姜成峰签订了注资合约，暂时放弃了买卖股份方面的想法。

姜成峰也给出了非常合理的让利合约，总体来说，双方彼此都很客气。在姜成峰的面前，大家的合作从分利必争，变成了彼此让利一点儿给对方的模式……

不得不说，姜成峰的个人魅力还是很大的。

接洽会的最后一天，德荣大酒店内众人其乐融融。姜妍一身旗袍，坐在一个冷清但是视线很好的角落里，默默地喝着红酒，看着窗外的霓虹灯和远处的天空。

接洽会很成功，可是却少了一个人……

如果李国华在，这场接洽又会增添怎样的风景？

自从那日在办公楼分手后，二人再也没有见过面，姜妍甚至找不到他。想起自己冲着他的背影喊出来的那声"分手"，姜妍就不由得苦笑、后悔、自责，却又觉得，那是必然的结果……

接洽会的流程是当初她和李国华一起打磨出来的。需要邀请哪些人，都是二人一起认真筛选出来的。不过现在想这些已经没用了。

沙市棉业接洽会的事上了本地新闻，而且是连续多天。媒体跟踪报道了这次接洽会的整个过程，姜妍自然逃不过众人的目光。

三〇五宿舍内热闹非凡。

姜妍微笑着说："谢谢大家夸奖。"

李婉玉说："你是不是在会议上没有吃饱？瘦了很多。"

姜妍说："师父，我只是又长高了一些。"

一句话惹得众人哈哈大笑，有人说道："对对对，二十二还蹿一蹿呢！"

大家热络了一阵，姜妍才和许重笙的目光对上，二人眸底的情绪都有些复杂。

大家还想拉着姜妍聊天，但姜妍说："我今天是来找小许的，一会儿请大家吃饭啊。"

"好，小姜总说话要算话呀，我们要吃大餐。"

"对对对，革命友情不能忘。"

又聊了几句，姜妍和许重笙总算从宿舍里走了出来，一路无话，二人相伴着来到了"蓝月亮"，坐下来，各自喝了杯暖暖的玫瑰奶茶，才算舒服了一点儿。

"姐，有些事，我听说了，我不懂事，给你造成这么大的麻烦。没想到我成为小车间主任，居然是你安排的，我一直以为是燃太子，他……总之，我对不起你和李主任，我现在已经不是小车间主任了。"

姜妍点点头，不知道为什么，很久没有想通的问题，在许重笙说出这句话的时候，她忽然释然了。李国华要走，她不理解，可是如果把她放在李国华的位置上，又能留下来吗？

李国华当着众人的面解释，许重笙业务能力突出，所以当上了小车间主任，是他按照职工能力筛选出来的人。但无人信他，毅然决然地把许重笙从小车间主任的职位上给撸了下来。

许重笙事件只是李国华所面对的一件小事，但这件小事足以说明他接下来将会面对什么样的情况，而这个情况是难以改变的。因为姜妍的存在，因为她和李国华的关系，这个状态永远无法改变。

李国华选择离开是对的。

姜妍收回思绪，继续说："现在呢？习惯吗？"

"现在被调到普通岗位上了，但也还是在小车间的特细纱岗，工作还是不错的。姐，我很知足。"许重笙如此说。

"信你才怪。"姜妍笑了起来。

和许重笙接触了这么久，姜妍对许重笙的性情也有些了解了。虽然文化层次和生活层次限制了她的认知，但是她没有放弃，努力学习各类知识，认知水平不断地增长，同样增长的还有她对这个世界的好奇，以及野心和欲望，人的欲望无止境。

不知道为什么，姜妍觉得许重笙的前途是不可限量的，因为她有一颗往前冲的心。

"小许，你不是喜欢写作吗，现在写得怎么样了？"

许重笙的脸微微一红："在试着投稿了，但是可能基础太差，还没被选中过……"

"不过，我不会放弃的！"她又加了句。

姜妍点点头："你要加油。"

"姐，我会加油的。"

姜妍本来还想问问有关许重笙和姜燃之间的事，最终也没有问出来。她知道许重笙长大了，有自己的想法和做事风格了。如果必须经历些什么才能成长，姜燃或许就是她成长过程中的第一站。姜妍有些担心和同情许重笙，从那次会议可以看出，姜燃根本没有考虑许重笙要面对的结果。

"小许，爱情不是全部，姜燃这个臭小子，虽然是我的哥哥，但他不是好人选。"

姜妍只是这样提醒了许重笙一句。

许重笙愣了下，继而笑道："姐，你放心吧，我和燃太子已经很久没联系了。"

第二日，姜妍就出发来到了一个叫玛河村的地方。

这里有大片大片的良田，百分之九十以上的土地种植着经济作物棉花。姜妍之所以选中这里，是因为这里的地理位置四通八达，棉农有机会把棉花送到附近好多收购点售卖。这里的棉农消息也最为灵通。比如，今天独山子棉花价格大涨……明天石市某厂收购价格高……后天沙市的郭氏棉业……

总之他们这里集中了很多棉业公司收购价格的消息，甚至比姜成峰得到价格变化消息的速度都快。此处的棉花品种也很多，有长绒棉、短绒棉等，姜妍想实地探查一下这里的棉花品质到底怎么样。

当然，她还有一个任务，就是完成和李国华当初制定的一个重大计划，即棉纺厂收购棉花，去掉中间环节，直接和棉农对接，甚至可以和棉农商量所需的棉花品种等，还有开发试验田计划。

她觉得这个计划非常好，所以趁着秋季棉花收获之时，下乡考察调研。当然，也是为了寻找李国华。

自从李国华离厂而去，姜妍就一直在找李国华。她去过李国华的家，家里只有李母一人，李国华在厂里发生的事李母完全不知情，李国华只告诉她，因为工厂工作繁忙，他可能要在厂里住很久，让李母自己照顾自己。

姜妍听到李母这样说，就知道李国华不想让李母担心，所以说了谎，她心里极为担忧李国华，但还是对李母说："李主任确实太忙了，参与了一个比较重大的项目，回家的时间比以前要少，不过我会经常来看您的。"

李母笑得乐开花："他来不来无所谓，我又不想他，小姜你如果愿意常来，我最开心了。"

之后姜妍来到了李国华的书房，说替他拿样东西回厂。李母也没有起疑心，让姜妍进入了李国华的房间。在李国华书桌的抽屉里，姜妍看到了一个机械小人，外观和李国华一模一样，穿着一身他常穿的工装。姜妍抚上那个小人的心口，只听小人说出一句："妍妍宝贝，我爱你。"

姜妍扑哧笑出声来，将这个机械小人装在自己的口袋里，把和自己长得一样的机械小人放在了抽屉里。

这样一来，她就有了一个会说"妍妍宝贝，我爱你"的和李国华长得一样的机械小人，而李国华也有一个会说"大家伙，我爱你"的和姜妍长得一样的机械小人。当然，被放回抽屉的机械小人现在不会说，但后面一定会恢复最初的样子吧……

姜妍带着自己的团队，在玛河村村委会的安排下，到田间地头观察了几天，同时也去了村委会大院里打听棉花收购价格。姜妍发现，村委会大院每天清晨三四点，影影绰绰的人就已经站满了院子，大部分都是来打听各收购点的棉花价格。

每天这个时候信息最为密集，但不是每个信息都是真实可靠的，有些也是传闻，因为消息都是棉农自己打听来的，而非专业人士分析出来的消息。

棉农为了自己的棉花能卖到高价，不辞辛苦，愿意连夜开着大拖拉机或者大型拖车，把棉花送到价格高的收购点去。

有时候在某加工厂爆出高价后，棉农的运棉车会排成一条长龙，排队向那家加工厂进发。到达地点后，棉花价格又跌了，棉农又会排成长队回到村里，或者是再去下一个收购点碰运气……

总之种种情况让姜妍叹为观止，不但场面宏大，涉及的人员和范围也大，而且这气势简直就像某种训练有素的队伍。棉农们动用自己的智慧和所有信息渠道，集体分享信息、判断信息的准确性及行动的场面，令姜妍意识到，棉农之所以成为各大棉业企业关注的对象绝对是有原因的。

大约十天后，姜妍终于得到了李国华的消息。

玛河村很大，到了秋季收棉季节，大量甘肃、四川、河南等地的农民工涌入，使这里短期内聚集了许多人。很多农户家里支起大锅大灶，每天消耗大量的菜和米面，这里的经济呈现出短暂的极度繁荣景象。

露天大锅饭更是姜妍从未见过的。那些端着大碗喝着黑乎乎的酸汤粉、啃着大白馒头的农民工，根本不会耽误干活时间，直接在地头吃了饭，也不休息，又去捡棉花了。捡一公斤棉花五毛至一块钱，所以捡棉花就是捡钱，多捡棉花就能多赚钱。农民工从外地涌入西部棉花产地，无非也是想多赚钱而已。

姜妍想，李国华来这里干什么呢？难道和那些农民工一样，在捡棉花吗？他失去工作后，必须以打工维生吗？

姜妍刚来的那天，穿着高跟鞋、裙子，戴着凉帽，披着防晒衣，两天后她就改变了装束，身着长衣长裤，脚穿小白鞋，戴着大头巾和口罩。

五天后，她收到了一双村委会干部媳妇送的布鞋，于是她穿上了这双花布鞋，戴着大头巾和口罩，小坤包早就丢一边了，还有化妆品也都丢一边了，手里只拿着记录用的本子和笔，还有捡棉花的大袋子……乍一看，她与那些利用金秋棉花收获的季节来赚钱的农民工已经没什么两样了。

这一天，她来到一处棉花临时收购点，这里已经垒了几大垛棉花，用篷布盖着，周围压着砖块和烂木头等重物，附近有一块"严禁明火"的警示牌，有个男人正坐在一张烂椅子上，警惕地观察着周围。

发现姜妍后，他立刻问道："你做什么？这里是不允许外人接近的。"

姜妍见此人三十多岁样子，但脸上的神情天真又固执，不似正常人，她和颜悦色地说："我是来找李国华的，请问他在吗？"

"噢，找我老板啊，他在那边。"

"老板？"姜妍有点儿意外，李国华居然已经当老板了。

这人点点头："是啊，他是我老板，给我这个。"他把食指和拇指放在一起搓了搓，代表"票子"，接着说："他是天底下最好的老板，只有他对我最好。"

姜妍从这个人说话的神态和语气，已经确定这个人和正常人不太一样，她笑着说："你的任务就是看好这几个棉花垛吗？"

那人认真地点点头："是的，有我在，谁也别想把棉花垛点了，谁也别想偷走我老板的棉花！"

姜妍笑了起来："你做得真棒！你叫什么名字？"

"我叫牛二。"

"牛二呀，我去那边找你们老板有点儿事，先走了，回头见。"

"好，回头见。"

这个临时收购点不大，堆放着大约二三十吨棉花，周围围绕着大片棉田，站在垛前就能看到附近棉田里农户劳作的情况。姜妍顺着牛二指的方向，来到了其中一个农户的田里。

这片农田里有二三十号人在争相捡棉花，炙热的天气并没有打消他们劳作的热情，他们干得热火朝天。有人在劳作间隙说段子、讲故事、讲笑话，也有人讨论当下的社会局势和现象……

因为姜妍戴着帽子和口罩，拿着大棉袋子走过来，大家都以为她是新来的捡棉工人，都没有在意。

姜妍穿过捡棉花的人群，并没有发现李国华的身影。

再往前，看到前方大约四五十米的地方，有三个人坐在田埂上，一边捡棉花一边低语着什么，姜妍一眼便认出那个戴着工装帽、穿着工装服的男人正是李国华。

姜妍不动声色地走过去，在田埂上坐下，学着他们的样子捡棉花。三人并没有注意到姜妍的到来，继续他们自己的话题。

"大铃棉这个品种的棉花籽大、绒短，但是产量高，收购价比长绒棉低，农户选择这个品种就是看中产量。虽然收购价低，但是产量如果非常高，比种长绒棉的收入多，而且这个品种似乎好管理一些。"

说话的男子三十岁左右，面色黝黑，面容棱角分明，一双大刀眉很显眼，自带威严。

后来姜妍得知，这位男子就是玛河村的村党支部书记陶卫东，大学毕业后来到大西北的村干部。

他对李国华说话的时候态度很尊敬，李国华点点头："不过今年大铃棉的收购趋势还在持续下降，未来五天内价格有可能跌至每公斤两块七。"

陶卫东愣住了："真的吗？"

李国华点点头："大概率会是这样。"

陶卫东有点儿紧张了："那今天的价格怎么样？"

"附近收购价最高的是隆瑞，高等级的收购价为三块五毛二，低等级的收购价为三块二。"

"三天后就降到两块多了？李同志，你这有根据吗？"陶卫东又补充了一句，"不是我不信，而是觉得太意外了，怎么会掉得这么快？"

"这是我根据这段时间的收购数据，总结后预测的结果，有百分之九十以上的可能性会是这样。"

陶卫东愣住了，好半晌才说："完了，这一大片好多都是短绒的大铃棉，这损失可怎么算。现在连捡棉花的工钱一公斤都已经提高到五六毛钱了，要是这个价格，农户赚的都没有捡棉工的工钱多，可扔地里也不行……"

陶卫东又问："李同志，依您看，现在有什么办法可以解救吗？"

李国华说："倒是有个办法，就是组织起来比较难，只怕赶不及。"

"什么办法？"陶卫东立刻问。

"实行片区突击。根据我的判断，长绒棉的价格不但不会降，反而会在十月底的时候再涨，长绒棉现阶段如果出手反而吃亏了。在这种情况下，我们可以和种植长绒棉的农户商量，把他们的捡棉工借调到种植大铃棉的农户家里，集中突击捡棉花，至少把头期质量最好的这一批棉花在短期内集中收获，去卖一个好价格。"

陶卫东听了，一脸震惊："李同志，您这一招真是高，很厉害，我怎么就没有想到呢？您真是个人才呀！"

陶卫东毫不吝啬对李国华的夸奖，姜妍也暗暗点头，李国华提出的这个方案是目前对农户来说的最优方案了。

李国华又说："但是有两个难点，一是要把所有的工人集中起来进行片区突击，在管理和调度上难度很大。二是种长绒棉的农户未必愿意。目前长绒棉的收购价格很好，他们也怕降价，不可能相信我的推测，他们都想趁着价格好的时候赶紧把棉花收了卖掉。"

陶卫东点点头："我相信你的推测，可是其他农户未必相信呢。"

"我相信。"一个语气坚定的声音插入了他们的谈话。

三人一起看向姜妍，姜妍再次说："我相信李主任的推测一定会成真。"

姜妍摘下口罩，笑盈盈地向陶卫东伸出手："您好，您是陶书记吧？我自从来到玛河村就得您关照，只是一直未碰面，今日一见，名不虚传。"

陶卫东也礼貌地向她伸出手，二人的手握了下便自然收回。陶卫东说："听说最近村里来了个棉业调研团队，莫非您就是带队的姜小姐？"

姜妍点头："正是。"

陶卫东顿时笑逐颜开："姜小姐身边还有两位专家，如果连姜小姐都相信李同志的推测，农户们还有什么不信的呢？"

姜妍笑道："愿助一臂之力。"

陶卫东一听，顿时来了精神："好，我现在就去安排！"

陶卫东也是个人精，早已经从姜妍和李国华看向彼此的目光中读出了一些什么，立刻扯起助手周小燕："你还在这儿做什么？赶紧跟我去忙，时间就是金钱呢！今天下午一定要把这事安排好。"

周小燕一脸茫然，同时不舍地看了看李国华："陶书记，李同志还没说要怎么做呢。"

"木头脑袋！他说得够清楚了，只有你还不明白。"说着便不由分说地拉着周小燕离开了田埂。

走了一段，陶卫东这才压低声音说："小燕，别瞅了，那个李同志非池中之物。你看刚才那位姜小姐，气质不凡，那才是能配得上李同志的人。"

周小燕被道破心事，又羞又气："我又没想着和李同志怎么样，您别乱猜……"

"这样最好。"陶卫东打断了她的话，"赶紧忙吧，时间太紧张了。"

"需要我干些什么，您尽管说。"

陶卫东说："先回村委会拿个大喇叭来！"

"好嘞！"

陶卫东和周小燕离开后，姜妍和李国华二人看向彼此，眼底涌动着激动，却都欲言又止，最后竟同时开口：

"你最近还好吗？"

"你干吗跑到这里来？"

二人愣了一下，同时笑了起来。这一笑，尴尬的气氛缓解了。

姜妍先回答："我还好，当初咱们一起策划的那个接洽会很成功，我都上电视新闻了。"

李国华点点头："我看到了，很美。"

这一句无意识的夸赞一出口，二人再次愣住，李国华有些面红耳赤，姜妍却捂着嘴巴笑了起来："呆子！"

李国华无奈地苦笑。在姜妍面前，他似乎总是很笨。

姜妍又说："你还没有回答我的问题呢。"

李国华这才说道："我就是想看看真正的长绒棉是什么样子。我们在工厂里，每天接触棉线、籽棉，然而我们并不了解棉花种植。当初我们不是有个下乡调研，和农户一起开发试验田的策划吗？我只是来施行而已。"

"你在这里当捡棉花的工人？"

"嗯，也捡棉花。"

"那个收购点……"

"顺便囤点儿棉花，倒个手，等价格好时卖出去，赚点儿钱。毕竟还是要生活的嘛。"

"就这么简单？"

"就这么简单。"

"那你也不能悄无声息地就走了吧。我去过你家，你妈妈还以为你在厂里上班，我没揭穿你。不过，你有空总得回去看看她。"

"忙过这阵就可以回去了。"李国华说道，"谢谢你去看我妈。"

"不用客气，应该的。"

姜妍说完，又道："我们还是朋友不？"

李国华一时没明白她的意思，疑惑地看着她。

"我们虽然分手了，可我们应该还是朋友吧，你这样忽然消失，我作为你的朋友怎么可能不担心。以后可不能这样了。"

想到这些日子李国华的"忽然失踪"，姜妍的眸底就冒出了水雾，然后轻轻地靠在他的怀里。

李国华眼圈也红了，这次他没有躲，张开双臂，把姜妍像孩子似的环住。

将近两个月的离别，李国华思念成疾，让他更加看清了自己的心。

"小姜，即使暂时不能同行，我们也可以期待未来，我会去娶你，只要你等我。"

姜妍泪雨滂沱，她知道自己错在哪儿了。

"对不起，我不该说分手的！你说得对，即使暂时不能同行，但时间和空间无法阻隔我们的爱。我爱你，永远不变。"

"我爱你，小姜，不离不弃。"

二人激动相拥，不远处的棉农和捡棉工已经被这情景吸引，齐刷刷地看过来，他们全然不顾。

不管是李国华还是姜妍，都是那种说话掷地有声、信守承诺的人。二人这简单的对白，就是下半辈子的契约。

心一定，则天地宽。

姜妍心情大好，看什么都觉得美。洁白的棉花美，勤劳的棉农美，蓝天美，阳光美，远处的青山美，近处的树影美，李国华的笑容更美。总之，无一不美。

李国华也精神大振，带着姜妍回到自己的收购点，揭开其中一个棉花垛的篷布，掏出一大团棉花。阳光下，这些棉花毛茸茸的，散发着莹润的光泽，还有着棉花特有的芳香，仔细一嗅，和车间里的味道有点儿像。

刹那间如同回到了灯芯棉纺厂的车间一样。

"这就是长绒棉，而且是附近最优质的。"李国华看着手中的棉花，如同看着宝贝，"小姜，你看它们多好。"

姜妍虽然来到玛河村有几天了，可是还没有掌握分辨棉花品质好坏的要点，肉眼看过去，她觉得都差不多。但是李国华手中的这团棉花雪白而柔软，那莹润的光泽让人忍不住想要拿到鼻端嗅一下。

"是啊，这棉花真好。"姜妍傻傻地笑着。

李国华拉着姜妍一起坐在棉花垛子里，闻着棉花特有的清香，感受着那种柔软，李国华说："小姜，我有个想法，为什么我们不能在收购的时候就分类？我们需要长绒棉，而且需要品质最好的，我们可以和农户合作签订合约，向他们早早地预订，让他们种植我们需要的种类，他们的棉花只能卖给我们。"

姜妍的眼睛蓦然发亮，这个想法她有过，之前写的那份万字策划书里就有刚才李国华说的这些内容。

她立刻点点头说："这个办法好，与我们当初的策划也吻合，直接和农户订购就省去了中间环节……可是，我们订购的棉花还是要送到加工厂才能再进入我们厂。"

毕竟棉花加工厂和棉纺厂还是有区别的，职能不同，生产内容不同。

李国华说："我们有优质的棉花，只需要和加工厂达成加工协议即可，我们的棉花送去由他们加工，给他们加工费，加工出来的皮棉直接进入我们厂。"

姜妍茅塞顿开："这样好！可是农户愿意吗？"

李国华的目光落在远处，坚定地说了句："事在人为。"

听到李国华说的是"我们厂"，姜妍内心窃喜，知道李国华仍然把自己当成灯芯棉纺厂的一分子，在他心里，他还是属于工厂的，或者说，他依然把工厂当成家。只是现在这个家里容不下他，他像个暂时离家出走的孩子，自己去创业了。

李国华心里到底是怎么想的，如何操作这一切，姜妍并没有仔细问，他想说的时候自然会说，他不说或许是还没有完全想好。要走一条别人还没有走过的路只能且走且看，前路是黑是白很难说，但是姜妍坚信李国华不会输。

她说："我支持你。"

李国华眸底泛起温柔，半晌，却只是低语了句"谢谢"。

此时无声胜有声，二人就这么默默地相依着在那里坐了良久，在蓝天白云下，在散发着棉花味的清风中，享受难得的二人世界。

当天下午，陶卫东骑着摩托车，用大喇叭把玛河村的所有农户从棉田中喊了出来，聚集在田间地头的一片空地上，然后把片区突击的事说了出来，要求大家集中火力，让所有的捡棉工先捡大铃棉，在几天之内把所有的大铃棉先入仓，送加工厂售卖。

果然他的话音一落，就有不少人开始质疑。

"陶书记，听说过两天还有雨呢，我地里的棉花都垂到地上了，这一场雨来，很多棉花瓣都要落地。而且现在长绒棉的价格正好，我也想早点儿让我的棉花入仓。不是不信你，这棉花价格一时一个变化，谁知道后面长绒棉会不会落价，那时候，我们的损失又让谁来补偿？"

一个农户很认真地分析着，引来许多人的共鸣，另一人说道："我地里三十多个工人，每天可收获棉花近三吨，五天就是近十五吨。现在长绒棉的价格正高，早收一天我就多赚一分钱，之后要是落价了，这十五吨棉花要损失多少钱？"

其他人也说："对啊，秋季抢收各凭本事，绝对没有借调工人的道理呀。"

此刻反对的人大部分都是种植长绒棉的农户，而种植大铃棉的农户多数则不作声，只有少数几个人担心地问陶卫东：

"陶书记，您的消息确切吗？一周后，大铃棉真的会落价？"他们的脸色都变了："不可能吧，这要是落到两块多，真是要了命了，保什么本，怕是要赔个底朝天。"

"如果落到两块多，就让它们烂地里，不要了。"有些农户负气地说。

"好，有骨气，你们不怕赔钱，那我在这里操心什么！你们一年忙到头，到了收获的时候把自己的劳动成果就这么扔了，我为什么要替你们心疼？"农户们被陶卫东教训得说不出话来，只不断地问："陶书记，落价的事到底实不实？"

陶卫东说："我说实，你们信吗？"

他又向种植长绒棉的农户们说："没错，这几天长绒棉的价格是不错，但是你们所谓的不错也不过四块钱左右而已，你们想过没有，如果在十一月中旬，涨到五块五，是什么概念？

"长绒棉的管理不易，而且每亩产量不如大铃棉，即使目前价格不错，但是在产量不高的情况下，你们也不过是在保本的基础上赚了少许而已，请问这有什么值得骄傲的？

"还有你，五天收获十五吨是不是？如果每公斤涨一块五，十五吨是多少钱你算过吗？让它多在地里长几天能怎么样？"

一席话说完，现场静悄悄的。

周小燕又接着说道："平时看你们一个个关系好得像亲兄弟，真到关键时候，就是借调个人而已，却只想着自己了。"

不管陶卫东和周晓燕怎么说，农户们依旧心存疑虑。因为按照以往的经验，十一月底已经到了棉花收获的尾端，有时候甚至都落雪了，地里的棉花基本就剩干棉花瓣儿了，加工厂的收购价格都会大幅下降。所以没人敢把棉花留到那个时候再去售卖。

关于棉农们的疑虑，陶卫东内心也是忐忑的，但是他看得出李国华绝非无的放矢，而且他自己收购的棉花就稳稳地堆在那里，根本没有送去加工厂售卖的意思。

那几垛棉花收购回来也需要二三十万块钱呢！没人会在能赚钱的时候不赚，除非现在的价格还没有达到他心里的目标。

就在棉农们和陶卫东谁也说服不了谁的时候，姜妍和李国华来了。

二人在众人的目光中，手牵着手，并没有避讳任何人。

大部分棉农是认识姜妍的，她最近带着几个专家，每天在棉田里调研，想必是有些本事的。

陶卫东说："姜小姐，你来得正好，我这个书记有点儿丢脸，无法说服他们相信我，片区突击的计划恐怕要泡汤了。"

姜妍说："如果一周后大铃棉落价，那这里的人至少有一半要赔本了。"

姜妍微笑着看着棉农们："大家都是一个村的，天气暖和了一起劳作，到了冬天，东家喝顿酒，西家吃顿肉，你们也不想看到谁家因为赔了钱而过一个惨淡的冬天吧？"

可能有个调研组专家的身份，姜妍说话比较起作用，终于有个种植长绒棉的农户说："姜小姐，其实我们是愿意彼此帮助的，只是不确定消息是否可靠而已。现在都是推测，万一大铃棉没落价，反而是长绒棉落价，我们又该怎么办？"

这时候李国华终于发话了，说："虽然长绒棉已经种植多年，但是因为其产量不如大铃棉，所以选择种植长绒棉的农户还是比较少的。而且长绒棉还挑土地，管理方面也需要更加精细，除了玛河村，周边长绒棉种植户很少。我大约估算过今年我们本地的供需量，还有很大的缺口，而且今年上海棉业合作社与我们沙市棉业合作，其中需求量最大的就是长绒棉，而这些需求会集中在十一月底左右爆发出来，所以那时候一定会涨价。"

李国华说的这些，事实上大部分农户都不懂，什么上海棉业合作社，什么长绒棉供需问题……但因为李国华说得一本正经，整个人身上散发着一种坚定的气场，一席话居然使得原本很顽固的农户们开始悄声议论了："十一月价格如果真的大涨，那真的会是一大笔钱，一公斤多赚一块钱都不少了……"

"等于多卖了一次头茬棉。"

"其实借调工人也就五天……离十一月还远，听他的意思，反正今年长绒棉的价格是稳妥的，也不用太担心。"

这么讨论来讨论去，不知道谁先说了句："我同意，我地里二十几个工人都给你们，谁要谁来领！"

立刻有几个大铃棉种植户上前笑嘻嘻地说："给我，给我……"

大家推推搡搡笑着抢起人来，气氛顿时融洽了。可能这一幕感染了其他人，又有几个长绒棉种植户说："我的人也愿意借出去。"

"我也愿意！"

"不过你们这些种大铃棉的家伙们可要请客呀！"

"而且不能亏待我的工人们，要让他们天天吃宽面片子，最好加点儿肉！"

大铃棉种植户们连声应道："一定！一定！"

"好！好！"

"谢谢！谢谢了！"

这时候天已经快要黑了，但是因为片区突击的事情刚刚开始，大家都没有睡意。在陶卫东的分配下，所有捡棉工被分配到大铃棉种植户家里，有愿意连夜突击的，已经开始连夜突击。

困了就去地头的棉花垛子上睡觉，睡醒就直接起来干活。饭是夜里两顿、白天三顿地供应。

就这样，红红火火、热热闹闹的片区突击开始了。

姜妍从未见过这样热闹的劳动场景，爬上高高的棉花垛子，看着地里的捡棉工和棉农挑灯夜战，那景象让人心血澎湃。

姜妍有些感叹地说："李国华，你真是一个奇怪的人，你明明是最不爱热闹的人，可是你总能把事情搞得热热闹闹的，让大家热情高涨地去干活，你有什么特异功能吗？"

李国华被夸奖后，觉得脸有些发热。其实他总是被人夸，别人夸他，他并没有什么感觉，但是姜妍夸他，他觉得很开心。他紧握着她的手说："就该这样热热闹闹地干活，才能干得好。"

姜妍充满崇拜的目光落在李国华的脸上，他已经把目光挪向了天空的星星，脸上流露出如同孩子般的纯洁的神情。

姜妍也不由自主地顺着他的目光一起看过去……

星空深邃，点点星辰与大地上正在劳作的人们相映成趣，形成一幅充满希望的场景。

二人坐了下来，姜妍的头靠在李国华的肩上，喁喁私语："国华，你性子太倔了。找不到你的时候，我以为我们此生都不会再相见了，我真的很难过。"

李国华握着姜妍的手紧了紧，说："对不起，当时应该给你说一声的。"

"以后不管去哪里都要告诉我。只要是你的计划，我都愿意支持，但是不要从我的生命里消失。"

"嗯。"

李国华是言出必行之人，虽然只是一个简单的"嗯"字，但是姜妍知道李国华为她做出改变和承诺了，她开心地笑了起来。

棉花垛很高，二人在棉花垛上坐得久了，李国华怕姜妍冷，把自己的外衣脱下来给她披上。但他们依旧觉得有点儿冷，李国华提议下去，姜妍却任性地摇头，说今晚就要睡在这个大垛子上看星星。

于是，李国华在垛子上挖出一个坑，让姜妍躺在里面，又给她盖上棉花，果然就不冷了。

李国华如法炮制，把自己也埋在了棉花里。

二人并肩躺在棉花垛上相视一笑，倒像是两个小孩子玩过家家。

二人的手牵在一起，渐渐地进入了梦乡。

…………

与玛河村如火如荼的秋收比起来，灯芯棉纺厂内则平静很多，恢复了一年四季机器运转不停，工人们两点一线的生产生活模式。

三〇五宿舍，除了少了姜妍，其他并没有什么变化，但又不尽然，比如氛围就没有以前好了。

以前，李婉玉总喜欢拿出自己的零食和大家分享，一起打牌或者聊天。但是现在，宿舍里的人都有了移动电话，没事的时候就坐在床上打电话，或者干脆约着朋友出去玩。

李婉玉也很少将自己的零食拿出来和大家分享了。有一次，有人开玩笑说："好久没有吃牛肉干了，李师父，是不是卖牛肉干的那家店倒闭了？"

李婉玉说："牛肉干有，就是不想给你们吃，有时候零食其实和感情一样，独享才更有滋味。"

李婉玉看了眼上铺的许重笙，她正在看书，但也听到了李婉玉的话，好像整个宿舍里只有她明白李婉玉在说什么。

姜燃利用她做小车间主任的事对付姜妍和李国华，是许重笙这辈子都无法原谅的。

她觉得自己因为这件事一下子成长了不少，懂得了人心的善变和险恶，也看清了人和人之间的距离。

她现在把所有心思都放在写作上，想多看点儿书，多写点儿文章，成为一个作家。

李婉玉知道姜燃曾经利用过许重笙，和许重笙吃过饭、喝过酒，也因此她对姜燃和自己的感情产生过质疑。但是当她亲眼看到姜燃在过道里为护着她被打伤，知道姜燃为了打倒姜妍，利用许重笙被任命为小车间主任的事逼走了李国华，她反而原谅了姜燃。

她不再拒绝姜燃的感情，主动向他靠近。

这一日，姜燃说买了新房子，是二人的婚房，把李婉玉约了出来。二人进入新房，房子是不到一百平方米的普通房子，简装，但是有个大大的带着喜气的红木床。

姜燃亲自下厨做了菜，他们又喝了点儿红酒，李婉玉渐渐地不那么害羞了，将自己完美的身体曲线若隐若现地展露在姜燃的面前。姜燃努力地克制着自己，说话的声音已微哑："老婆，你真美。"

李婉玉冲着他妩媚一笑："美的女人多了。"

"可是在我眼里，你最美，没有之一。"姜燃说着，再也忍耐不住，抱住李婉玉，吻在她修长的颈上。

李婉玉只觉得心跳加快，呼吸顿时急促起来，接着就感觉自己的身体已经被推倒，姜燃压了上来。

李婉玉并没有抗拒，她喜欢姜燃身上的味道，她被淹没在他的力量、他的吻、他如岩浆般的热烈里。

情到浓时，李婉玉呢喃："姜燃，别争了好吗？和姜妍好好相处。哪怕你只是个普通人，我爱你不会变……不要为了这些莫须有的东西给自己压力……不要为此而犯错，不要伤害身边的亲人、朋友，我爱你，还不够吗？"

姜燃听着这些话很感动，眼睛也湿润了。可是就是因为爱她，他一定要做个成功的男人。在他看来，金钱、地位、名誉的叠加，才能成就一个成功的男人。

他不会退缩的。

许重笙从车间里出来时，天已经黑了。她不想回宿舍，此刻宿舍里没有人，她一个人在宿舍情绪更容易失控，便在车间区外面不远处的小树林里徘徊。就在这时，她遇到了赵广正。

"小许，是不是被你的朋友们抛弃了？"

听到这带着邪气的声音，许重笙吓得牙都咯咯响，周围仿佛一下子变得天寒地冻。赵广正又说："小丫头，吓着你了吧？你别害怕，我不会伤害你的，我喜欢你这个小丫头，你知道为什么吗？"

"为……为什么？"

"因为你和他们不一样，我看得出来，你和我是一类人。"

许重笙已经被吓得不会说话了，她不知道还能说什么。

"算了，和你说这个也没用，你给我讲讲，李国华和姜妍那两个贱东西到底怎么回事，为什么不在厂里？"

许重笙说："我……我不知道他们……为什么不在厂里。"

赵广正听完，皱了皱眉头："这么说，他俩真不在厂里？李国华那个小子以为把我弄得这么惨，他就风光了，结果还不是灰溜溜地离开了厂子。这下倒好，高枝没攀上，工作也丢了，估计现在很惨，不会受了打击去流浪了吧？"

赵广正越想越好笑，脑子里出现了李国华狼狈的样子，他笑着说："小丫头，你认为好人坏人如何区分？我赚钱是为了养家糊口，为了带那些搬运工赚钱，挡我们财路的人能算好人吗？对我来说，李国华、姜妍都是大坏人。"

许重笙不敢反驳他，只点点头："事情已经过去了，你现在留在这里很危险，还是快跑吧。"

"跑？你和我一起跑不？"赵广正说，"一个人跑，太孤单了。"

许重笙一惊，连忙摇头："赵大哥，您还是放了我吧，我家里还有生病的母亲呢，我不能跑。"

赵广正好笑地看着她，为了拒绝自己，她连家里有生病的母亲这一套都搬出来了，搞得他像拦路打劫的一样。

赵广正一把抓住了许重笙的头发，同时将匕首抵在了她的腰上。"既然你这么舍不得你母亲，那我们不走远，我们就来个灯下黑。"他似乎觉得自己很睿智，又问，"小许，你知道什么叫灯下黑吗？"

"赵……赵广正，你想干什么？"

赵广正神秘一笑："我熟悉八号仓库的一切，我知道从哪里进去，从哪里出来，他们绝对想不到我会藏在那里。小许，一个人太孤单了，你陪我吧。"说着话，他的刀尖似乎刺入了许重笙的肉里，许重笙只觉得那刺痛如世界上最黑暗的力量，打破了她所有美好的幻想。

许重笙失踪了，可是宿舍里没人发现，车间班长以为她病了，或者受不了厂里的辛苦跑了。

姜妍说回来就回来了，不过她是一个人回来的，一下车就接到了李国华的电话。姜妍知道他担心，向他报了平安，然后直接赶回了家。

苏佳好久没见女儿了，高兴地迎了上来。姜妍虽然黑了，瘦了，却是一副神采飞扬的样子。

"妈，我爸呢？"姜妍开口第一句话便是对姜成峰的关心。

苏佳原本很担心父女关系继续恶化，一听姜妍这样问，悬着的一颗心也放下了："他今天不在家，要晚上才能回来吧。妍妍，你在村里的生活还好吗？是不是和那些工人一起捡棉花了？"

姜妍点点头："有那么几天，我和他们一起上工，一起下工，一起吃饭，虽然是大锅饭，但是真的很香。我在那里待了一些日子，饭量都见长了。"

"是吗？"苏佳有点儿不信。姜妍自小胃口就不好，一直瘦瘦的，成了她的心病。

苏佳又上下打量了女儿一番，这才放心地点点头："好，妈今天要给你做很多好吃的，一定得让妈看看你的饭量到底长了多少？"

姜妍嘻嘻地笑了起来："妈，你真好。"

姜成峰晚上也回来了，姜妍立刻和颜悦色地迎了上去："爸，饭菜都好了，就等你呢。"

姜成峰点点头："妍妍，你这次去村里调研有没有什么收获？"

"当然有了，"姜妍神秘一笑，"明天给你策划书。"

姜成峰也笑了起来："看来我们的妍妍有新计划了，这一趟没白去。"

姜妍笑道："那是。"

她脑海里又浮现出和李国华在一起的情形，脸微微地红了。才分开一天而已，不知为何如此思念，每次想起来还脸红心跳的，恨不得立刻去他身边，牵着他的手。

苏佳从女儿的神情中看出了点儿什么，问："妍妍，这次去村里有没有遇到特别好的小伙子？"

姜妍脸一红："妈，你问这个干什么，是怕你的女儿嫁不出去吗？"

"就是随便问问。"

姜成峰忽然来了句："李国华那个小子还没有音讯吗？"

"爸，你问他做什么？你不是很讨厌他吗？何必管他有没有音讯。"

"家里有老人，就这么忽然玩失踪了，他那个妈妈他不管了吗？"姜成峰很不高兴地说，"而且男子汉大丈夫，遇到事情只知道逃避，这算什么事！亏我以前还挺看重他。"

"爸，反正不管他做什么，如何做，你都能挑出毛病。你不喜欢他，他连呼吸都是错的。"

"你——"姜成峰一时语塞。

眼见着父女二人又要吵起来，苏佳赶紧打圆场："你们两个呀，到底想怎么样？好久不见了，见了就吵。"

苏佳盯着姜成峰说："妍妍没有提李国华，是你自己提的，你看不上那个小伙子，我们可以试着去理解，但你不能强迫妍妍不喜欢他。你明知道妍妍会护着他，又何必和她提？"

姜成峰冷哼了一声。

苏佳无奈地看着他。

没想到这次姜妍倒是挺大度的："爸，您也别生气了，您不喜欢李国华就不要提了呗。只怕将来您有用得着他的地方，却又不好意思去找他了。爸，有些时候，为人处世真不能做得太绝了。"

姜妍说完露出一个假笑，并给姜成峰夹了一块鱼："爸，快吃吧。"

姜成峰心里虽然还是有点儿不舒服，可是女儿已经给他台阶了，他不能不下，当下只能默默地吃饭，又说："天下优秀的小伙子那么多，你为什么非要看上他？"

这次姜妍不能忍了，直接起身离开了饭桌上楼去了。

她已经开始想念玛河村了。那里的空气中似乎都透着棉花特有的味道，令人感到很亲切。

因为夜里要防火防偷，李国华都要看着棉花垛，姜妍想陪着他，所以有几次就和他一起睡在棉花垛上。

那真是难忘的时光呀。

姜妍的脑海里浮现出李国华的身影，脸上不由得扬起幸福的微笑。

李国华的片区突击计划实施后，大铃棉很快就被收获入仓，然后赶在降价之前全部送到收购价较高的棉花加工厂卖掉了。在玛河村村民刚刚处理完大铃棉以后，市场果然如李国华预料的那样，忽然发生了变化。

大铃棉的价格突降，从之前最高价四块二一公斤，一下子降到了两块左右，甚至跌到了一块九毛钱。

玛河村的棉农们得知这个消息时，出了一身冷汗。一个星期的时间呀，仅仅一个星期，若是慢一步，只怕今年一年都白干了，而且还会倒赔些钱。

大铃棉的种植户都长吁了一口气，再看向李国华的眼神都多了些佩服，连说话都带着几分恭敬。

之前李国华都是自己解决饭食，给附近的农户掏点儿钱，中午的时候跟着他们吃些馒头、咸菜之类的饭。因为秋收季节，农户们也没有时间好好做饭，都是大锅饭随便吃一点儿就开始忙了。

可自从这件事以后，每天中午总有人端着热腾腾的饭菜送到李国华的棉花垛前，红烧肉、炒鸡、牛肉丸子等，换着花样地给他送，李国华要给他们钱，他们还不收。

给李国华送饭这件事，农户们彼此并没有商量，而是自发的行动，大家都很默契。毕竟李国华给大家避免了重大经济损失，这点儿吃的又算什么呢。

农户们对李国华的好，连陶卫东都羡慕了。他来到玛河村有几年了，大家对他也不错，可没有对李国华这么好。

陶卫东有点儿无奈，叹了口气，对李国华说："李同志，上次你说，长绒棉十一月底才会涨价，您囤的这些长绒棉是打算到那时候才出手吗？"

李国华点点头："没错。"

"你这垛子可是露天的，四周也没有遮蔽物，现在已经是十月下旬了，白天温度还行，晚上就很冷了，你这样一直睡在垛子上不行，到了十一月铁定坚持不住。而且十一月底前，可能会下雪。"

"是啊，十一月就要下雪了。"

"那你有什么打算吗？"

"没什么打算，扛也得扛到那时候。"

"李同志，其实也有别的办法的，可以让农户们把仓库借给你。特别是那些大铃棉种植户，纵然地里头还有一些二茬、三茬棉花，可肯定也是边摘边卖了，他们的仓库都是空的。"

李国华其实想过这个问题，不过别小看他这几垛棉花，前后收购的加起来有四五十吨了。农户家里虽然有仓库，可毕竟小家小户的，仓库都不大，分散存储不但不好管理，而且搬运工程也不小。

经过综合考量，他决定还是亲自看守到十一月底。

听了李国华的分析和决定，陶卫东也只能点头："不过李同志，你这样也太拼了。"

李国华如同守着一座小金山，一旦守不好，后果很难预料。成败在此一举。李国华不紧张是不可能的，他收购棉花的钱可都是贷的款。可他心里也已打定主意，这第一桶金，他挖定了。

自从姜妍离开玛河村，周小燕每天都找机会来见李国华，不但给李国华送饭，还给李国华做了两床新棉花被子，很厚实，贴心地送到李国华的棉花垛前。

"李同志，这个被子铺在垛子上会暖和一点儿，你现在的被子太薄了。我给你做的这两床新被子用的都是上好的布料和新棉花，棉花就是前些日子从地里摘出来的长绒棉，而且选的是我家地里最好的那一片摘的，你闻闻……"

周小燕在被子上喷了些香水，香水也不便宜，算是下了血本了。可李国华刚一闻，就打了好几个喷嚏。

周小燕苦着脸说："怎么会这样？你不喜欢这味道吗？我只是想把这被子弄得又香又软，让你睡个好觉……"

李国华看着她说："我对香水过敏。"他犹豫了一下，直视着她的眼睛接着说："小周，以后别来给我送饭了，也别为我忙这忙那的，没有必要。"

就在这时，一辆送快递的车子开了过来。"李国华，收件！"对方在车内喊。

李国华走了过去，车内人说："你住的这地方真是奇怪，也就是我有耐心找过来了，要不然这单子不知道落哪儿了，或者被退回去了。"

李国华也知道自己住在田间地头确实是奇怪，对这人的抱怨没反驳，只说了声"谢谢"。然后从车子上拿下来一个大包裹，打开一看，是一个加厚的防水帐篷、一个大睡袋，同时还有两床厚重的棉被。

周小燕也不管自己那两床被子了，直接扔在脚下，走过来问："这么多东西，是姜姑娘寄给你的吗？"

李国华签收的时候就已经看见姜妍的名字了，点点头说："是。"

送快递的车离开后，李国华平静地说："小周，你的被子我确实不需要，你带走吧。"

陶卫东的声音传来："东西自然不会多余，但人总是会嫌它们多余。"

陶卫东停下摩托车，和李国华打了个招呼："快忙吧，我来接小燕回去工作。"

他笑嘻嘻地走到周小燕面前，替周小燕把被子折起来收好，放在摩托车上，又说："肯定在李同志这里吃瘪了吧？早跟你说过，人家李同志名草有主了。那个小姜，哪都比你强，李同志怎么能看得上你。"

周小燕不服气，开始流眼泪了："有你这么劝人的吗？！那姜姑娘是不错，可怎么就比我强了？是不是你也喜欢姜姑娘？"

陶卫东扯着周小燕上了自己的摩托车，一溜烟地往村里驶去，周小燕犹自说："我就不信了，我不如那姜姑娘……"

陶卫东说："有句话听说过没有？情人眼里出西施。姜姑娘即使没有你优秀，在李同志眼里那也是无人能比的。就比如你这个村妞，在我眼里也是非常难得的，真性情可是一种可贵的品质。"

"那你欣赏我喽？"

"何止是欣赏，我——"陶卫东忽然停了话头。

周小燕正听着呢，没有后半句了，急了："你什么?"

"没……没什么……"陶卫东忽然结巴起来。

周小燕顿时扑哧笑出了声："傻瓜!"

不知不觉间，两个年轻人都红了脸，好半晌，陶卫东听到周小燕说："其实你比李国华优秀多了，你至少是个大学生吧，听说那个李同志只是个普通工人来着……这被子是前段时间你让我做了送给他的，你怎么自己忘了?"

陶卫东本来僵着的脸忽然就绽放出灿烂的笑容："你这个村姐，大学生有什么了不起的，你这是盲目崇拜……"

话虽如此，他的得意却怎么也掩饰不住了。

…………

这一夜，李国华睡在姜妍给他寄来的帐篷里，果然比在棉花垛上要暖和很多，也安全很多，就是看不见星星了。其实，姜妍不在，他一个人看星星也是索然无味的，不如在帐篷里给姜妍打电话。

可电话接通后，他也不知道说什么，反而是姜妍滔滔不绝地给他说了一些厂里的事。

姜妍回到沙市后，第二天就去了厂里，先去各个车间逛了一天，仔细询问观察了车间情况，又检查了库房的工作流程和仓储情况，然后才去了办公楼，开始检查各种数据账目等。

一番观察下来，车间方面没有什么大问题，经过李国华之前的整改，大家基本还是按照李国华当时制定的规程继续工作着，可是厂里的账目却成了姜妍的心病。

其实在上海棉业合作社来沙市寻求合作之前，她就发现厂里的账目不太对。就像当初发现仓库账目不对时一样，虽然觉得哪里不对，但是仔细核对后账目是平的。

姜妍开始考虑请个更加专业的会计师，好好地算一算账。

只是这也有一些困难，在办公楼工作了近半年，姜妍现在也看清一些事了。各股东及各办公室行政人员的账目多少都有点儿不干净，请一个专业的会计师来清算整顿财务，这得翻多少人的老底，动多少人的蛋糕？所以这个想法能不能实施还未可知。如果要实施，那么姜妍所面对的，又将是一个孤军奋战的局面。不过，她怕的并不是这个，而是怕她努力去做这件事了，到最后却没有一个让人满意的结果。

怎么可能会有一个满意的结果呢？不可能的。因为不管是什么样的结果，都会损害一部分人的利益，还有可能出现难以预料的事情。

姜妍把自己的这些顾虑也给李国华说了，李国华听着姜妍的声音，从帐篷里钻了出来，坐在棉花垛上，看着遥远的星空和无尽的黑夜，仿佛世界上只有电话那头姜妍娓娓道来的声音。

她委屈、担心、疑惑、无力、无奈……各种情绪交织成了一个真实的姜妍。

李国华的心微微地痛着，姜妍年纪还小，她这个年纪的女孩子，只需要有个普通的工作，赚一点儿小钱，可以独立养活自己就很好了，更多女孩所求的不过是找一个良人。

而姜妍却已经开始背负起一个三千人大厂的责任。

李国华心疼她背负得太多，同时更加坚定了他要回到姜妍身边的想法。不管以什么样的身份、什么样的代价、什么样的方法，他必须回到她的身边，站在她的身边支持她，守护她。

姜妍说着说着累了，抱着电话睡着了。

电话里久久没有声音，却也没有挂，李国华知道姜妍可能睡了，他轻轻地唤了声："妍妍，好好睡吧。"

姜妍似乎听到了，嗯了一声。

李国华又等了片刻，挂断了电话。

…………

经过几天的考虑，姜妍最终还是和姜成峰谈了账目的问题。她怀疑公司有黑洞，账目只是明面上平的，有很多地方都有漏洞，必须请专业的会计师进行整理。

姜成峰起初并不同意："一个三千人的大厂，经营近三十年了，当然会有一些小小的蛀虫，我们要包容。要知道，水至清则无鱼，太清了，工厂根本无法运转。况且，你要为姜燃考虑一下。"

"爸爸，看来你知道他有问题，若查出来问题，那也是他罪有应得。"

"妍妍，人都有两面性，在我们能承受的情况下，为什么要弄得那么清楚呢？"

姜妍这才彻底明白了姜成峰的想法，她很吃惊，以她爸爸的这种老旧的思想，居然办厂这么多年还没倒闭，也算是一个奇迹呢！

也许正是姜成峰的这种观点或者说是立场，才有了一批忠心的搭档和下属。可是在工厂刚刚重启的关键时刻，这种想法显得很不合时宜。

姜妍当然不同意姜成峰的观点，她说："爸爸，还记得我们那个策划书吗？我写了一整晚，第二天你看到后，是不是很惊喜？我妈说你一直在研究那个策划书，如果我们想要那个策划书中的内容成功实施，就得好好管理工厂。我们的工人也好，办公室行政人员也好，股东也好，全部都是按劳取酬，你并没有亏待谁。这种隐形的黑账，一旦爆发，给工厂带来的就是灭顶之灾。我们必须坚守底线，工厂才能长久，才能扩大规模，才能实现我们的设想。"

姜成峰知道女儿说得很对，可真正实施起来，对于灯芯棉纺厂来说无疑又是一场"地震"，而且这场"地震"绝对不会比先前那场"地震"小。

姜妍知道姜成峰在顾虑什么，她郑重地说："爸爸，工厂要正规化管理才行。你想过没有，如果我们账目上没有这么大的黑洞，这些钱可以用来采购新的气捻机和更加先进的络筒机，这些都是在我们计划之中的，我们本应该早就实现的呀。"

考虑了三天，姜成峰终于点了头，沮丧地说："或许我真的老了，思想和观念跟不上时代发展了。妍妍，这件事就按照你的想法去做吧。"

姜妍心疼地抱住了自己的父亲，看得出他眼眸里的苍老。

"爸爸，您永远是我的偶像。"

就这样，灯芯棉纺厂又迎来了一次"大地震"，而且这次的"大地震"首先就落到了姜燃的头上。

姜燃跑到姜妍的办公室大闹："姜妍，你想整死我是不是？你疯了是不是？你有证据吗？"

姜妍冷静地看着姜燃："如果你没做这些事，自然不会有证据，也不会把你怎么样，你着什么急？"

姜燃暴躁的情绪一时无法缓解，指着姜妍说："姜妍，姜家的企业迟早毁在你的手里！你这么个小丫头居然还想翻天！你给我等着！"

当天晚上，姜燃就闹到了姜成峰的书房。他明确要求姜成峰命令姜妍停止现在正在做的事，理直气壮地要求姜成峰取消姜妍在厂内的职权，用难以置信的语气说："爸爸，您知道您在做什么吗？姜妍这个丫头现在爬到我的头上来了！您可别忘了，我才是这个厂将来的继承人，您这样做的时候考虑过我吗？"

姜成峰看着自己的儿子，心里泛着浓浓的酸楚。这个儿子从小不好好学习，勉强上了个职高，就跟着他在厂里混，一直是他亲自带着的，结果呢？在工厂整改、工人讨薪事件等一系列事情发生时，他的表现如何呢？

最近调查账目发现，七号仓库的事姜燃与赵广正二人有里应外合之嫌疑，同时还有多笔来源不明、去向不明的账目都与他有关。虽说厂里账目不明的人不止他一个，可查来查去，姜燃的情况是最严重的。

看着姜燃那副气急败坏、理所当然的样子，姜成峰终于说道："姜燃，工厂三千工人的命运，必须压在一个有担当、有能力的人身上，必须有人真心为他们谋福利，带领他们赚钱，过稳稳当当的生活，一辈子不失业……你，不行！工厂只会交到能掌握它命运的人手里。"

姜燃一听就疯了："爸，您这是什么意思？我可是您唯一的儿子！儿子！"

"姜燃，别的先不说，你先解决账目的事吧。你黑了厂里的钱，你我现在是对立的，我和你没有什么可多说的。"

"爸！厂里的钱就是您的钱，您的钱就是我的钱，我为什么不能用？"

姜成峰这才发现，姜燃真的是无可救药了，极度的失望让他的心脏一阵阵地抽着疼。

他挥着手："你出去，出去吧，我不想和你谈了。"

"您打定主意不管了是不是？好，我自己管！"说着他就走了出去，砰的一声把门狠狠地关上。

姜成峰捂着自己的胸口，面色难看，好一会儿才觉得舒服一点儿。

第二天，姜燃直接在办公楼里搞起了分裂，公然在办公楼里问："你们站在谁那边？现在我要求你们停止配合这件事！是听我的命令还是听姜妍那个小丫头的，你们要考虑好。你们要明白，我才是这个厂未来的主人，你们真的打算得罪我吗？"

这次查账事件到底有多严重，大家心里都有数，都在想自己如何能脱身，哪里会有人应姜燃的声。

那些和姜燃关系稍微近些的人劝道："燃总，这件事可不是儿戏，涉及法律，我们都自身难保了，这时候还搞站队？恐怕这个队是站不起哦！"这已经是最善意的答案了。

姜燃彻底地绝望了。他原本以为自己在厂里的身份地位，除了姜成峰，无人能及，这些年他也被大家捧习惯了，现在才发现，原来他除了姜成峰的儿子这一身份，在厂里其实什么都不是。此刻别说帮他了，不看他笑话就算好的了。

姜燃在办公室里坐了很久，直到天黑才回过神来，他仔细打量着自己的办公室。两台电脑上都装了各种好玩的游戏，茶几上放着高级的烟灰缸，柜子里还收藏着不少好酒，沙发是高档的真皮沙发，办公桌下面还有个踩脚凳……

不知道为什么，他心里隐隐觉得这间办公室恐怕不再属于自己了。带着这种沮丧的心情，他拿起西装走出了办公室，恰好收到许重笙的短信："燃太子，有空吗？可以一起吃个饭吗？"

姜燃没回复她，而是直接给李婉玉打了一个电话。深秋的天气已经很冷了，姜燃就这样站在冷风里，等待着李婉玉接电话。

好一会儿，电话那头传来李婉玉淡淡的一声"喂"。

"婉玉，我可以见见你吗？"

"我马上要去洗澡休息了。"

"噢。"

"那我挂了。"

"好，你早点儿休息。"

挂了电话，姜燃又在冷风中站了一会儿，忽然自嘲地冷笑几声，自己不但在办公楼里是个笑话，在李婉玉那里也一直都是个笑话。

与此同时，李婉玉握着电话，心情久久不能平静。她觉得今天姜燃有点儿不对劲，平时打电话就算没话，他也能硬说上好一阵子，可今天有点儿太顺从她了，而且他说话的语气似乎也有点儿不对。犹豫了好一会儿，她拨通了姜妍的电话："小姜，在忙吗?"

其实姜妍今天的心情也不好，现在已经可以确定姜燃的问题很大，因为此次查账走了法律程序，后面的结果真的很难预料。虽然她和姜燃一直不和，但是她也不想看到这个结果。因为最伤心的人，一定是姜成峰。

接到李婉玉的电话前，她已经愣了好一阵子，听到李婉玉的询问，她说："还好，这会儿不忙。"

李婉玉说："小姜，我是想问你，那个……"李婉玉咬着唇，总觉得说出姜燃的名字比较难。

"师父，你想问姜燃?"

李婉玉嗯了一声："他是不是出什么事了?"

"师父，他是出了点儿事，而且有可能是大事，也比较难脱身。"

"怎么会这样?"

姜妍不知道怎么告诉她，只好沉默。李婉玉也知道不会得到答案，除非姜燃告诉她。

姜妍这个人说话从来不夸大其词，她说姜燃难以脱身，事比较大，那一定是大事。她心里非常担心和悲痛。

但她没有再拨通姜燃的电话，她知道，这是姜燃受教训、改变行为的机会，他需要进步，她不能做他的绊脚石，她心里甚至希望姜燃这次能摔得痛一些，以后就有记性了，就能堂堂正正做人了。

她将自己的脸埋在膝上，默默地痛哭。

这一天，对姜妍来说也是难熬的，偏偏这天李国华的电话一直打不通。

深夜，李国华终于接了电话。电话接通后姜妍立刻生气地问："你为什么不接我电话？你不知道我很担心你吗？"

电话那头传来陶卫东的声音："姜小姐，李国华病了，发着烧，我正准备送他去医院，可他就是不去，要看着棉花垛子。"

姜妍本来已经躺下了，这时候一骨碌爬起来，挂了电话穿上外套就往外走。苏佳听到动静出来问："妍妍，这么晚了，你要去哪儿？"

姜妍说："妈，我出去一下，这两天可能不回来，别担心，电话联系。"说完再没有过多解释，直接出了门。

姜成峰从书房走出来问苏佳："她去哪儿了？"苏佳害怕姜成峰生气，说："可能是去见重要的朋友了，你别管了，孩子大了，她能处理好自己的事。"

姜成峰听苏佳这么一说，好像突然想到了什么，问："你是不是有什么事瞒着我？"

苏佳连忙说："你这个老家伙怎么越老越疑神疑鬼的。"

姜成峰见问不出什么来，只能皱着眉头进了卧室，一副心事重重的样子。苏佳看到他这个样子不免又心疼："老姜，你别这样，妍妍这孩子你又不是不了解，从小就很懂事，她做任何事都有分寸的。你看她自从进入工厂，每件事不是都做得很好吗？"

姜成峰点点头："是啊，我老了，该退休了。"

苏佳笑着点头："你可是年轻的时候就对我许下承诺，要带着我去全国各地旅游呢。你可不能食言。"

姜成峰脸色阴沉，但最终还是点点头："我怎么会食言，这辈子别的不敢说，但我最重信誉。况且，你是我最重要的人，我更不能失信于你。"

苏佳点点头："好呢。"

老两口儿到了现在，感情反而越来越好了，二人相拥入眠。

这时候的姜妍，已经在药店买了各种感冒药，然后打了一辆车直奔李国华的棉花垛子。

她知道李国华的倔脾气，如果他执意不去医院，别人也没有办法，所以她必须去找他。她刚上车，天空就飘起了雪。

车子出了城市进了乡村，又到了荒野……其实不是荒野，在春、夏、秋三季，这里都是希望的田野。有很多人在田地边踩出很多条路，大家在这希望的田野上劳作。到了十一月底，希望的田野便进入冬季了。

希望的田野一片苍凉，变成荒野的样子，盖着一层薄雪。

原来的道路都被掩盖了，姜妍凭着记忆指挥着司机往前开。除了这辆车，四周都黑沉沉的，司机开始抱怨："早知道是这样的鬼地方，出再多的钱也不能来。"

姜妍心里也紧张，到了这四野无人处，才发觉自己就这么单枪匹马地坐上了一辆陌生的车，实在太危险了。

所以她也不敢多说什么，只道："到了地方，我朋友会给你付更多的钱，加价行吗？"

"这还差不多。"司机语气平和了些。

原本两个多小时的路，三个多小时才到。一下车，看到眼前的场景，姜妍的眼泪就流了出来。

从包里掏出钱，放在司机的手里："你的车可以在这里等一下吗？我们有可能要用车，送一个病人去医院。"

司机见姜妍给的钱多，于是点点头："行吧。"

姜妍为什么忍不住哭了呢？因为眼前的情形实在太荒凉了，四五个棉花垛子上都落了雪，像雪白的巨人立在黑暗中。一个小小的帐篷在垛子下面，帐篷的入口处透出昏暗的光。除了这小小帐篷中透出的光，周围一片黑暗，旷野苍凉，怎能不令人孤寂悲伤？怎能不心疼守在这里的人？

她含泪进入帐篷，看到李国华躺在帐中，身上盖着厚厚的棉被，一个小小的铁炉子里有炭火，怕帐篷不通气，就把入口处打开了一点儿，所以就有风灌进来。

陶卫东正忧心忡忡地守在李国华身边，看到姜妍进来，他明显松了口气，惊喜地说："姜小姐，你来了真是太好了，李同志根本不听话，现在他的情况很不好。"

李国华听到陶卫东的话，想要坐起来，但一阵眩晕，姜妍赶紧扶住他，很自然地坐在他身后，让他靠在自己的身上："国华，你只管休息就好。"

李国华确实很累很晕，没有反抗，就这样靠在姜妍的怀里微闭眼睛休息。

姜妍问陶卫东："他吃药了吗？"

"吃了，但是没起什么作用，病了好几天了，我每天都来看他，真怕他在这里病死都没人知道呢。"陶卫东说，"太倔了，长绒棉的价格已经涨到这么高了，他还是压着不出手，非得在这里活受罪。"

姜妍向来不质疑李国华的决定，没接陶卫东的话，只说："目前这情况，垛子确实离不开人，他不放心，我更不放心。陶大哥，你这里可有靠谱的愿意出诊的医生？他需要打点滴。"

陶卫东拍拍自己的脑袋："你看我，我怎么就没想到这一点呢，还真有，就是远点儿，而且这么晚了，不知道人家愿意不愿意出诊……"

"陶大哥，所有费用我愿意加倍出，只要他能出诊。车子就在外面，就用这辆车。"

陶卫东本来还在发愁，外头在下雪，自己骑着摩托车来去不方便，还打算回村里找车。听姜妍这么说彻底放心了："姜小姐，你一来什么都顺了，我马上去安排。"

陶卫东说着就出了帐篷。

姜妍感觉窝在她怀里的李国华像火炉一样滚烫，一直在发抖。

姜妍将他抱得更紧了些："医生马上就来了，咱不离开棉花垛子也能把病治好。"

李国华说："小姜，谢谢你，不逼我……"

李国华身体难受，话说得很少，但姜妍已经明白他的意思了，说："我懂，这些棉花垛子，你的投入太大，不能出现任何闪失。你想要把它们最大限度地利益化，想快点儿回到我的身边，和我站在一起，我懂，我知道你不能离开棉花垛子……"

姜妍说着说着眼泪就出来了。这个男人，很少说甜言蜜语，可他正在用自己的行动去实现内心的目标。以前他只是个小工人，没有太大的志向，如果不是姜妍出现，只怕让他做一辈子小工人也是愿意的。

可因为姜妍，他选择了奋斗，离开了舒适区，一心要做出成绩，只为能理直气壮地站在她的身边。

半夜四点多，陶卫东带着附近小镇上的诊所的医生来了，从医生所带的东西看还是很专业的，经过检查，确诊是典型的风寒感冒，比较严重。

说话间医生已经给李国华挂了点滴，小小的帐篷内挤了四个人，因里面点着小炉子怕被烟熏，所以门还开了一条缝，寒风直往帐篷里钻。医生说："都这样了还不送医院，非得到这里来治，不知道你们怎么想的。这样的环境，病很难好的。"

"您只管给他治就行了，来回的路费及所有医药费，我们愿意出双倍。"姜妍说。

医生点点头，表示已经知道了，却又说："也不必如此，我们作为医生，治病救人是应该的，正常结费即可，别让我倒贴时间和钱就行。"

陶卫东立刻笑了起来："您真是个好医生，到时候给您送面锦旗去。"

医生一笑："这个可以要。"

陶卫东回到村里，把之前载着姜妍来的那个司机打发走，就近找了一辆出租车，说要长包三天，随叫随到，一天三百。司机也一口答应了。

陶卫东让周小燕做了些饭菜，他送到棉花垛子前，此时天已经亮了。李国华挂完点滴舒服了些，沉沉地睡去。姜妍也累极了，便拥着他睡着了。来送饭的陶卫东见状，也不好打扰，轻手轻脚地把饭菜拿出来热在小铁炉子上就离开了。

雪，下了一夜。

姜妍再从帐篷中出来的时候，外面已经银装素裹，今年的第一场雪就粗暴地盖住了整个世界。

她这才给母亲打了个电话，说自己正在照顾李国华，这几天不回家，让苏佳先不要告诉姜成峰，给她打个掩护，就说她同学家里忽然出了大事，需要帮几天忙。

苏佳明白女儿的心思，又劝说道："妍妍，你爸爸反对得这么厉害，我真怕你和国华最终走不到一块儿。"

"不会的，我对李国华有信心。"

母女二人说完，苏佳就挂了电话，一转头，却发现姜成峰不知道什么时候站在了她的身后，明显已经听到了她们的对话。姜成峰脸色难看极了："妍妍真去找李国华了？他俩现在在一起？"

苏佳知道说什么也瞒不下去了，只好点点头："老姜，孩子是真爱李国华，你别再阻拦。李国华那个小伙子人不错，好人家的孩子，家庭条件差点儿，你也不至于就因为这个不让他们在一起，你也是从穷小子成长起来的。"

姜成峰一下子把手里的水杯摔在地上："你懂什么！"

碎裂声刺耳，苏佳愣住了，结婚这么多年，姜成峰从来不曾对她发过这么大的脾气，而且还是如此毫无道理地发脾气，想着想着，苏佳捂着脸哭了起来。

姜成峰躲回了书房。

这头，姜燃也是气急败坏，虽然他人没去上班，但是办公楼里的各类消息不断地传到他这边来，当然都不是好消息。姜燃知道自己大难临头了，给李婉玉发的信息也越来越负面了。

"婉玉，我的账目出了问题，我可能要去坐牢了，你如果不见我，恐怕我们之后都见不到面了。"

"婉玉，对不起，我可能要被送进去改造了，是我不好，对不起。"

"婉玉，求你了，理我一下。"

他每天发很多信息给李婉玉，可是却得不到李婉玉的任何回应。

他不敢去办公楼，整天躲在房子里喝酒，给李婉玉没完没了地发信息。

从开始的诉说对李婉玉的思念、愧疚，到道歉、自责、无奈，到最后，他渐渐地开始责难李婉玉。

"是，我的账是出了问题，可你知道为什么出问题吗？还不是为了你，如果不是你，我能落到这个地步？"

"是你说我爸妈不喜欢你，我才想要买房子咱们俩自己住的。"

"买房没钱，我去赌，欠了太多债，我……"

"我都是为了你，你现在却这样待我，你不亏心吗？你凭什么这样待我？我好歹也是姜成峰的儿子，我屁股后面跟着多少比你优秀的女孩子，可是我却为了你落到这个地步，我真是瞎了眼！"

"你真绝情，我以前有多爱你，我现在就有多恨你，我真的恨你！"

"李婉玉，我买了房子，又重新装修、买家具，房子装修成你喜欢的风格，家具买最好的，一切都给你最好的，我是为了这些东西才出了问题，如果我去坐牢，也有你的责任。"

"李婉玉，遇到你是我的劫难，你毁了我……"

面对困境，姜燃越来越失控，把一切责任都推到了李婉玉的身上。李婉玉默然地看着这些信息，心如死灰。

一句"姜燃，别反抗了，好好认错，即使你进去了，我也会等你的"打出来又删除，始终没有发给姜燃。

她知道，只有最深的痛，才能得到最痛的领悟。

姜燃就是需要这种最痛的领悟。

她只希望姜燃清醒，可以承担自己做错事的后果。

因为姜妍无微不至的照顾，两天后李国华的病情明显好转，面色憔悴的他对姜妍说："又让你跟着我一起受罪了，这里太冷了。"

他说的是实话，毕竟已经下雪了，一个薄薄的帐篷虽然能遮风挡雪，可是不保暖。

姜妍和李国华在一起的两天，二人总是紧紧地拥抱在一起，彼此取暖。难以想象，姜妍没有在他身边的时候，他一个人是如何度过这冰冷又漫长的夜的。

姜妍说："和你在一起，不冷。"又问："国华，你还要在这里守多久？"

李国华说："最多十天。"

二人正说着话，姜妍接到了李婉玉的电话。

电话通了，却久久没有听到李婉玉说话，姜妍有些奇怪，问道："师父，您找我有事吗？怎么不说话呢？"

好一会儿，那边还是沉默。

不知道为什么，姜妍心里忽然产生了不好的预感，问道："师父，你是不是和姜燃吵架了？还是出了什么别的事？你说话呀，我会害怕。"

听到她这样说，电话那头终于有了动静："小姜……我快要死了。"

她声音嘶哑得厉害，而且带着明显的颤音，仿佛在忍受着巨大的痛苦。姜妍一下子紧张起来："师父，你在哪儿？是生病了吗？快叫医生呀！"

"小姜，替我和姜燃说声对不起……"李婉玉的声音越来越弱。

"师父，到底出什么事了？"

"我……害了姜燃……罪该万死！嗯……"她发出痛苦的尾音。姜妍忙问："师父，你现在在哪儿？"

"……小姜，我不想见姜燃……"

"你告诉我你在哪儿，我一定不让他见你，我会保密！"

"……小姜，你信吗？我可能是世界上，最……最……希望姜燃能过得好的人，希望他幸福、开心，然而……"

"师父，你是不是做了傻事？你是不是吃了什么不好的东西？"姜妍说着话已经哭了起来，她从电话里感觉到了李婉玉目前的情况十分危险，然而她却不知道该怎么做。就在这时，她隐约听到电话里传来："我是华宸酒店客服，请问客人您需要帮助吗？"

姜妍不敢挂电话，捂住话筒立刻对李国华说："华宸酒店，李婉玉可能吃了药，有生命危险，国华，快打120和110！"并且示意李国华去远一点儿的地方，不要让李婉玉听到这边的说话声。

李婉玉听到门外有人说话，静悄悄地不吭气，服务人员没听到回应就离开了。李婉玉听到姜妍在电话中哭着说："师父，姜燃就是个浑小子，你可不能为了他做什么傻事呀，师父……"

李婉玉的视线已经模糊，她看不清屋内的情景，腹内的绞痛忽然停止了，她甚至有了解脱和舒服的感觉，张了张嘴想说话，但喉头发紧，无法呼吸，已经说不出话来了。她无力地挂断电话，就这样失去了意识。

姜妍虽然不放心李国华，但她必须回去处理李婉玉的事。她在陶卫东的帮助下找了辆出租车，当坐上出租车准备出发的时候，她打开车窗看向李国华，李国华哑着嗓子说："十天，十天后我一定回市里。"

姜妍含泪点点头，向李国华挥挥手，车子迅速往沙市开去。

车子刚出发不久，姜妍接到一个电话："您好，请问您是李婉玉的家属吗？"

她忙回答："我是她家属，她现在怎么样了？"

"她服了好几种药，现在在人民医院抢救，需要家属尽快缴费。"

"好，我马上就到，请全力抢救。"

"好。"

姜妍心急如焚地赶到医院时，李婉玉的父母已经到了，看到姜妍，他们先是疑惑，在得知她的名字后态度马上转变了："姜小姐，你能来看我们家婉玉真是太好了，听说你是姜总的女儿……"

李婉玉一直被家里催婚，虽然她没有提起过家里的情况，但是她的家就在沙市，却常年住在宿舍里，可见与父母的关系一般，从此时他们的态度也能感觉出这对父母对自己女儿的关心确实不够。

姜妍礼貌地回应了几句，问道："我师父怎么样了？"

"还在抢救。"李婉玉的母亲到底还是流露出了几分难过。

姜妍去收费处交了所有费用，又来到抢救室门口和李婉玉的父母一起等。李婉玉的父母都疑惑地看着姜妍，明显心里有很多疑问，但是又不敢问出来。

姜妍这几天一直在照顾李国华，再加上一路奔波，这时候已经很累了，但她想了想，还是对二老说："我师父出事时正在给我打电话，所以我知道她可能有危险，就让我朋友报了警。因为我们师徒一场，这个钱我愿意出。"

李婉玉的父母立刻说起了感激的话，姜妍只是淡淡地说："没事的，应该的。"

这是姜家欠李婉玉的。

李婉玉的母亲终于问道："那你知道我家婉玉为什么走上这条绝路吗？"

姜妍从二老的神情也明白，他们是真的不知道，很迷茫。他们有可能不知道女儿和姜燃谈了好几年恋爱，不知道女儿在这段时间里遭遇的任何事。

姜妍在心里悲叹了一声，回答道："这事我也不知道，等我师父身体好了，你们自己问她吧。"

李婉玉的母亲忽然哭了起来："这傻孩子，不知道能不能被抢救过来……"

"一定能的，一定没事。"姜妍的声音微颤着，心里不断地祈祷着。

好在几个小时后，李婉玉被抢救过来了，不过还没有度过危险期，需要进一步观察。

姜妍早就办好了住院手续，李婉玉被送回了病房。她父亲在病房陪了一会儿就离开了，说家里还有点儿事要去做，她母亲继续陪着。

姜妍总算松了口气，一个人坐在走廊里的椅子上，累极了。手机在手中转了又转，姜妍终于拨通了许重笙的电话，好一阵子，才有人接听，许重笙的声音有些淡然："姐，找我有事吗？"

姜妍此刻的心情很沉重，但还是尽量平稳和气地说道："没事不能找你吗？"

许重笙只是哦了声。

姜妍又说："小许，最近怎么样，过得还好吗？"

良久没有听到许重笙的回应。

姜妍又问："小许，是不是出了什么事？"

许重笙道："能出什么事呢？姐，我一切都好。你什么时候回厂呢？"

"过几天。"姜妍回答。

许重笙忽然变得烦躁起来，急急地说："我还有事，先挂电话了。"

也不等姜妍说什么，她就挂断了电话。

第二日清晨，李婉玉醒了过来，看到顶着熊猫眼的姜妍，她神色木然。

姜妍轻轻地握住了她的手。"师父，我看了你的手机。"姜妍的眼泪一滴滴地落下来，"那些信息我都看到了，是姜燃欺负你，是他对不起你。师父，是他的错，你不要再做傻事好吗？不要用他的错惩罚自己……"

"小姜，这些年，我存了二十万，你有路子吗？送我去别人找不到的地方好吗？……留在这里，我一定会死。"

李婉玉虽然很虚弱，但是她看着姜妍的目光很倔强，她的眼睛发红，神情既脆弱又决绝。

"师父，只要你肯好好活着，怎样都行。"

"好，我想尽快走，如果有别人问起我，你就说我死了。"

"好。我答应你。"

姜妍认为，李婉玉这次出事是姜燃惹出来的乱子，姜燃的事也是姜家的事，她觉得自己有责任善后。李婉玉的想法，她能理解，而且也是赞成的。

姜燃的所作所为何止伤害了李婉玉，也伤害了自己的父亲姜成峰！眼见姜成峰发白的头发，苍老的容颜，作为儿子不但帮不上他的忙，还总是添乱……

半个月后，姜妍为李婉玉准备好了所有手续，把李婉玉送出国学习。

李婉玉刚刚出院，她甚至不愿意回家去取几件衣裳，也不愿回三〇五宿舍去拿一些贴身用品，直接就从医院出发去了机场。姜妍尽力为她准备了一些东西，李婉玉连看都没看，如同逃跑一样，搭乘了去往异国的飞机，彻底地消失在沙市众人的生活中。

之后，沙市接连下了两场大雪。

李国华终于回到了沙市，回来的那天，他先和姜妍一起回家吃了饭。当知道姜妍把抽屉里的机械小人换了时，他内心感到很甜蜜，几乎在母亲面前藏不住了。饭桌上，他细心地给姜妍剥虾，眸子里的温柔连李母都感到意外。毕竟自己的儿子平时冰冷刻板的模样她是再熟悉不过了，但她没觉得这样不好，反而异常开心，甚至不小心说了句"你们小两口，必须有新房子才好，不能和我这老太婆住在一起……"

姜妍的脸一下羞红了，而李国华并没有反驳母亲，反而说："妈，不用担心房子的事，我已经有买新房的钱了。"

姜妍这才反应过来他们母子俩在商量大事呢，讷讷地说："其实这房子就挺好的，而且……我们也是要和……和阿姨住在一起的，可以彼此照应……"

她一句话惹得李国华和母亲都由衷地笑起来。

吃完饭后，李母坚决不让姜妍进厨房，李国华便去帮母亲洗碗。姜妍无意间经过厨房，听他们仍然在讨论房子的事，李母还是坚决让李国华准备一个新的婚房，说自己的房子太小，容不下他们两个，自己要一个人在这房子里养老……

李国华并没有反驳母亲，只说："住哪儿并不重要，重要的是，儿子会一直在您的身边的。"

李母笑起来："傻儿子，一直在你身边的只能是妍妍。我只要看着你们过得开心幸福就好。"

姜妍的眼睛有点儿发热，和李国华相处得越久，他们之间就越和谐，与经常听到的那种相处越久问题越多的情侣完全不同。

一切收拾完后，李国华和姜妍进入了李国华的房间，气氛忽然暧昧起来，二人对视片刻，姜妍抬手抚上了李国华的脸："国华，辛苦了，你这段时间瘦了好多。"

李国华再也忍耐不住，猛地把姜妍扯进怀里，姜妍也顺势抱住了他，二人就这样紧紧相拥。感受到李国华的激动，姜妍只觉得眼睛发热："国华，你终于回来了。辛苦了。"

李国华嗯了声，说："小姜，你放心，这第一桶金我赚定了。很快我就能娶你了。"

"我相信。"姜妍点头。

转眼间到了十二月中旬。

姜成峰怎么也没有想到，最后他会求到李国华这里。原来姜成峰当初和上海棉业合作社的棉业企业签订了一些特细纱的贸易合同，而这个特细纱对棉线的要求比较高，其中很重要的一层必须用优质长绒棉。

收购优质长绒棉最好的时期是十月中旬，到十一月市场差不多已枯竭。

李国华这里的长绒棉储量虽然不多，却是最优质的长绒棉。姜成峰如果能够全部拿到手，也就勉强能应对一季的特细纱生产。

李国华在傅青的帮助下拿下了一家大型棉花加工厂的一个加工车间，他的这批长绒棉要自己加工，自己售卖，价格都由他自己定。

傅青太佩服李国华这个小子了，不知他是如何把时间、市场把控得如此精准的，就算是纵横商场多年的老江湖也感到不可思议。他隐隐觉得，这小子恐怕会成为将来西部棉业的黑马。李国华现在处于低谷，如果自己肯出手相助，那以后合作的机会可能会很多，至少他不想和这个小子为敌。

姜成峰四处打听优质长绒棉皮棉，傅青自然是知道的，他快速调查了今年西部棉业长绒棉皮棉的存量，结果发现，在刚刚入秋的时候，就有很多珠三角地区及周边地区的买家不辞辛苦奔来西部买新棉，导致西部棉业长绒棉皮棉存量基本枯竭。而李国华手中这批长绒棉，有可能是姜成峰最后的希望了。

姜成峰接了上海棉业合作社的订单，如果不能保质保量完成这笔订单，有可能会丧失信誉，和上海棉业合作社的合作也会中止，后果非常严重。

关于姜成峰和李国华之间的事，傅青也听说了。那日李国华在会议室，当场辞去副厂长职务，离开工厂……然而此刻他却牢牢地握住了灯芯棉纺厂发展的命脉。

这是姜成峰想不到的，也是傅青最佩服李国华的地方。

姜妍自然也想到了这个问题，不免在两个人温存的时候问李国华："国华，你在玛河村守得那么辛苦，是不是想要报复我父亲？是故意要抓住工厂发展的命脉，让我父亲知道你的厉害？"

李国华有点儿意外，姜妍居然这么想，但他并没有责怪姜妍，反而笑了起来。

多数时候，姜妍是能干且理智的，让人感觉她不像个女人，可是当她做出这种猜测的时候，她骨子里依然是个小女人……

他没怪她，心疼地轻轻拥着她说："你傻了。"

姜妍不懂，抬起小脸看他，他的目光却看向窗外，喃喃自语："这批长绒棉幸好是在我的手中，是我在荒野里守了两个多月的时间将它们守下来的。如果不在我的手中，这批长绒棉早就被那些闻风而来的外地买家买走了。"

姜妍忽然明白了，是啊，这批长绒棉幸好是在李国华的手中，幸好还在大西北，如果不是李国华一直将这批长绒棉守在荒野中，这批长绒棉早就已经不知道去哪儿了。

李国华这样做，其实是在变相保护着灯芯棉纺厂，他一直都在为工厂筹划，只不过用了别人都不知道的方式。

"那这批长绒棉……"

"自然不能轻易出手，我会和姜厂长好好算这笔账的，一定要给到我满意的价格，我才会出手给他。"

"啊？"姜妍张大了嘴，"你打算要多少？"

看到她紧张的样子，李国华又笑了起来："你是不是害怕我要价太高，导致爸爸对我有意见，我和你的事他更不会同意了？"

"哪……哪有！"姜妍的小心思被道破，脸又红了起来，继而又反应过来，"你刚才叫他爸爸？"

"你的爸爸，自然我也得叫爸爸。这批长绒棉，除了是我掘到的第一桶金，还是聘礼。除了要给足价格，还得把你给我，否则绝不出手。"

"啊？！聘……聘礼？"姜妍愣愣地看着李国华，脸红了，故意岔开话题，"哪有儿子对爸爸这样狠的？你这哪里是做买卖，根本就是打劫。"

"我可是给咱们厂留了一线生机呢，你怎么反而说是我打劫？"

"国华，你说的话我不懂，工厂现在发展得不错，就算和上海棉业合作社的事黄了也不至于倒闭，所以你所谓的'这线生机'，说得有点儿严重了哦。"

"你不信是不是？你可以和爸爸聊聊，这件事的轻重他应该是最明白的，这次我和他的交易一定会成功的。"

"国华，你爱我吗？"姜妍忽然问。

"为什么这样问？"李国华反问。

"如果你爱我，为什么要把这件事说成是交易呢？"姜妍的语气里并没有悲伤，更多的是疑惑。

李国华想了想："因为我觉得，除非是以交易的形式，否则爸爸不会轻易把你交给我的。"

姜妍搂住了李国华的脖子："国华，不管你爱不爱我，我都很爱你，爱你这种让人摸不透、骄傲又强大的样子。"

李国华抱紧了她："傻瓜，在你面前，我从来都是透明的。"

二人说着说着，忍不住心中的激动，拥吻起来……

姜成峰确实是个老狐狸，在不得已的情况下，三度约李国华吃饭，各种话题都谈到了，但是对李国华所开的价格，以及要以此次生意合作成功的附加值作为聘礼的事，他根本不搭茬儿，以至于姜妍都有点儿绝望了。

当李国华提到工厂不久后会再次面临危机，甚至可能倒闭的事时，姜成峰忽然沉默了。

很久之后姜成峰才对姜妍说："妍妍，李国华说的是对的，如果保不住和上海棉业合作社的合作，那么我们就会失去先机，明年市场竞争极为激烈，上海棉业合作社的生意会被别人抢走。

"今年秋季，各路棉业人员来到西部大量采购长绒棉，明年必然是长绒棉产量过剩的一年，也预示着棉花产业必然再现繁荣，没有人会愿意放弃这次赚钱的风口。

"目前我们所有的生意几乎都是和上海棉业合作社开展的，一旦因为缺少长绒棉被迫终止合作，我们这个老厂旧的业务保不住，新的业务又得和新崛起的企业瓜分，一点儿竞争力都没有，到最后就是被淘汰的结局。"

听了姜成峰的解释，姜妍终于明白了，危机其实并没有解除。

姜成峰又说了句："妍妍，咱们建厂从商，不进则退，一旦想要安稳度日，其实就已经是衰败的开始。"

姜妍郑重地点点头："爸爸，我知道了。"

姜成峰又叹息一声："这个李国华，呵呵……真是个人才。请他回家吃个饭吧。"

姜妍眼睛微亮，又问道："爸爸，您不会为难他吧？"

"不会。"姜成峰说，"不过我和他的交易，不一定能成。"

姜妍眯着眼睛笑起来："爸爸，一定会成功的。我愿意你们交易成功。"

因为她知道李国华会提出什么样的要求，所以她刻意对姜成峰表达了"我愿意"这三个字。

姜成峰又不由自主地叹息一声。

…………

两天后，李国华如约来到姜成峰家里。

李国华换掉了工装，一身西装革履的打扮，还打了领带，皮鞋也擦得锃亮，头发细细地打理过，手腕上还戴了一只表。这可是他专门花了一天的时间置办的行头。果然人靠衣装马靠鞍，李国华本来就身材修长板正，人英俊气质好，这么一打扮之后，更是神采逼人，令人眼前一亮。

苏佳是第一次近距离观察这个未来女婿，越看越欢喜，暗赞女儿的眼光不错，这个小伙子一表人才，气度不凡。苏佳这么想着，内心已经把李国华当成准女婿了。

姜妍并没有和李国华说多少话，只是目光温柔又羞涩地和他打了个照面，然后进厨房准备午饭。

李国华和姜成峰则进了书房。

不知道他们谈了些什么，总之二人没多久就从书房里出来了，然后坐在楼下客厅的沙发上继续谈话，但已经不谈工作上的事了，而是说家长里短，姜成峰问了李国华母亲的身体状况和李国华对未来的规划，李国华也都一一地回答了。

姜成峰听完笑了起来："你这小子，目标太明确了，弯弯绕绕还不是为了妍妍。"

李国华没有反驳，面色微微一红，默认了这个说法。

苏佳忽然提议说，虽然天已经冷了，但院子里还有一些菊花开着，让姜妍带着李国华去赏花。姜妍知道母亲是在给二人制造单独相处的机会，目的是让李国华在姜成峰的各种逼问下喘口气。

李国华跟着姜妍来到花圃前，姜妍笑道："国华，你像这菊花，坚强，不怕冷。"二人都想到李国华在棉花垛子前被冻得感冒的事情，不由得扑哧笑出了声。

二人的手不由自主地握在了一起。等他们再进入屋里的时候，姜成峰和苏佳都在厨房忙。姜妍有点儿意外，姜成峰居然也进厨房了，破天荒呀。

二人不约而同地选择了不打扰二老，姜妍刚准备带着李国华去她的房间看看，忽然听到苏佳说了声："什么？李明江？老姜，你为什么这样说？我不信。"

"李明江"三个字让李国华停住了脚步，姜妍刚要说什么，就被李国华用眼神制止了。

二人站在厨房外的一侧，静静地听着。

姜成峰说："你不要这么大声！让国华那孩子听到不好。"

苏佳已经放下了手中的菜刀，擦了擦手，颤声道："老姜，你是说李明江的死和你有关？是你在李明江检查电路的时候开了电闸？你为什么这么糊涂？你为什么要这样做？"

"我并不是故意的，当时电路出了一点儿问题，我打开电闸只是想看看电路到底是哪里出了问题，并没有发现气流坊有人。过了两天，我才知道李明江就在气流坊的屋顶上……我当时也蒙了，我……"

苏佳听到此，哭着撕扯着姜成峰的衣领："老姜啊，你说这可怎么办？怎么会有这种事？国华这孩子可怎么办？我们妍妍怎么办？"

姜成峰的目光往厨房门侧边扫了一下，其实他知道李国华在，他不想再隐瞒这件事，因为他内心充满了负罪感。他过不了这个坎儿，李国华迟早也会知道的。

苏佳不知道该怎么办了，只是哭泣着，姜成峰沉默不语，姜妍眼睛瞪得大大的不敢眨眼，只怕一眨眼眼泪就要落下来。她不敢看李国华，也不敢动，李国华似乎也僵住了，空气如同凝固般让人窒息。

也不知道过了多久，李国华终于看向姜妍，喉结动了一下，声音沙哑地说："小姜，我……忽然有一点儿急事，我得立刻去处理，就……就不吃饭了……"

李国华说完就往外面走，姜妍伸手想去拉他的胳膊，触碰到了他的衣服，却不敢有进一步的动作，眼睁睁地看着李国华夺门而去了。

"啊！"姜妍撕心裂肺地惨呼一声，猛地抱住自己的脑袋，蹲在地上。她没哭，只觉得脑袋轰轰响，太难受了。

姜成峰和苏佳从未见过如此失态的姜妍，都跑出来抱住她，而姜妍冲着姜成峰尖声叫着。姜成峰刹那间泪流满面："女儿呀，我知道你生气，可是事情已经这样了，没办法了呀！"

姜妍红着眼睛哭着质问："为什么要说出来?！都已经瞒了这么久，为什么不继续瞒下去？为什么不把这个真相带进棺材里?！你为了让我不嫁给李国华，你居然拿这种事开玩笑！爸爸，你让我感到陌生，你不再是我的偶像，我恨你！"

姜妍说完，猛地推开两人，跑出了房子。她要去追李国华，告诉他，这一切都是姜成峰的阴谋，只是不想让他娶她而已！

苏佳身体发软，瘫倒在地上："天老爷呀，怎么会这样？"

姜成峰则追着女儿出了门，在门口眼见着女儿已经跑远了，他无力地向她跑远的方向解释："妍妍，这件事不是只有我一个人知道，还有其他人知道呀，世上没有不透风的墙，你怎知李国华这么攀着你，不是为了报复咱家呢？"

然而他的解释，姜妍根本就没有听到。

姜妍没有追到李国华，便给李国华打电话，可是已经是无法接通的状态。姜妍边哭边走，不断地拨打着电话，时而停下给李国华发条短信："国华，接电话。"

然而李国华一直没接电话，也没回电话。

姜妍在路上走了很久，之后又买了些礼物、水果什么的来到李国华的家里，开门的是李母，见到她很开心，应该还不知道今天发生的事，但是姜妍神情恍惚，只问："阿姨，国华呢？没回来吗？"

"他不是和你在一起吗？"李母问，

"噢，刚才分开了。"姜妍讷讷地说。

"分开？你俩吵架了？"李母发现姜妍的眼泡红肿，应该是哭过，心疼地安慰道，"小姜，国华这孩子看起来冷，其实他的心热着呢，小两口哪有不吵架的，过几个小时就好了。"

"但愿吧。"姜妍眼睛一酸，走到李国华的房间看了看，他的房间永远都是简单而又干净整齐的，就像他这个人。

姜妍很快离开了李国华家。她不想回家，不知道怎么就转到了三〇五宿舍，她的铺一直都在，宿舍里没人，也不知道是不是恰好遇到上班时间，还是大家都出去玩了。她也没多想，直接爬到铺上，蒙着被子睡觉了。

一直到下午，宿舍的门被打开，大家陆续回来了。

看到姜妍在，舍友们都有点儿惊讶。姜妍居然回宿舍了，太让人意外了。

大家讨论声不小，姜妍本来就没睡着，于是就坐起身来，淡淡地回应大家的问候。

有人问："小姜总，你知道李婉玉这家伙去哪儿了吗？真的好久没见了呢，这几天天天看到燃太子在楼下等，倒好像时光倒流了一样，不都有电话了吗，怎么还在楼下等？"

姜妍自然知道李婉玉去哪儿了，可她答应了李婉玉不说，如果要说，就说她死了。

所以姜妍并没有回答这个问题。又有人问："小许也好久没回宿舍了，这个小丫头是不是有男朋友了？住在别人家里了？怎么连宿舍都不回了。"

姜妍这才想起来，自己已经有些日子没给许重笙打电话了，可今天她实在没有什么情绪。只是和宿舍其他人一样感到意外，许重笙没有回宿舍住，她去哪儿了呢？又问："那她去车间上班吗？"

宿舍里的人想了想："差不多有一个月没见她上班了，是不是已经辞工了？"

姜妍顿时觉得事情很严重了，记得最后一次和许重笙通话，还是李婉玉被抢救的当晚，她当时觉得李婉玉和姜燃的事恐怕和许重笙有关，所以打电话想要询问一下。后来从许重笙的语气里判断出她状态也不怎么好，所以就没问。现在一想确实有点儿不大对劲。

　　这时候有人说："燃太子又在楼下等人了……他不知道李婉玉这段时间都没回宿舍吗？"

　　姜妍心头一动，下了床，向宿舍外面走去。

　　其实她和姜燃有段时间没见了，因为两个人为人处世的方式相差太大，见面就会吵架，所以相见不如不见，彼此都躲着。

　　这次再相见，她发现姜燃瘦了不少，还是那身格子西装，只是胡子拉碴，从前那风流派头已不复存在。

　　看到姜妍，他眸子里刹那间迸发出仇恨般的光芒，但他忍耐着，扭过头看着别处，抽了口烟。

　　姜妍缓步走到他的面前，停了下来："姜燃，你是不是在等李婉玉？"

　　"关你什么事！"

　　"你去过她家没有？"

　　"关你什么事！"

　　其实姜燃去过李婉玉的家，不过李婉玉提前给父母打过电话，告诉他们，如果有个穿格子西装的男人来问她的去向，就说她已经死了，如果不这样回答，她这辈子就真的死在外面，再也不回去了。所以姜燃找到李婉玉的家里时，李婉玉的父母恶狠狠地告诉他，李婉玉已经死了。

姜燃怎么会相信。在四处寻不到李婉玉的情况下，只能在宿舍楼下等。

姜妍从包里拿出一只手机，递到姜燃的面前："这是她的手机，你自己看看你最后都给她发了什么样的信息。李婉玉已经在一个多月前自杀身亡。你如果想得到更多的消息，可以去华宸酒店前台问任何一个人，问问一个半月前，五〇六房间出了什么事。"

姜燃愣住了，他直瞪瞪地盯着姜妍的眼睛，颤声说："你……你这个丫头心地恶毒，一直想害我，婉玉怎么可能死，你真是……"

姜妍冷笑一声，不再理他，径直从他面前走过。

姜燃刚准备追上去问个清楚时，接到了一个电话，电话那头说："小姜总，事情不妙，只怕这次您难以脱身了。您还是赶紧找姜总想想办法吧，要不然后果非常严重。"

姜燃知道这个电话意味着什么，他看着姜妍离去的方向，满脸皆是恨意。

姜燃没有去找姜成峰，他这段日子已经找过他很多次了，可惜每次姜成峰都捂着胸口，表现出痛心疾首的样子，不肯开口放他一马。

姜燃脑子里只有姜成峰那句在他看来极其道貌岸然的话："姜燃，你该受教训了，人生很长，你用几年的时间去省悟，后面的人生才有救，相比你的后半生，这两三年的时间不算什么。"

姜燃站在冬季的冷风中，绝望地冷笑着……

他忽然又想起李婉玉的事，疯狂地冲到了华宸酒店，按照姜妍告诉他的时间和房号打听情况。其实根本不用打听，他给客服几张百元大钞一问，客服就全盘托出了，甚至还拿出当天的入住记录，上面确实是李婉玉的名字。

还有李婉玉的字，他认得。

客服还告诉他："那个女孩子很漂亮，当时警察和120急救车来的时候，她就已经不行了，完全不省人事了，口吐白沫，估计去医院也救不活了。"

姜燃脑海里浮现出李婉玉的父母恶狠狠地告诉他"李婉玉已经死了"的场景，还有姜妍说"李婉玉已经在一个多月前自杀身亡"的样子……

她真的死了！他深爱的女人死了！她死了！

她甚至没有跟他道别，就这样死了！

他失魂落魄地从酒店出来，外面下起雪来，不久之后，整个天地一片银白，一切看起来那么圣洁，但对于姜燃来说，却如同走到末路般黑暗。

他觉得必须得有人和他一起承受这一切。抱着一种恶毒又无情的心思，他拨通了许重笙的电话。许重笙犹豫了半晌后还是接了，姜燃在电话中说："妞，你知道吗？"

许重笙很意外姜燃还会打她的电话，虽然他们已经很久没联系了，可此刻，她依旧很担心姜燃。

"燃太子，怎么了？"许重笙的声音暗哑且带着明显的哭意。

"能来华宸酒店吗？"姜燃并未察觉到许重笙的情绪，继续说，"我很想你。"

电话那头停顿了很久才有声音："燃太子，我就不过去了。"

"你知道吗？李婉玉死了，自杀了，在华宸酒店，她死了。"姜燃忽然泣不成声，恶狠狠地对许重笙说，"为什么死的不是你？为什么不是你？"

许重笙的泪水一滴滴不受控制地落下，听了一会儿姜燃的发泄，她默默地挂断了电话。

赵广正嘲讽地看着她："这就是你喜欢的男人？"

赵广正从衣服里掏出酒和花生："我们在这里躲了一个月了吧，剩余的钱只能买到这点儿东西了。"

二人在八号仓库一个不起眼的角落里席地而坐。

"小许，没想到最后，是你陪我做了亡命鸳鸯。"赵广正说这话的时候不仅没有悲伤，反而还有一丝丝窃喜，他其实挺喜欢现在的状态的，只可惜好花容易败，美好时光太短暂，此刻的幸福如同夕阳余晖，马上就要落幕了。

许重笙原本清澈有光的眸子如今已是黯淡无光，她像饱经沧桑的老人，幽幽地叹了口气："赵广正，现在我和你一样，我也是杀人凶手，你知道吗？他说李师父自杀死了。对，我也是杀人凶手了，我俩一起亡命再合适不过了，是该有的结局。"

许重笙忍不住落了泪："李婉玉的死，我是该负责的。"

许重笙抬起眸子看向赵广正："我后悔了，我不该爱燃太子的。"

"这世上没有该爱不该爱，如果爱可以控制，或许那也不是真爱。"赵广正说，"我们要有那种爱了就爱了，不会后悔的气势。"

许重笙摇头："不，我真后悔了。你知道吗，我有一篇文章在杂志上发表了，还有几篇已经投出去了，估计还能发表一两篇呢。如果最近没有出这么多事，估计这几天就能拿到我的第一笔稿费了。"

赵广正对文学并不感兴趣，所以只是哦了声，但对许重笙居然能用文字赚稿费感到新奇："那你稿费有多少呢？"

"一千字就有五十块钱呢。我这一篇文章字数三千五百字，应该是一百七十五块。"

"能吃一顿火锅了。"

"是呀！"许重笙眯着眼睛笑。当初姜妍得知她喜欢写作，给她找来很多杂志，教她去看杂志上的那些征稿信息，她才正式开始投稿的，她本来打算拿到稿费先给姜妍买一个礼物的。如今这一切也都成泡影了。

"我本来，应该会有不错的前途的……"许重笙这样说，语气里充满着失落和不可名状的遗憾。

赵广正闷闷地喝了两口酒，好久才说了句："小许，对不起。"

"丫头，我一会儿要烧了这个地方。"赵广正忽然阴冷地说。

"啊！"许重笙恐惧地叫了一声。

赵广正说："我没地方去了，也没钱了，喝完这顿酒，就是我穷途末路之时，我不想等到下顿肚子饿的时候再走。"

许重笙哭了起来。除了哭，她不知道还能做什么了："赵大哥，能不能不要这样做？这可是棉纺厂，到处都是纱棉，着火后果很严重的，工厂会毁于一旦，我们不要这样做。"

赵广正说："傻丫头，这工厂再珍贵，与你我也没有关系，我的这一生都因这个工厂毁了，八号仓库是我的，即使我死，我也要把它带走。"

许重笙知道劝不了他，起身走到他的身边，靠在他的身上，轻轻地拥住他："赵大哥，事已至此，我愿意陪着你死，但是请你不要烧了八号仓库，不要烧了这个厂，我们不要这样做，不要去伤害那些无辜的人。"

赵广正抬起她的下巴，看着她稚嫩苍白的小脸，眼里满是深深的悲哀："丫头，你为什么要护着这个厂，它带给你什么了？那个姜燃如此伤你，你不恨他吗？还有你的好姐妹姜妍，作为姜成峰的女儿，她自己高高在上，真心地帮助过你吗？你刚进入工厂的时候，是不是也受过很多委屈？你已经不恨那些欺负你的人了吗？"

许重笙一时愣住了，好半晌不知道说什么。

赵广正又说："所以，让它陪着我们一起毁灭，又有什么不可以！"

赵广正说着，拿出一个薄薄的黑色纸片，还有几根火柴。进入车间区，不能带任何火种火源，所以他把火柴盒和火柴拆开，分装在自己的几个口袋里，不显山不露水地带了进来，而且一点儿不影响使用。

此时，他划了一根火柴，火苗逬现。

"噗！"许重笙毫不犹豫地将它吹灭，连红色的火柴头也被她夺过来踩在脚下碾碎，才松了口气。目光再落到赵广正的身上时，眸子里就有了恐惧，还有一种无法言说的情绪。

赵广正看在眼里，觉得许重笙看他就像在看一个疯子，心头忽然浮起一抹不服，这世上根本就没有真的感情，这丫头不懂吗？她还要为了她那点儿虚无的幻想，保护这个毁了他们一生的破厂？

他想了想，忽然说："小许，不如我们玩个游戏吧。"

许重笙颤声道："你，你……想怎么玩？"

"你现在打电话，让你那些好姐妹来救你，并且不许报警，如果我知道有警察来，我会立刻烧了仓库。你让她们进入仓库，就说你被我赵广正挟持，生死攸关，看有几个人敢进入仓库的，如果她们都不敢进来，我们就一起烧了仓库，一起去死好不好？"

许重笙摇头："可以不这么玩吗？"

"必须这么玩！"

"我可以陪你死，我们吃药、上吊，或者我们爬上高高的垛子一起跳下来摔死，总之我可以和你一起经历所有痛苦，但求你不要烧仓库，不要伤害其他无辜的人。"

"无辜？"赵广正冷笑，"先玩了这个游戏，你就知道谁无辜谁不无辜了。"

没等许重笙再说什么，他又说："我保证，只要有一个人进入仓库来救你，我就不再烧仓库，而且还会放了你。但如果你不肯玩这个游戏，那我们现在就一起死，我还会烧了这里。这个游戏是你和这个破厂子的唯一机会，你真的不愿意尝试吗？"

许重笙最终无奈地点点头："我愿意尝试。"然后又加了句："但我也愿意和你一起死。"

赵广正的眼睛热了，说了句："傻丫头，但凡我确定这世上还有真正关心你爱你的人，确定你的人生仍然有盼头，这人世间于你来说仍是值得的，我又怎么舍得让你陪我一起走。打电话吧。"

许重笙一共打了三个电话，第一个电话打给了姜妍。此时姜妍正躺在宿舍床上，马上就接了："小许，你在哪里？现在安全吗？为什么一直不接电话？"

姜妍已经从种种迹象感觉到不对劲了，所以马上问了这几个问题。

"姐，我被赵广正挟持了，在八号仓库，你来救我好吗？"

姜妍马上说："好，我马上去。"

"姐，不能报警，如果报警，会起大火。"

姜妍十分明白这句话的严重性，当即说："我不报警。"

姜妍立刻前往八号仓库。

许重笙又拨打了李婉玉的电话，已经成为空号。

之后，她无奈之下，把电话打给了姜燃，可是姜燃这次没接电话。

赵广正听着电话里的忙音，笑道："丫头，你的朋友还真少。"

许重笙默然地看着他，实在不知道该说什么。

赵广正忽然说："丫头，我能吻一下你吗？"

其实许重笙和赵广正自相遇，到被他劫持到八号仓库，躲在这里过了这么些日子，白天晚上几乎一直在一起，但是赵广正这样的粗糙汉子，不知道为什么一直对许重笙礼遇有加，保持着绅士风度，从未对许重笙动手动脚。

许重笙心头微酸，她明白一个男人如果爱一个女人，一定会小心翼翼地珍视她，不会强迫她。而不爱这个女人的男人，则只会发泄自己的兽欲。

她能感觉到赵广正是真的爱她，但也明白这份爱的狭隘，真正的爱不会让二人走向末路，走向结束，而是会努力迎着阳光前进。

她含着泪把自己的小脸凑到赵广正的面前，仰起头，闭上眼睛。

感觉等了很久很久，赵广正才将她拥入怀中，在她唇上印上轻柔一吻。之后就放开了她，二人都没有说话，享受着风暴前的最后一点儿平静。

…………

姜妍气喘吁吁地来到八号仓库门口，让库管把沉重的门锁打开。随着金属摩擦的声音，八号仓库的门被打开了，一股浓浓的棉尘味飘散出来。

姜妍径直往仓库内冲去，突然被一个人狠狠地扯住："小姜！"

姜妍听到这熟悉的声音，心跳加速了。她有些日子没见到他了，心里头想念得不行，眸子里立刻浮上一层泪雾，转过身，看着李国华："国华，你怎么来了？"

李国华点点头："我正好在厂里，和姜厂长谈点儿事。"

"噢。"姜妍扭过头，似乎不知该如何面对突然出现的李国华。

李国华疑惑地看向八号仓库："出什么事了吗？"

姜妍神情焦急地说："小许在里面，被赵广正挟持了，他指定要我进去。"

李国华顿时明白了什么，镇定地说："我和你一起进去。"

这时三〇五宿舍的几个舍友也到了，齐声说："我们也进去！"

"你们怎么也来了？"

"刚才你接电话时我们都听到了，小许也是我们的朋友，我们怎么会坐视不理！"

姜妍顿时眼睛一热。八号仓库曾经发生的事厂子里的人都知道，赵广正有多么穷凶极恶大家也都清楚，可是这些舍友们还是坚定地想要和姜妍一起进去救许重笙。

这时候的许重笙是可以听到门口众人的对话的。

她眼睛微红，看了眼赵广正。赵广正笑道："看来你的朋友对你还不错，不过别是光打嘴炮，不敢进来。"

赵广正忽然喊了一声："既然来了这么多人，那就一起进来！否则我马上烧了这里，大家一起死！"人虽然没出现在众人面前，但仍然把众人吓得都噤了声，大家都面面相觑不知道该怎么办，有人问："要报警吗？"

赵广正凶神恶煞地吼道："你们报警啊，只要警察来了，我立刻把仓库烧了。"

众人都被他震慑住了，一时不知道该怎么办。

此时姜妍不再犹豫，往八号仓库里走去，却再次被李国华拽住。

姜妍扭头看着他的眼睛："你知道，我不能不进去。"

李国华说："你在这儿等着，我进去。"

"不。"姜妍说得斩钉截铁，"我不会允许你进去的，你和你爸……你们已经为工厂付出太多，不能再出事，我们姜家，太对不起你了。"

姜妍甩开李国华就往里面走，李国华紧跟在她的身后走了进去："我和你一起。"

姜妍了解李国华的固执，这时候说什么也没法儿阻止他，而且人命关天，她现在不能把时间浪费在其他事情上，她急需见到许重笙。

李国华握住了她的手，她没再拒绝。

仓库很大，走到中段才见到许重笙和赵广正。

赵广正在一个垛子旁站着，嚣张地吸烟，根本没把"易燃"二字放在心上，许重笙则站在离他不远的地方。

见到姜妍，许重笙喊了声："姐，你来了！"然后向赵广正说："他们来了，有人来救我，代表有人重视我，世间有真感情存在，现在你可以放他们走了吧？可以不烧仓库了吧？"

赵广正阴狠地盯着李国华，他无法忘记，让他落到这个地步的始作俑者就是李国华，当然，还有姜妍。

来的，竟偏偏就是这两个人。

又或许他从一开始就计划利用许重笙把这二人骗进仓库。总之，李国华和姜妍，甚至是许重笙，都发现了赵广正眸底的杀机，三人的心都沉了下去。

许重笙全身都在发抖，颤声说："赵大哥，能熄了烟吗？太危险了。"

赵广正冷冷一笑，对许重笙说："谁是你的赵大哥！你要明白，你可是一直被我挟持的人质而已！我的目的是利用你把我的这两个仇人骗进来，然后杀了他们！"

许重笙怔怔地站着，半晌才说道："你……你要食言？"

她的话音才落，只见赵广正忽然摔了手中的酒瓶，原来他带来的酒除了喝，还可以当助燃剂……

一根火柴触碰火红的烟头，刹那间就被点燃，然后被扔在了那滩酒上。

火苗忽地蹿起……

整个仓库飘散着的棉尘忽然一卷，似乎受到了惊吓，又像在狂欢，形成一个旋涡往火苗处聚集，再忽地散开，四人均觉得身上似乎有什么灼热的东西一掠而过，一处火苗，短短几秒钟就引得各处都起了火。

姜妍大喊一声："着火了！"

可她并没有往外跑，而是麻利地脱掉上衣往火源处冲去，许重笙被眼前的一切惊呆了，她觉得一层薄薄的火苗似乎蹿到了她的身上，点燃了她的发尖，她闻到了毛发被烧灼的味道。

她难以置信地盯着赵广正，赵广正却丢给她一个神秘的微笑。这时候李国华和姜妍都在全力救火，没空管别处了。

许重笙似乎听到赵广正说："丫头，不跑还在等什么？快跑呀！"

这时候李国华扯住姜妍："来不及了，跑！"

他拉着姜妍就往外跑，经过许重笙的身边时也扯起了她的手，一个男人扯着两个不想逃跑的女人艰难地往外跑去。这两个女人，一个想要凭一己之力救火，一个则是木然地忘了逃。

二人都频频回头，一个在看那越来越大的火势，火势蔓延得很快，甚至是追着他们的脚步烧了过来。此时，赵广正的身影已经被火苗包围了，可他还是那副阴狠站立着的样子，不哭也不叫。

两个女人脸上都爬满了眼泪……

这时候，消防车赶到了。

之后大家从消防队那里得知：李国华第一时间打了119报警，所以消防队才能在大火刚起的时候就及时赶到。

最终没保住八号仓库，使灯芯棉纺厂损失了一批货，但因为专业救援，火情并没有扩散，被及时压制，没有烧到其他仓库，也没有造成更大的损失和其他人员伤亡。

消防员找到赵广正时，他的尸体已经化为一具焦炭。

也是这一天，姜燃因为经济犯罪被判处三年有期徒刑，立刻执行。法庭上，姜燃冲着木然坐在旁听席上的姜成峰求救："爸爸，救救我啊，我不想坐牢！爸爸！"

然而姜成峰只是难过地扶额低头，强忍泪水。

…………

八号仓库的大门被永远地锁了起来。姜成峰命令，永不使用八号仓库，将其彻底封闭起来。

许重笙因为和赵广正共同藏在八号仓库一段时间，受到了警方的盘问，但是由于她并非自愿，而且有李国华和姜妍为她做证，警方最终只是对许重笙进行了一段时间的思想教育。在这段教育结束后，许重笙就彻底地从众人的视线中消失了，她离开了工厂，没人知道她去哪儿了。

她的手机号也成了空号，没人知道她新的手机号。连她的QQ头像都一直是黑的。

这次发生的一切，被工厂的众人作为茶余饭后的谈资讨论过一阵子。而后随着时间的流逝，一切渐渐地归于平静。

同样平静的，还有李国华和姜妍的感情。

虽然在八号仓库，他们又共同经历了一次凶险的事，但是李国华还是没法儿接受李明江是因为姜成峰的失误而死亡的事实。可他和姜妍，从一次次的事件中，已经确认是深爱着彼此的。

二人心照不宣地选择了等待彼此。他们再也不谈婚、不论嫁，彼此间只是淡淡地问候着，各忙各的。李国华那批冒雪守下来的长绒棉还是给了姜成峰，但他也没客气，按照市场价得到了自己的第一桶金。

李国华没有再回到灯芯棉纺厂，而是选择了继续做长绒棉项目，凡是涉及优质长绒棉的项目周边，都有他的身影出现。

姜成峰亲眼看到自己的儿子被宣判以后就病了，而且很严重。两个月后他宣布，灯芯棉纺厂新的负责人是姜妍，姜妍不再是小姜总，正式成为姜厂长。

姜妍还记得自己熬夜和李国华一起做的那个规划，在其后的两年里，她优化了工厂的生产设备，办公楼的财务制度及其他业务流程也在她的监督下重新制定，一切都变得更加流畅和严谨。工厂的各项业务很快就上了一个新的高度。

随着半自动化及全自动化机械的更新，厂里需要的工人越来越少，但原来的工人并没有被精减。姜妍聘请语言类、技术类老师，新建技术楼，开展教学工作。所有灯芯棉纺厂的在职工人，可以在技术楼挑选自己感兴趣的项目学习，不用交学费。大部分工人都积极学习，到工厂需要精减人员的时候，他们差不多都新学了一门技术。

学了计算机技术和外语的，被安排到厂里继续工作，只不过从生产车间调到了办公楼。还有一些则被安排在了销售部或者外拓部。

工厂要发展必然只能留下优秀的工人，而姜妍也做到了仁至义尽，那些必须被精减的工人没人骂她，都很理解她。其中还有很大一部分工人，被安排去了李国华那边。

两三年间，李国华有了自己的工厂，有了自己的工人，有了自己的事业，只不过他只做长绒棉项目。

渐渐地，西部棉业都知道有一个专做优质长绒棉的工厂，厂长叫李国华。李国华也是第一个与玛河村合作，合资购买采棉机，为棉农提供长绒棉种植技术，直接与棉农合作，从源头上抓生产质量的企业家，并且做得很成功。正因为他的长绒棉项目很成功，使整个西部棉业都知道有一个把长绒棉项目做到极致的企业，就连上海、广州等地的棉业企业和西部棉业合作时，也大多会在合同上加一条：必须使用李国华的长绒棉。

李国华的长绒棉生意迅速崛起，短期内就抢占了大部分的长绒棉合作项目。

李国华成为长绒棉的一个标志或者商标。

至于姜成峰，只恨自己当年的失误导致李明江死亡，造成自己的女儿不能和李国华结婚的这个结果。要不然，他现在可是西部棉业里最风光的人了，女儿和女婿都这么能干。

当年的穷小子，终于通过自己的努力，和自己深爱的女人站在了同一高度，甚至更高的高度……

"这小子，真让人佩服！"姜成峰心里不断地感叹着。

李国华直接和棉农合作，从源头上抓质量和产量的模式被很多企业效仿，带活了当地经济，使大批农民发家致富。

与李国华合作最为亲密的当然还是灯芯棉纺厂，两家厂彼此扶持，三年间已经壮大到各自都成为沙市不可忽视的存在。整个西部棉业都感觉到了，两颗新星正在以势不可当之力冉冉升起。

三年后，姜燃从监狱里出来的那一天，一家人都去接他，姜妍身边还带着一个穿着职业装、气质逼人的秘书，她的名字叫李婉玉，是姜妍对外交涉的得力助手。她表情平静，对姜成峰和苏佳都很礼貌。

姜燃出来，首先就看到了李婉玉。他虽然接受了几年的教育，但是还心存怨愤。然而在见到李婉玉的那一刻，他心底的那一抹怨愤彻底平息了。

李婉玉的重新回归，让他感觉这是上天赐予的礼物，再也不能像以前那样随便糟践了。

李婉玉的气质也让他感觉到，她蜕变得更加优秀了，如果他还是老样子，岂不让她再次失望？

这一刻，他忽然觉得，一切都很好，一切还可以重来。

他走上前，压抑着自己激动的情绪，和姜成峰、苏佳分别拥抱，轮到姜妍的时候，姜妍大方地说："不抱我可以的，我知道你讨厌我。"

然而姜燃却张开双臂，狠狠地拥抱了她，抱得很紧。看到李婉玉的那一刻，他已经想通了当初的一切，也知道李婉玉如今能好好地出现在他的面前，必然与姜妍有关，是她救了李婉玉！

"谢谢。"姜燃真诚道谢。

姜妍由衷地说了句："兄妹之间，不必客气。"

终于轮到李婉玉了，姜妍介绍说："这位是李婉玉小姐，留学三年，精通多国语言，最近才回国，现在是我的翻译兼秘书，我们现在的业务不但遍及全国，而且冲向国际了，她可是我的左膀右臂。"

姜燃向李婉玉伸出手："李小姐，你好，我是姜燃。"

李婉玉微笑着向他点头："姜先生你好，以后还请多多关照。"

"客气了。"二人的手轻轻握了一下，就不失礼貌地松开了。

但是姜燃的神情掩饰得再好，眼中的深情是掩盖不住的，李婉玉有所察觉，又怎会不心动？毕竟是曾经付出生命爱过的人。

也许一切可以重来，而这一刻，二人未来的结局到底怎样已经不重要了。

不久后，姜燃与李婉玉举行婚礼。

虽没有大操大办，但是因为姜燃是姜成峰的儿子，又是姜妍的哥哥，所以来参加婚礼的人非常多，场面之大前所未有，热闹非凡。这场婚礼甚至上了当地的新闻，同时，许多人都注意到，在这条新闻后面，还有一条小新闻。

沙市新晋作家许重笙，携新书《丝路繁花》于新华大楼举办签售会，场面火爆。镜头中一闪而过的那个清瘦小姑娘，正是好几年没有消息的许重笙。

灯芯棉纺厂的一些对许重笙还有印象的老工人看到这条新闻惊呼道："看啊，这小丫头成作家了呢！当时在厂里很低调的，真是没想到啊！"

"对啊，让人太意外了！"

"所以，金子是不会被埋没的，总有出头之日对不对？"

三〇五宿舍里已经住进了新工人，但还有几个以前的舍友在，她们看到这两条新闻自然追忆起往事。

"你们说，小许会不会写当初我们在宿舍里骂她的话?"

"当时我们对她好点儿就好了，你说她会不会把我塑造成坏人?"

"不会吧，我们当时对她还是很不错的!"

"唉，想念那时候的牛肉干。"

"想念那个总是给我们打开水的小许。"

"还有姜妍，还有李婉玉……日子过得好快呀!"

是的，日子过得好快，三年了，姜妍终于得知了许重笙的下落，只看这书名，她就大约猜到许重笙这本新书的内容了。

许重笙曾经答应过，把灯芯棉纺厂的崛起之路写成故事流传，她没有食言，她做到了。不久的将来，她们会见面。

至于李国华呢?

他也来参加婚礼了，不顾自己大企业家的身份，抛却稳重的形象，奋力抢到新娘子扔过来的鲜花，然后当场跪在姜妍的面前，掏出钻戒向姜妍求婚:"小姜，嫁给我吧!"

多年来，他对姜妍的称呼从未变过，不管她的身份如何变化，在他心里，姜妍是他永远的小姜。

姜妍知道这一刻会来，而李国华并没有让她等太久。

姜妍伸出手，让李国华把戒指戴在她的手上，调皮地说:"李主任，我同意了，将来我们要好好地合作，无论是生活还是工作上，恐怕我倚仗李主任处颇多，请多多关照了。"

李国华道:"彼此，彼此。"

二人随即便在姜燃和李婉玉的婚礼上牵了手，引得一阵喝彩和艳羡。

正在高高的台子上热烈拥吻的李婉玉和姜燃，反而成了配角。姜燃有点儿不服气，边吻边说："我们必须把风头抢回来，让所有宾客都看着我们，见证我们的幸福。"

…………

当天下了一场大雪，银白世界里，众人皆抬头望向天空。

这场大雪似乎预兆了西部棉花产业未来二十年的兴隆。

一切，都是最好的安排。